ullstein

Das Buch

Endlich Sommer! Die 20-jährige Jorani kann es kaum erwarten, ihre Tante in South Dakota zu besuchen. Bloß weg aus Berlin und von den ewigen Streitereien mit ihrer Mutter. In dem kleinen Städtchen am Rande der Badlands geht es allerdings auch alles andere als beschaulich zu: Eine Jugendgang tyrannisiert den ganzen Ort, und Jorani gerät prompt mit dem Rädelsführer aneinander. Und dann ist da noch Rin, der geheimnisvolle Außenseiter, der sehr zurückgezogen lebt und eigentlich besser mit Tieren als mit Menschen zurechtkommt. Jorani ist fasziniert von dem attraktiven Rin, doch er verhält sich widersprüchlich. Obwohl er sich ganz offensichtlich ebenso zu ihr hingezogen fühlt, gibt er sich abweisend. Durch Zufall findet Jorani heraus, dass er dafür einen guten Grund hat: Er ist ein Kentaur, und für Wesen wie ihn ist die Liebe zu einer Menschenfrau eine komplizierte Sache. Schon bald läuft alles auf eine schwere Entscheidung hinaus: Steht er zu seiner Liebe zu Jorani, oder bleibt er bei seinem Stamm? Denn beides zusammen geht nicht …

Die Autorin

Sarah Nikolai, 1977 in Berlin geboren, schreibt seit mehreren Jahren erotische Romane, historische Liebesromane und Fantasy.

Sarah Nikolai

Schattenreiter

Roman

Ullstein

Besuchen Sie uns im Internet:
www.ullstein-taschenbuch.de

Mix
Produktgruppe aus vorbildlich bewirtschafteten Wäldern und anderen kontrollierten Herkünften
www.fsc.org Zert.-Nr. GFA-COC-001278
© 1996 Forest Stewardship Council
FSC

Dieses Taschenbuch wurde auf FSC-zertifiziertem Papier gedruckt. FSC (Forest Stewardship Council) ist eine nicht staatliche, gemeinnützige Organisation, die sich für eine ökologische und sozialverantwortliche Nutzung der Wälder unserer Erde einsetzt.

Originalausgabe im Ullstein Taschenbuch
1. Auflage Mai 2010

Umschlaggestaltung: HildenDesign, München
Titelabbildung: © HildenDesign unter Verwendung eines Motivs von © Stalman/iStockphoto (Frau) und © Zuzule/shutterstock (Pferd)
Satz: LVD GmbH, Berlin
Gesetzt aus der Sabon
Papier: Pamo Super von Arctic Paper Mochenwangen GmbH
Druck und Bindearbeiten: CPI – Ebner & Spiegel, Ulm
Printed in Germany
ISBN 978-3-548-28212-1

Sensationsfund in den Badlands
Rapid City News Journal – 12. August 2009
Robert Fields

Archäologen finden 300 Jahre altes Kriegergrab

»Die Gebeine sind gut erhalten«, erklärt Professor Thomas Brown von der University of South Dakota. Auf einer beigefügten Bisonrobe entdeckte der Wissenschaftler mystische Motive, die an die Kentauren aus der griechischen Mythologie erinnern.

»Bilder von Pferdemischwesen zieren auch andere Grabbeigaben wie Tontöpfe und Schmuckstücke. Ein Zeichen von Verehrung.«

Für Brown ein außergewöhnlicher Fall. Die Ureinwohner kennen viele Götter, doch keinen mit einem Pferdekörper.

»Es scheint, als hätten wir eine neue Gottheit gefunden«, ist Brown überzeugt.

Der Fund wird ab September im Journey Museum ausgestellt.

1. Kapitel

Vor zwei Tagen hatte ich meinen 20. Geburtstag gefeiert, jetzt saß ich in einem Flieger nach South Dakota, ohne zu ahnen, dass dies die aufregendsten Wochen meines Lebens werden sollten und ich schon bald ein uraltes Geheimnis ergründen würde, wie ich es mir in meinen kühnsten Träumen nicht hätte vorstellen können.

Die USA kannte ich bisher nur aus Dads Geschichten von seiner Kindheit und Jugend. Nun würde ich das Desert Spring mit eigenen Augen sehen. Endlich. Aber die Neugierde auf Dads Heimat war nicht das Einzige, was mich nach South Dakota zog. Seit ich in das Flugzeug gestiegen war, spürte ich eine große Freude, eine Euphorie, die über das normale Maß hinausging und die ich mir nicht erklären konnte. Vielleicht wusste ich schon damals, tief in meinem Inneren, dass ich eine Malhamota war.

Die Maschine machte Zwischenstopps in Amsterdam und Minneapolis. Von dort aus ging es direkt nach Rapid City, wo mich Tante Abigail erwartete, dic ich zuletzt gesehen hatte, als sie meine Familie vor mehr als zehn Jahren in Berlin besucht hatte. Alles in allem würde ich über 17 Stunden unterwegs sein.

Ich schaute aus dem Fenster und beobachtete eine Weile die schnell an uns vorüberziehenden Wolken, ehe ich den Reiseführer aus meiner Tasche kramte. Ich hatte genügend Zeit, ihn genauestens zu studieren. Und bevor wir über den Atlantik flogen, hatte ich ihn bereits ausgelesen. Pennington County lautete mein Ziel. Um genauer zu sein, Calmwood, ein kleines Städtchen in der Nähe von Rapid City, irgendwo in den Black Hills.

Um 17 Uhr Ortszeit landeten wir auf dem Rapid City Regional-Airport, und ich fühlte mich wie gerädert, denn die Uhrzeit stimmte nicht mit meiner inneren Uhr überein. Ich hatte mehrere Zeitzonen hinter mir gelassen, und das Schlafen im Flugzeug hatte sich als deutlich schwieriger erwiesen, als ich angenommen hatte.

Nachdem ich mein Gepäck vom Rollband genommen hatte, betrat ich die Ankunftshalle und hoffte, ich würde Tante Abigail wiedererkennen. Sie musste groß, korpulent und außerdem Dad wie aus dem Gesicht geschnitten sein. Zu meinem Erstaunen war im Eingangsbereich nicht sonderlich viel Betrieb. Kein Vergleich zu dem Gedrängel am Flughafen Tegel. Auf der Anzeigentafel las ich, dass die nächste Maschine erst in einer Stunde erwartet wurde. Das sprach nicht gerade für ein reges Flugaufkommen.

Ich drehte mich einmal um mich selbst, ohne jemanden erspäht zu haben, der mir bekannt vorkam. Da fiel mir plötzlich eine Frau mit einem Pappschild in den Händen auf. Sie stand neben drei anderen Wartenden. Ihre ziemlich kräftigen Arme verrieten, dass sie hart zupacken konnte. Ein volles und sehr freundliches Gesicht milderte diesen Eindruck jedoch ab. Sie trug eine Jeanslatzhose und ein kariertes Hemd mit hochgekrempelten

Ärmeln. Der Clou aber war der weiße Cowboyhut, unter dem eine dichte dunkelbraune Haarmähne hervorquoll.

Welcome Jorani!, stand auf dem Schild.

Tante Abigail sah anders aus, als ich es erwartet hatte. Die Erinnerung an eine dicke, hünenhafte Frau war offenbar nur ein Trugschluss, weil ich damals noch klein gewesen war.

Ich winkte ihr, um ihr ein Zeichen zu geben. Sofort kam sie auf mich zu, breitete die Arme aus und drückte mich an ihre Brust. Dann gab sie mir noch dicke Schmatzer auf beide Wangen.

»Willkommen in Amerika!«, begrüßte sie mich. »Wie schön, dich endlich mal wiederzusehen, meine Süße. Und wie groß du geworden bist. Lass dich mal anschauen.« Sie hielt mich an den Schultern fest und musterte mich von oben bis unten, während ich versuchte, mein Sprechen und Denken ganz auf Englisch umzuschalten.

Das fiel mir nicht allzu schwer. Dad war wegen Mom nach der Wende in Berlin geblieben und hatte dafür gesorgt, dass meine Geschwister und ich zweisprachig aufwuchsen. Wir nannten unsere Eltern auch nicht Mutti oder Vati, sondern Mom und Dad. Das klang in meinen Ohren viel vertrauter.

»Du siehst gut aus, echt gut. Und wenn du lächelst, dann sehe ich John vor mir«, sagte sie voller Anerkennung und strahlte über das ganze Gesicht. Sie schien sich ehrlich zu freuen, mich zu sehen. Ich war erleichtert, dass die Chemie zwischen uns auf Anhieb stimmte.

»Danke. Du siehst aber auch toll aus.«

Tante Abigail strich sich mit einer Hand über den Bauch. »Das verdanke ich alles meinem Fitnesstrainer.«

Sie lachte leise, legte mir einen Arm um die Schultern und führte mich zum Parkplatz. »Komm. Mein Wagen steht gleich dort drüben. Du siehst müde aus.«

»Das bin ich auch. Ich konnte im Flieger einfach nicht schlafen. Und mein Kreislauf fängt schon an zu spinnen.«

»Dann beeilen wir uns besser. Ich habe dir das Gästezimmer eingerichtet. Das Bett ist bereits bezogen.«

Ich dankte dem lieben Gott für diese umsichtige Tante!

Wir gingen an einigen Wagen vorbei, und ich hoffte, dass wir jeden Moment stehen bleiben würden und ich mein Gepäck im Kofferraum verstauen konnte. Als wir dann aber endlich vor Tante Abigails Auto hielten, traute ich meinen Augen nicht.

Abigail schien mir meine Bedenken anzumerken und klopfte voller Zuversicht auf die gelbe Karosse ihres kleinen VW 1303 LS Cabriolets, dessen Baujahr irgendwann in den Siebzigern liegen musste. Das schwarze Verdeck war zurückgeklappt.

»Das Baby hier war mir viele Jahre treu und hält einiges aus. Wirf deine Sachen in den Kofferraum.«

Ich zog es vor, mein Handgepäck und die Tragetasche vorsichtig abzulegen. Nicht, weil ich etwas Zerbrechliches dabeihatte, sondern weil ich nicht dasselbe Vertrauen in den kleinen Wagen hatte wie sie.

Schließlich sagte ich mir, dass der Käfer es zum Airport geschafft hatte, also würde er es auch zurück nach Calmwood schaffen. Ich erwartete, dass der Motor mehrere Anläufe brauchen würde, ehe er startete, der Wagen stottern, knattern und dampfen würde, aber nichts dergleichen geschah. Er lief geschmeidig und brachte es auf eine ordentliche Geschwindigkeit. Ich blickte in den Rückspiegel. Das sandfarbene Flughafengebäude war nur noch ein verschwommener Fleck.

»Dort drüben ist der Dinosaurierpark«, erklärte Tante Abigail und deutete mit dem Finger nach rechts. Ich konnte tatsächlich eine Brontosaurusskulptur auf einer leichten Anhöhe erkennen, die von Bäumchen umringt war. »In die Richtung geht's zum Mount Rushmore, und das hier ist das beste China-Restaurant weit und breit ...«

Ich war so müde, dass ich kaum etwas mitbekam und während der Fahrt einschlief. Als ich die Augen wieder aufschlug, hielten wir gerade vor einem Café mit roter Markise, auf der »Desert Spring – Café & Catering« stand. Das war es also. Das Haus, in dem Dad aufgewachsen war. Ein kleines, zweistöckiges Gebäude, das den Charme des Wilden Westens versprühte.

»Da wären wir«, verkündete Abigail und stieg aus. »Was hab ich dir gesagt, auf meine alte Rostlaube ist Verlass.« Dann holte sie mein Gepäck. An einem runden Tisch im Vorgarten saßen zwei junge Frauen und ein ebenso junger Mann, der einen schmutzigen Overall anhatte. Seine raspelkurzen Haare standen zu allen Seiten ab. Schwarze Flecken zierten seine Wangen. Und er roch nach Öl.

Die drei begrüßten Abigail freundlich. Mich hingegen musterten sie neugierig von oben bis unten. Das war mir unangenehm. Ich versuchte, es nicht zu beachten.

»Sieht genauso aus wie in Dads Fotoalbum«, stellte ich fest und nahm Abigail meine Tragetasche ab, hängte sie mir über die Schulter und folgte ihr ins Haus. Hinter mir begannen die drei zu tuscheln und zu lachen.

»Ja, es hat sich nicht viel verändert.«

Hinter der Theke, die an eine Bar aus einem Western erinnerte, stand eine ältere Dame mit kurzen grauen Haaren. Sie war sehr klein, drahtig und schien für ihre Größe viel zu lange Arme zu haben. Der Eindruck wurde durch ihren gebeugten Rücken noch verstärkt.

»Ich bin wieder da, Gladice«, rief Abigail ihr zu.

»Das sehe ich, meine Liebe.« Gladice kam hinter der Theke hervor und reichte mir die Hand. »Willkommen in unserer Wüstenquelle, dem schönsten Fleck in ganz Calmwood«, begrüßte sie mich mit einer rauen Stimme, die unerwartet männlich klang.

Ich war überrascht, wie kräftig ihr Händedruck war. Über ihrem Hemd und den Jeans trug sie eine hellblaue Schürze. In einer Hand hielt sie einen feuchten Lappen, von dem Spülwasser über ihren nackten Arm lief und auf den Boden tropfte.

»Du hast doch bestimmt Hunger. Such dir was aus«, meinte Gladice und deutete zu der großen Tafel, die über der Theke hing. Es gab Sandwiches, Hotdogs und Kartoffelsalat. Aber mein Magen fühlte sich wie zugeschnürt an. Ich würde garantiert keinen Bissen herunterkriegen.

»Ich bin nicht hungrig, tut mir leid.«

Abigail ging hinter die Theke und holte eine Tasse dampfenden Tees hervor. »Jorani ist sehr müde. Ihr könnt euch morgen gegenseitig beschnuppern.«

»Ach so. Na dann, gute Nacht.« Gladice lächelte schief und offenbarte eine große Zahnlücke, die ihr hexenartiges Kinn noch betonte. Just in dem Moment, in dem ich mich umdrehen wollte, betrat die Blondine vom Tisch im Vorgarten das Café und winkte mit ihrer Geldbörse. »Zahlen bitte.«

»Ich kümmere mich um Ira«, sagte Gladice und ging zur Kasse. »Macht sechs Dollar.«

Während sie in ihrer Börse nach Kleingeld suchte, musterte sie mich erneut und, wie sie wahrscheinlich glaubte, unauffällig. Dieses Mal starrte ich jedoch zurück, was sie sehr erschreckte und rasch das Weite suchen ließ.

»Nimm es den Leuten hier nicht übel. Wir sind einfach ein neugieriges Völkchen. Deine Ankunft hat sich schnell rumgesprochen«, flüsterte Abigail mir zu und führte mich eine hölzerne Treppe ins obere Stockwerk hinauf.

»In Calmwood passiert nicht viel. Wir haben nicht mal so viele Einwohner wie Hot Springs. Jeder kennt jeden. Und Neuigkeiten sprechen sich schneller rum, als einem manchmal lieb ist.«

Wir gingen einen langen Flur entlang. Die Dielen knarrten leise unter meinen Turnschuhen. Tante Abigail blieb vor der vorletzten Tür stehen und drückte die Klinke mit ihrem Ellbogen herunter. »Wegen Ira musst du dir keine Gedanken machen. Ist ein ganz nettes Mädchen.«

Ich war von dieser Aussage nicht sonderlich überzeugt, was man mir wohl ansah.

»Glaub es mir.«

»Na schön, wenn du es sagst.« Ein bisschen weniger Neugier hätte dieser Ira auch gut zu Gesicht gestanden.

»Hier ist es. Ich hoffe, du bist damit zufrieden?« Sie stellte die Teetasse auf einem kleinen Tisch in der Ecke ab.

Ich betrat den gemütlichen Raum, der fast genauso groß wie mein Zimmer zu Hause war, stellte mein Gepäck ab und spürte, wie mich wieder die Müdigkeit überfiel. Dieses Mal stärker als zuvor.

»Es ist toll«, sagte ich und unterdrückte ein Gähnen.

»Freut mich. Hier kannst du deine Sachen unterbringen.« Tante Abigail zeigte auf den großen Eichenholzkleiderschrank, der fast bis zur Decke reichte.

»Ich glaube, das schaffe ich heute nicht mehr. Ich packe morgen aus.«

»In Ordnung. Falls etwas sein sollte oder du etwas brauchst, ich schlafe gleich nebenan. Bis zum Abend bin ich aber im Café. Das Bad ist gleich links neben deinem Zimmer. Wir haben Warmwasser.« Das war beruhigend.

»Ich freue mich, dass du da bist. Das wird eine ganz tolle Zeit«, fügte sie hinzu. »Aber jetzt lasse ich dich erst mal in Ruhe ankommen.« Ich nickte dankbar. Leise zog sie die Tür hinter sich zu.

Für mich war das alles sehr unwirklich. Ich hatte noch nicht realisiert, wie weit ich von zu Hause weg war. Dafür war ich viel zu müde. Ich wollte nur eins, nämlich schlafen. Erschöpft trank ich einen Schluck Zitronentee, ehe ich mich auf mein Bett fallen ließ. Die Matratze gab sacht unter mir nach, und ich schlief auf der Stelle ein. Gegen fünf Uhr morgens wachte ich auf.

Die Sonne war bereits aufgegangen und schien mir ins Gesicht, da kein Rollo vor dem Fenster war. Vergeblich suchte ich nach einer besseren Schlafposition, zog mir die Decke über den Kopf und vergrub mein Gesicht im Kissen. Eine Stunde später gab ich es auf und schleppte mich ins Bad. Die heiße Dusche weckte meine Lebensgeister, und ich fühlte mich wie neugeboren.

Da meine Tante noch schlief und das Desert Spring

erst um 8.30 Uhr öffnete, beschloss ich, mich ein bisschen in Calmwood umzusehen.

Schnell hatte ich den Stadtrand erreicht. Eine weite Graslandschaft tat sich vor mir auf, die sich bis zum Horizont erstreckte. Einzelne Wolken standen am sommerblauen Himmel. In der Ferne sah ich einige Bäume und Felsen. Die Ausläufer der Black Hills.

Einige Schritte von mir entfernt lag etwas im Gras. Doch ich konnte nicht ausmachen, was es war. Vielleicht eine Jacke oder eine zusammengerollte Decke, die jemand vergessen hatte. Ich ging näher heran und merkte schnell, dass ich mich irrte. Das Etwas war pelzig und merkwürdig eingedrückt. Dann erkannte ich Pfoten und wich instinktiv zurück.

Das war ein Tier.

Es sah übel zugerichtet aus. Ich konnte nicht erkennen, was für ein Tier es war. Dafür war es viel zu entstellt. Der Wind strich sanft über sein stumpfes Fell und bewegte es leicht.

»He, was machst du da?«

Erschrocken sah ich hoch und blickte in das schmale Gesicht eines jungen Mannes, der plötzlich vor mir stand.

Lange braune Haare umschmeichelten sein Gesicht, dunkle Augen funkelten wütend. Unverkennbar floss das Blut amerikanischer Ureinwohner in seinen Adern.

»Jemand muss es angefahren haben«, platzte ich heraus.

Er betrachtete mich abschätzend, was mir nicht sonderlich behagte. Seine Augen wirkten merkwürdig fern, so als besäßen sie eine unendliche Tiefe.

»Fass es besser nicht an«, sagte er. Er kniete sich hin,

nahm seinen Rucksack ab und holte eine Decke heraus, in die er das Tier einwickeln wollte. Ich schloss daraus, dass es noch lebte.

»Soll ich … einen Tierarzt holen?«, fragte ich aufgelöst. »Gibt es überhaupt einen in der Nähe?« Ich konnte mir nicht vorstellen, dass sich einer in Calmwood niedergelassen hatte. Wahrscheinlich müssten wir nach Rapid City fahren. In Gedanken plante ich bereits, mir Abigails Käfer auszuleihen.

»Der Hund ist tot.«

Vorsichtig schlug er die Decke um das Tier und hob es hoch. Ganz behutsam, als hielte er einen kostbaren Schatz in den Händen.

»Trotzdem danke für das Angebot«, sagte er nun freundlicher, und ein kleines Lächeln umspielte seine Lippen.

»Tot?«

Er nickte und musterte mich wieder. Jetzt erst schien er mich richtig wahrzunehmen.

»Du bist nicht von hier, oder?«

Ich schüttelte den Kopf. Fasziniert blickte ich in seine Augen, die so dunkel waren, dass ich zwischen Iris und Pupille kaum unterscheiden konnte. »Ich bin seit gestern bei meiner Tante Abigail Stanford zu Besuch.« Ich ging davon aus, dass ihm zumindest ihr Name bekannt war. Schließlich kannte hier jeder jeden.

»Dein Englisch ist nicht schlecht, aber ich höre einen leichten Akzent.«

Ich war überrascht, hatte ich doch geglaubt, man könne mich aufgrund meines guten Sprachtrainings für eine Einheimische halten. Der junge Mann musste eine gute Beobachtungsgabe oder sehr feine Ohren haben.

»Ich bin Berlinerin«, klärte ich ihn auf.

»Willkommen in Calmwood. Tut mir leid, dass wir dir kein schöneres Begrüßungsgeschenk machen konnten.« Nun klang er sarkastisch.

»Rücksichtslose Autofahrer scheint es selbst in einem idyllischen Örtchen wie diesem zu geben«, meinte ich resignierend. Wie oft kam es vor, dass jemand ein Tier anfuhr und es schwer verletzt liegen ließ. Das konnte mich wirklich aufregen.

»Er ist nicht unter die Räder gekommen. Er wurde von Menschenhand getötet«, erwiderte der Fremde mit einer eigenartig monotonen Stimme und wandte sich um.

Getötet? Ich musste schlucken.

Er ging weiter, und ich folgte ihm unwillkürlich. Gab es in Calmwood tatsächlich Menschen, die zu so einer Grausamkeit fähig waren?

Der Fremde blieb an einer kleinen Mulde stehen, die er offenbar zuvor ausgehoben hatte, und legte das tote Tier hinein. Mit bloßen Händen schaufelte er die aufgeschüttete Erde auf die Decke.

»Unser Freund hat kein gnädiges Ende gefunden.« In seiner Stimme schwang grenzenlose Verachtung. Ich hingegen war viel zu geschockt, um etwas zu sagen. Zugleich war ich beeindruckt, dass der junge Mann sich des armen Tieres annahm. Ich hockte mich zu ihm und grub meine Finger in die warme Erde, um ihm zu helfen.

»Warum machst du das?«, wollte ich wissen.

»Warum machst *du* das?«

»Ich hab zuerst gefragt.«

Er nickte. »Es ist besser, ihn zu vergraben. Sonst lockt er Aasfresser an.«

Nicht weit von uns entfernt saßen zwei Krähen auf einem großen Stein. Sie plusterten ihr dunkles Gefieder und guckten interessiert zu uns herüber.

»Du kennst dich gut aus. Bist du Tierarzt?«

Ich hörte ihn lachen und sah aus dem Augenwinkel, dass er den Kopf schüttelte. Dann war er sicher Farmer. Jedenfalls jemand, der Ahnung hatte.

»Also, und warum hilfst du mir?« Er sah mich neugierig an.

Ich zuckte mit den Schultern. »Der Hund tut mir leid.«

Er sammelte faustgroße Steine und legte sie auf einen Haufen. Einen davon zeigte er mir. Er war rund und staubig. Als ich ihn kurz in die Hand nahm, merkte ich, wie schwer er war.

»Die kommen auf das Grab. Weißt du auch, wieso, Stadtmädchen?«

Ich hatte nicht die geringste Ahnung und hob hilflos die Schultern. Dann gab ich ihm den Stein zurück.

Er lächelte nachgiebig. »Dadurch verhindern wir, dass sich Raubtiere am Kadaver vergehen.«

Gewissenhaft verteilte er die Steine auf der lockeren Erde.

»Sieh hin, Stadtmädchen, ich lasse keinen Platz zwischen den Steinen. Ein hungriges Tier ist sehr erfinderisch und würde bei zu großen Lücken zu graben beginnen. Doch das Leichengift würde ihm nicht guttun.«

»Ich verstehe«, sagte ich. »Aber warum nennst du mich ständig Stadtmädchen?«

Er hielt inne und grinste mich unverfroren an. »Weil man dir anmerkt, dass du aus einer Großstadt kommst.«

»Ach ja?«

»Du warst dir nicht mal sicher, ob der Hund noch lebt.« Er lachte leise.

»Hey, mach dich nicht lustig. Ich habe es nur gut gemeint. Außerdem wusste ich, dass er tot ist. Erst als du ihn wie ein Baby eingewickelt hast, bekam ich Zweifel.«

»Ich weiß. Aber deine Unsicherheit hat dich trotzdem verraten.« Sein Lachen wurde lauter.

»Das nenne ich Dankbarkeit«, sagte ich gereizt, denn ich fühlte mich von dem Kerl veralbert. »Das nächste Mal überlege ich es mir zweimal, ob ich helfe.«

Sacht hielt er mich am Arm zurück. »Sei nicht böse, Stadtmädchen. War nicht meine Absicht, dich zu kränken. Im Gegenteil. Ich bin dir wirklich dankbar.«

Er drückte mir den letzten Stein in die Hand und nickte mir aufmunternd zu. Ich legte ihn an die vorgesehene Stelle.

»Sehr gut«, lobte er mich und presste die Handflächen aneinander, als wollte er beten.

»Was soll das werden?«, fragte ich irritiert.

»Ich muss seinen Geist befreien.«

»Was?«

»Er steckt in seinem Körper fest, weil er einen grausamen Tod erfuhr. Wenn wir ihn nicht befreien, bleibt er für immer gefangen und findet niemals Frieden.«

Der Kerl meinte ernst, was er da sagte. Ich hingegen glaubte nicht an Übersinnliches. Unter normalen Umständen hätte ich ihn einfach machen lassen und wäre gegangen. Aber etwas an ihm faszinierte mich und hinderte mich daran zu gehen. Stattdessen beobachtete ich ihn sehr genau. Er holte ein Gebilde aus mehreren Federn, das an einen Traumfänger erinnerte, aus seinem Rucksack und legte es auf das Grab.

Dann senkte er den Kopf, so dass ihm die Haare ins Gesicht fielen, und konzentrierte sich. Reglos verharrte er vor dem Steinhaufen. Ich wagte nicht, mich zu bewegen oder zu sprechen.

Eine fast unheimliche Stille breitete sich über dem Feld aus. Der Wind bewegte die Federn, trieb sie plötzlich hinauf, bis sich das runde Gebilde um sich selbst drehte.

Es flog immer weiter, bevor es langsam wieder zu Boden segelte. Ungläubig verfolgte ich das Spiel. Neugierig und eingeschüchtert zugleich. War es der Geist des Hundes gewesen, der die Federn bewegt hatte? Ich traute mich nicht, den Fremden zu fragen.

Gerade als ich glaubte, er hätte sein Gebet beendet, ertönte eine kehlige Stimme, die so ganz anders klang als seine Sprechstimme. Andächtig lauschte ich dem angenehmen Klang.

»E'neya ... Mahitoka di Ti'tibrin, ta'ke di Mal. E'neya, Mahitoka di Ti'tibrin, ta'ke di Mal.«

Ein kräftiger Windstoß fegte das Federgebilde über das Feld, so weit, dass ich es nicht mehr sehen konnte. Die Stimme des Fremden vibrierte. Dann wurde er leiser, bis er nur noch flüsterte und schließlich ganz verstummte.

Ohne ein weiteres Wort erhob er sich, klopfte sich den Sand von den Jeans und zupfte einen Grashalm ab, den er sich in den Mund steckte.

»Ist der Geist befreit?«, fragte ich verunsichert. Er nickte lediglich und ordnete zwei der aufgestapelten Steine neu an.

»Du gehörst zu den Sioux, oder?« Ich hatte in meinem Reiseführer gelesen, dass South Dakota einst ihr Territorium gewesen war. Doch zu meiner Überraschung schüttelte er den Kopf, allerdings ohne mir zu verraten, welchem Stamm er stattdessen angehörte.

Langsam gingen wir zur Straße zurück. In dem Moment fiel mir ein, dass ich ihn unbedingt etwas fragen wollte.

»Woher wusstest du, dass er gezielt getötet und nicht einfach nur überfahren wurde?«

»Ihr Stadtmenschen habt Augen und könnt doch nicht sehen.« Dieses Mal hörte ich sein Bedauern, vielleicht sogar Mitleid.

»Ich kann sehen«, beharrte ich.

»Das glaubst du. Hast du die Wunde an seinem Hals bemerkt? Sie wurde ihm mit großer Wahrscheinlichkeit durch ein Messer zugefügt.«

Ich schüttelte entsetzt den Kopf. Nein, das war mir tatsächlich entgangen. Und darüber war ich sogar froh, denn ich konnte kein Blut sehen. Selbst wenn es getrocknet war.

»Wer macht nur so was?«

Mit zügigen Schritten ging er vor mir her. Ich versuchte, zu ihm aufzuschließen. An der Straße angekommen, drehte er sich um. »Ich weiß es nicht.« Doch seine zusammengezogenen Brauen sagten etwas anderes.

Er richtete den Rucksack, der an einem Träger über seiner Schulter hing, und deutete die Straße hinunter zur Stadt. »Ich muss dort entlang.«

»Wir sollten es der Polizei melden«, sagte ich entschlossen.

»Ohne einen Beweis können die nichts machen. Leider.«

»Wir müssen zumindest den Besitzer verständigen. Weißt du, wem der Hund gehört hat?«

»Roy. Zu dem gehe ich jetzt.« Er klopfte auf seinen Rucksack, aus dem ein merkwürdiges Gesicht aus Holz lugte, das nicht viel größer als der Deckel eines Senfglases und ebenso rund war.

Er holte das Holzstück aus dem Rucksack und zeigte es mir. »Gefällt dir der Shi-ru'u?«, wollte er wissen und grinste.

»Shi ... Shi ... was?«

»Shi-ru'u. Ein Glücksbringer.«

Ich nickte unentschlossen. Zumindest wollte ich es mir gern näher ansehen.

»Ich schenke ihn dir, weil du mir geholfen hast.« Zum ersten Mal hörte ich auch in seiner Stimme einen leisen Akzent, der sehr warm und angenehm klang.

Ich nahm das Holzstück entgegen, betrachtete es von allen Seiten und stellte fest, dass es sich um ein Amulett handelte. Es hing an einem Lederband und war mit grünen Federn versehen.

»Danke.« Ich hängte es mir um.

»Bitte. Mach's gut, und genieß deinen Urlaub«, sagte er und hob die Hand, bevor er sich umdrehte und davonging.

»Ciao«, rief ich ihm nach und schaute mich weiter in der Gegend um. Viel gab es jedoch nicht mehr zu entdecken. Calmwood lag inmitten einer weitläufigen Gras- und Waldlandschaft, die sich bis zum Horizont erstreckte.

Als ich zum Desert Spring zurückkehrte, war es bereits 9 Uhr. Der Duft von Ei und Speck lag in der Luft.

»Guten Morgen«, rief Abigail mir zu. Ich setzte mich an die Theke. »Hast du dir die Stadt angesehen?« Sie stellte eine Tasse dampfenden Kaffees vor mich hin.

»Ja. Ich bin früh wach geworden und wusste nichts mit mir anzufangen«, gab ich zu.

»Und wie gefällt dir Calmwood? Möchtest du was essen? Ich wette, du hast einen Bärenhunger.«

Ich überlegte kurz und entschied mich für Rührei mit Speck und Lauchzwiebeln. Bärenhunger war allerdings übertrieben. Nach dem morgendlichen Schockerlebnis war mir ein bisschen der Appetit vergangen. Ich war nach wie vor wegen des Hundes aufgelöst und wollte mit meiner Tante darüber sprechen, die allerdings im Moment keine Zeit dafür hatte.

»Eine gute Wahl«, meinte ein älterer Herr neben mir, der seine Stirnglatze mit einer langen grauen Haarsträhne zu kaschieren versuchte. Ich schätzte ihn auf Ende sechzig. »Abigails Rühreier sind die besten, die ich je gegessen habe.«

Meine Tante kehrte mit zwei leeren Tellern hinter die Theke zurück und lachte herzlich. »Du übertreibst wie immer, Roger.« Sie begann, die Teller abzuspülen.

»Ich sage nur, was ich denke. Und das sind, so wahr ich hier sitze, die besten Rühreier von Pennington County, wenn nicht sogar von ganz South Dakota!«

Tante Abigail schüttelte amüsiert den Kopf.

In dem Moment betrat die Blondine vom Tag zuvor das Café. »Morgen, Abigail«, grüßte sie meine Tante und kam zielstrebig auf mich zu. »Morgen, Jorani.«

Ich wunderte mich, dass sie meinen Namen wusste. Aber dann fiel mir ein, dass hier jeder jeden kannte.

»Hast du Lust mitzukommen? Ich fahre nach Rapid City.«

Ihre Einladung kam überraschend. Wir hatten ja bisher keine Gelegenheit gehabt, uns kennenzulernen. Und wenn ich ehrlich war, hatte ich sie gestern nicht mal sonderlich sympathisch gefunden. Das sollte sich im nächsten Augenblick aber ändern.

»Und was willst du da machen?«

»Dir was zeigen, das du aus deiner Heimat kennst. Die Berliner Mauer.« Sie zwinkerte mir zu.

»Oh, die ist wirklich eine Sehenswürdigkeit«, sagte Roger. Auch Tante Abigail fand die Idee großartig. »Ich habe die Mauer damals mit eigenen Augen gesehen, als ich John besuchte. Wir sahen uns das Brandenburger Tor aus der Ferne an, konnten aber nicht hinüber. Unglaublich, wie lange das alles inzwischen her ist.«

»Haben wir dich jetzt neugierig gemacht?«, fragte Ira.

»Ja, ziemlich. Ich bin gespannt, was es damit auf sich hat.«

»Okay, dann komm mal mit.«

Sie führte mich zu ihrem blauen Camaro, den sie vor dem Gartentor des Desert Spring geparkt hatte.

Ich stieg kurz entschlossen ein. Ira setzte sich ans Steuer. Kraftvoll trat sie aufs Gas und ließ den Motor schnurren.

Die Dixie Chicks dröhnten aus den Boxen. Iras Kopf wippte im Takt mit. »Ich bin übrigens Ira McLaine«, erklärte sie und reichte mir die Hand.

»Jorani Wittlach.«

»Wittlach? Ich dachte, du wärst eine Stanford.«

»Meine Eltern haben nie geheiratet.«

»Ach so?«

»Ja.«

Ira zuckte mit den Schultern. Das Thema schien sie nicht weiter zu interessieren.

»Hat dein Name irgendeine Bedeutung?«

»Jorani meinst du? Mein Dad hat ihn ausgesucht. Er steht auf außergewöhnliche Namen. Meine Ururgroßmutter soll eine Lakota gewesen sein. Nach ihr wurde ich benannt. Zu meiner Mom, die den Namen anfangs nicht so toll fand, hat er gesagt, dass die Geburt eines Kindes etwas Besonderes ist, daher sollte es auch einen besonderen Namen tragen.« Das war so typisch Dad.

»Ich meinte Wittlach. Das klingt sehr deutsch.«

»Oh ... ähm ... nicht, dass ich wüsste.« Es war Moms Nachname.

Ira drehte das Radio leiser.

»Ich hoffe, es ist okay, dass ich dich so überfallen habe? Meine Mom hat mich auf die Idee gebracht, dir ein bisschen die Gegend zu zeigen.«

»Danke, sehr nett.« Ich musterte Iras Profil. Sie war hübsch. Die blonden Haare hatte sie zu einem Zopf geflochten, und ihre Haut war so makellos wie bei einem Make-up-Model aus der Werbung.

»Wie lange bleibst du denn in Calmwood?«

»Zweieinhalb Wochen sind geplant. Die Reise war ein Geburtstagsgeschenk meiner Eltern.«

»Cool. Aber ich sage dir, die Zeit vergeht schnell, wenn du erst meine Freunde kennengelernt hast.« Das klang vielversprechend.

»Du meinst sicher die beiden, die gestern mit dir im Café saßen.«

»Ja, genau. Linda und Pway. Wir nennen ihn Pway, aber eigentlich heißt er Ben Pwayton. In Rapid City eröffnet am Freitag ein neuer Club. Vielleicht hast du Lust, mit uns hinzufahren?«

»Klingt gut.«

»Find ich auch.« Ira bemerkte das Amulett um meinen Hals. Sie nahm es in die Hand und zog es zu sich heran.

»Das hast du von Rin, oder?«

»Rin?«

»Braune Haare, markante Wangenknochen, dunkler Blick … schüchtern.«

»So heißt er also«, sagte ich leise. »Die Bescheibung passt jedenfalls auf ihn.« Bis auf das »schüchtern« vielleicht.

»Stehst du auf solche Sachen?« Ira ließ den Anhänger los, und er schlug sacht gegen meine Brust.

»Keine Ahnung. Gekauft hätte ich ihn mir vermutlich nicht.«

»Das wird Roy nicht gern hören.«

Einen Roy hatte Rin vorhin auch erwähnt. Ihm gehörte der tote Hund. »Und wer ist dieser Roy?«

»Der Besitzer eines Souvenirshops. Für den stellt Rin auch diese Glücksbringer her. Alles feinste Handarbeit.«

Ich konnte mir kaum vorstellen, dass Roy damit einen großen Gewinn erzielte. Gewiss kamen nur wenige Touristen nach Calmwood. Aber Ira klärte mich schnell auf, dass Roys Shop in Rapid City war, und schlug vor, ihn bei Gelegenheit aufzusuchen. Aber im Moment interessierte mich etwas anderes viel brennender.

»Du kennst doch die Leute in Calmwood ganz gut, oder?«

»Ich denke schon. Warum?«

»Ich habe vorhin mit Rin einen toten Hund gefunden. Sah aus, als hätte man den getötet.«

»Getötet? Bist du sicher?«

Ich nickte.

»Und du denkst, das war einer aus Calmwood?«

»Das weiß ich ja eben nicht.«

»Ganz ehrlich, ich traue das keinem zu.« Sie überlegte einen Moment und knabberte dabei an einem Fingernagel, ehe sie energisch den Kopf schüttelte, so dass ihr Zopf dabei hin- und herflog. »Keinem«, wiederholte sie.

Ich glaubte ihr. Vielleicht war es jemand von außerhalb gewesen.

»Sind solche Dinge schon öfter passiert?«

»Ich erinnere mich an keinen Vorfall. Die Leute von Calmwood sind gute Leute, für die ich meine Hand jederzeit ins Feuer legen würde. Anständige Bürger, keine Tierquäler. Oder hat Rin etwas anderes behauptet?«

»Nein! Ganz und gar nicht.«

»Na bitte.«

Sie drehte das Radio wieder lauter. Das Thema war für sie offenbar beendet, und ich wollte nicht weiter nachbohren. Vor allem, weil ich etwas anderes noch viel dringlicher erfahren wollte.

»Was macht dieser Rin eigentlich so?« Ich war mir sicher, dass er entweder auf einer Farm arbeitete oder woanders mit Tieren zu tun hatte.

Ira biss sich auf die Unterlippe. »Warum willst du das wissen?«

»Einfach nur so.«

Sie lachte und sah mich an, als wäre ich für sie ein offenes Buch. »Er sieht gut aus, stimmt's? Das finden viele. Aber mach dir keine Hoffnung, Mädel, nur weil er dir einen hübschen Anhänger geschenkt hat.«

Das hörte sich an, als würde Ira aus Erfahrung sprechen. Unterschwellig meinte ich, verletzten Stolz herauszuhören.

»Rin lässt niemanden an sich ran. Weder dich, mich

noch den Bürgermeister. Keiner von uns weiß etwas Genaues über ihn.«

»Ich mache mir doch gar keine Hoffnungen«, erwiderte ich empört. Wohl wissend, dass ich nicht sonderlich glaubwürdig klang. »Wie dem auch sei, ich dachte, hier sind alle bestens übereinander informiert?«

»Rin ist eine Ausnahme. Er ist ein netter Kerl, doch er leidet am ›Einsamer-Wolf-Syndrom‹. Man sieht ihn nicht, man hört ihn nicht. Er ist wie ein Gespenst, ein Phantom. Schwer zu greifen. Ganz einfach anders als du und ich, wenn du verstehst, was ich meine?«

Ich nickte und erinnerte mich an die außergewöhnliche Bestattung.

»Man weiß nicht, woher er kommt oder wer seine Eltern sind. Vielleicht stammt er aus einem der Reservate? Von einem Tag auf den anderen war er plötzlich da. Doch er nimmt nie an gesellschaftlichen Ereignissen teil, bleibt immer für sich, spricht kaum mit jemandem. Wir wissen nicht mal, wo genau er wohnt. Aber hin und wieder kommt er in die Stadt, erledigt Einkäufe oder kümmert sich um die Tiere.«

In einer Großstadt wie Berlin würde sich niemand Gedanken über jemanden wie Rin machen, aber in einem Ort wie Calmwood musste es schon etwas Besonderes sein, wenn ein Mann unter den Leuten lebte, über den man nichts wusste. Ira, auch wenn sie es sicher nicht zugeben würde, interessierte Rins Hintergrund. Zumindest schien sie sich ausführlich damit beschäftigt zu haben.

»Er treibt sich viel in den Wäldern herum. Wenn ein verletztes Tier gefunden wird, bringt man es zu Rin. Der pflegt es gesund. Und die Tiere vertrauen ihm. Er ist sehr naturverbunden.«

Wir fuhren durch ein Schlagloch und wurden durchgeschüttelt. Ich stieß vor Schreck einen leisen Schrei aus. Ira sah mich überrascht an, und wir mussten beide lachen.

Ich sank in meinen Sitz zurück, schloss die Augen und lauschte den Rest der Fahrt den Dixie Chicks.

2. Kapitel

»Den musst du unbedingt probieren.« Ira reichte mir einen Erdbeer-Bananen-Shake und setzte sich auf die Wiese vor dem Denkmal. Ihren eigenen Pappbecher hatte sie zwischen ihre Beine gestellt. Ich nahm einen Schluck und gesellte mich zu ihr.

»Mmh. Sehr gut.« Cremig und dickflüssig, wie ich es liebte. »Ich hätte nicht gedacht, dass mitten in Amerika tatsächlich ein Originalteil der Berliner Mauer ausgestellt werden würde.«

»Hast du den Fall der Mauer eigentlich miterlebt?«

»Nicht wirklich. Ich bin in dem Jahr geboren, in dem die Mauer fiel.«

»Wann war das?«

Ich deutete zu der kleinen Tafel, auf der das Datum stand.

»Oh. 1989. Ist auch mein Geburtsjahr. Was ist dein Sternzeichen?«

»Löwe.«

»Löwe? Das hätte ich mir denken können.« Sie lachte und steckte sich den Strohhalm in den Mund.

»Ach ja? Und wieso?«

Sie ließ sich mit dem Trinken Zeit. Ich konnte sehen,

wie sich die zähe Creme durch den Strohhalm nach oben schob.

»Weil du die passende Frisur hast.« Sie grinste und schnappte sich eine meiner dicken Locken, an der sie verspielt zupfte. Ich liebte meine Haare, die ich von Moms Seite der Familie geerbt hatte, war stolz auf sie und nahm Ira den Vergleich nicht übel. Immerhin hatten sie mir schon oft Bewunderung eingebracht.

»Ist das alles Natur?«, wollte sie wissen und ließ die Strähne los.

»Ja. Meistens ist es super, aber das Haarewaschen ist wirklich schwierig.«

»Das glaub ich gern.«

Wir genossen die wohltuende Wärme der Sonne und die kühlen Shakes und plauderten über Belangloses. Kurze Zeit später machten wir uns auf den Weg zu Roys »Souvenirs & More«.

Der Laden war sehr klein. Das Schaufenster kam mir aber im Vergleich dazu überdimensional vor. Hinter der Scheibe entdeckte ich neben zahlreichen Tassen in verschiedenen Größen und Formen auch eine Vielzahl an Kappen, Stickern und Anstecknadeln mit dem Wappen South Dakotas. Friedenspfeifen und verschiedener Federschmuck lagen ebenfalls aus.

Vor der Tür saß ein Mann in einem Liegestuhl, neben ihm befand sich ein Verkaufstisch mit Souvenirs. Er hatte seinen Cowboyhut tief ins Gesicht gezogen, und eine Zigarette ragte unter der Hutkrempe hervor. Seine Hose war aus hellem Wildleder und hatte überall Fransen. Die Cowboystiefel hatten auffällig hohe Absätze.

»Hey, Pete«, sagte Ira und ging auf ihn zu.

Der Mann nahm den Hut ab. Ein äußerst verschlafen

wirkendes Gesicht kam zum Vorschein. So, wie er aussah, hätte ich ihn über sechzig geschätzt. Da der Rest seines Körpers athletischer wirkte, vermutete ich, dass er in Wahrheit um einiges jünger war. Die Haut war sonnengebräunt und tief gegerbt, die Augen dunkel und freundlich.

»Ira, schön, dich zu sehen. Was treibt dich denn in die Stadt?«

Pete richtete sich mühevoll auf und drückte die Zigarette im Aschenbecher auf seinem Schoß aus. Er musterte mich nur kurz, ehe er wieder Ira ansah.

»Ich wollte Jorani den Laden zeigen. Ist Roy nicht da?«

»Roy trifft sich heute mit diesem Holzschnitzer und kommt erst am Nachmittag nach Rapid City. Isaac und ich vertreten ihn so lange. Schaut euch ruhig drinnen um, wir haben wieder ein paar tolle Schmuckstücke aus dem Reservat«, forderte uns Pete auf.

Als wir eintraten, erklang ein leises Glöckchen, das uns willkommen hieß. Ira hatte nicht zu viel versprochen. Roys Shop war ein Paradies für jeden Souvenirjäger. Neben den Artikeln, die auch schon im Schaufenster auslagen, entdeckte ich eine Postkartensammlung, noch mehr Kappen, Cowboyhosen, Stiefel, Hüte und eine Reihe von Süßigkeiten, Zigaretten und Zeitschriften.

»Das ist neu«, meinte Ira plötzlich und deutete zu einer Überwachungskamera, die sie an der Decke ausgemacht hatte. In dem Moment kam ein junger Mann aus dem Hinterraum und stellte sich hinter den Ladentisch. Er hatte kurzes dunkles Haar und eine leicht gebräunte Haut. »Die hat sich mein Dad einiges kosten lassen.«

Als er mich entdeckte, streckte er mir die Hand entgegen. »Ich bin Isaac Wright, Roys Sohn.«

»Jorani Wittlach.«

»Seit wann ist Roy so ein Sicherheitsfanatiker?«, wollte Ira wissen.

»Seit ihn ein paar Jungs aus der Gegend ausgeraubt haben.«

»Was?« Ihr klappte die Kinnlade herunter.

»Einer von denen hat ihn abgelenkt, die anderen haben die Tabakkisten leer geräumt. Dad hat's viel zu spät gemerkt.«

»Mist. Tut mir leid für euch.«

Isaac zuckte mit den Schultern. »Kann man nichts machen. Aber das nächste Mal haben wir dann Beweise.« Er zeigte mit den Daumen auf die Kamera.

»Kann ich euch helfen? Sucht ihr was Bestimmtes?«

Ich entdeckte auf der linken Seite der Kasse einen Glaskasten mit Rins Schnitzereien. »Ach, hier sind diese Sh ... ir ... Shr ...«

»Shi-ru'u«, half mir Isaac und trat neben mich. Er drehte den Kasten, um mir die verschiedenen Medaillons zu zeigen.

»Das ist ein alter Glaube aus der Zeit unserer Vorfahren. Man dachte, dass die Geister über das Schicksal der Menschen entscheiden. Entsprechend machte jeder kenntlich, was er sich am meisten wünschte.«

Zum ersten Mal bemerkte ich, dass der Federschmuck jedes Medaillons eine andere Farbe besaß.

»Rote Federn sollen Ruhm bringen. Gelbe Reichtum.«

»Ich hab grüne.«

»Lass mal sehen.« Er nahm die Legende aus dem Kasten und suchte nach der entsprechenden Farbe.

»Schutz. Es handelt sich um den Shi-ru'u des Schutzes. Der Träger soll vor Gefahren gewarnt werden. Böse Geister dürfen ihm nicht zu nahe kommen.«

»Kling doch gut«, sagte ich und strich die grünen Federn meines Anhängers glatt. Zwar glaubte ich nicht an solche Dinge, aber irgendwie war es doch beruhigend, einen kleinen Aufpasser bei sich zu haben.

»Derjenige, der dir den Shi-ru'u geschenkt hat, ist offenbar um deine Sicherheit besorgt.«

»Ihr glaubt doch nicht wirklich an diesen Quatsch«, mischte sich Ira ein.

»Man weiß nie, welche Kräfte zwischen Himmel und Erde wirken«, erwiderte Isaac und legte die Legende in den Schaukasten zurück.

Nachdem sich Ira ausführlich den neuen Schmuck aus dem Reservat angesehen hatte, verabschiedeten wir uns und machten uns auf den Heimweg.

»Roy scheint nicht sehr beliebt zu sein«, stellte ich sachlich fest, nachdem ich mich angeschnallt hatte.

»Wie kommst du denn darauf?«

»Na ja, erst wird sein Geschäft überfallen und dann sein Hund getötet.«

»Er hat zwar eine raue Schale, aber einen weichen Kern. Jeder hat ihn gern. Ich kann mir nicht vorstellen, dass er Feinde hat.«

»Irgendwer hat es aber offenbar auf ihn abgesehen. Oder glaubst du an Zufall?«

Sie seufzte. »Ich kann mir schon denken, wer dahintersteckt.«

»Ach ja?« Nun war ich wirklich neugierig. Zuvor hatte sie doch nicht den geringsten Verdacht äußern wollen.

»Sid.«

»Und wer ist das?«

»Ein Typ, der Ärger magisch anzieht und immer Dreck am Stecken hat. Ich glaube nicht, dass er sich auf Roy eingeschossen hat. Er macht jedem Ärger, der ihm über den Weg läuft.«

»Scheint ein echter Psychopath zu sein.«

»Na ja, vor allem ist er mein Ex.«

Nun war ich tatsächlich entsetzt. Wenn dieser Sid so ein Mistkerl war, warum hatte Ira sich dann auf ihn eingelassen? Aber war es nicht immer so? Die schönsten Mädchen suchten sich immer die miesesten Kerle aus.

»Das ist lange her«, erklärte sie hastig. »Damals war er anders.«

»Und was hat ihn verändert?«

»Keine Ahnung. Als ich noch mit ihm zusammen war, sagte er immer, dass das Leben in South Dakota todlangweilig wäre und man endlich mal für Action sorgen müsste.«

»Das hat er dann wahr gemacht.«

»Scheint so.«

Ich blickte aus dem Seitenfenster und entdeckte einen Mann, der durch das hohe Gras ritt. Schweif und Mähne seines Pferdes wehten im Wind. Kraftvoll stieß sich das Tier vom Boden ab, als wollte es mit uns mithalten. Doch der Camaro war schneller. Es dauerte nicht lange, bis der Reiter hinter uns zurückblieb. Im Rückspiegel erkannte ich sein Gesicht. Es war Rin.

»Du kannst mich hier schon rauslassen«, sagte ich spontan.

»Hier? Hier ist doch nichts, außer der alten McDonald-Farm.« Sie hielt dennoch an.

»Macht nichts. Danke fürs Mitnehmen.«

»Aber wie willst du denn nach Hause kommen?«

»Fährt hier kein Bus?«

»Ja, schon. Aber nur alle vier Stunden.«

»Dann nehme ich den Bus.« Ich winkte.

»Okay, wenn du meinst.« Sie warf einen Blick in den Rückspiegel und entdeckte Rin. »Verstehe. Du gibst nicht so schnell auf, was?«

»Ich weiß nicht, was du meinst«, sagte ich und zwinkerte ihr zu.

»Viel Glück. Ich melde mich bei dir wegen der Eröffnungsfeier im Cobra Club.«

»Mach das.«

Ich schlug die Wagentür zu, und Ira brauste davon. Erst als sie außer Sichtweite war, drehte ich mich um und lief gemütlich den Weg zurück, die Hände in den Taschen meiner Jeans vergraben. Auf halber Strecke blieb ich stehen und wartete, bis Rin mich eingeholt hatte.

Der hob überrascht eine Augenbraue, als er mich erkannte.

»So sieht man sich wieder«, sagte ich und wich aus Respekt vor dem anmutigen Tier einen Schritt zurück.

Rin saß ab, nahm die Zügel in die Hand und sah mich erstaunt an. »In der Tat, eine Überraschung.« Er klopfte dem Pferd auf den Hals, das zufrieden schnaubte. »Was führt dich hierher, Stadtmädchen?«

»Ich heiße Jorani.«

»Rin.« Er gab mir die Hand und schüttelte sie. Was für ein kräftiger Händedruck. Das Holzfällerhemd hatte er sich um die Hüften gebunden. Jetzt trug er nur noch ein weißes Unterhemd, unter dem sich seine Brustmuskeln verführerisch abzeichneten.

»Ich war neugierig, was du hier machst«, klärte ich ihn auf.

»Ich verschaffe Roys Pferd Auslauf.«

»Alles dreht sich um Roy«, merkte ich amüsiert an.

»Wie kommst du darauf?«

»Ach, nicht so wichtig.« Ich winkte ab. Er konnte ja nicht ahnen, dass ich gerade in Roys Souvenirshop gewesen war.

»Er hat mich vorhin darum gebeten, weil er in letzter Zeit viel zu tun hat und es nicht schafft, sich um Larki zu kümmern. Aber Larki braucht Bewegung und den Wind der Freiheit, der ihm um die Nüstern weht.«

»Wie kommt es, dass Roy ein eigenes Pferd hat?«

»Das ist hier nichts Ungewöhnliches. Es ist im Stall der McDonalds untergebracht.«

Liebevoll strich er über die Blesse des Hengstes, der daraufhin den Kopf leicht hob, als wollte er Rins Worten zustimmen. Ich hatte nie zuvor einen Menschen so sanft mit einem Tier umgehen sehen. Rin behandelte es so behutsam wie einen engen Freund.

»Ich nehme an, ihr habt in der Großstadt keine Pferde.« Er betrachtete mich eingehend. Doch nicht nur er. Das Pferd wandte den Kopf zur Seite und blickte mich aus einem dunklen, unergründlich schwarzen Auge an. Es war unendlich sanft und zugleich wild.

»Doch. In Berlin gibt's auch Ställe. Aber ich muss gestehen, dass ich keines dieser Mädchen war, die für Pferde und Reiten schwärmen.«

»Und warum nicht?«

Ich zuckte hilflos mit den Schultern. »Ich hatte Angst.«

Er lachte. »Wovor?«

»Keine Ahnung. Vielleicht davor, abgeworfen oder getreten zu werden?«

»Larki würde so etwas nie tun. Vorausgesetzt, du genießt sein Vertrauen.«

»Das habe ich bestimmt nicht.«

»Was macht dich da so sicher?« Er kraulte Larki hinter dem Ohr, strich ihm die Mähne nach hinten. Das Pferd schnaubte leise.

»Ich habe keinen besonders guten Draht zu Tieren. Ich mag sie, sie mögen mich, und dennoch gehen wir uns aus dem Weg.«

»Weil ihr nicht dieselbe Sprache sprecht.«

»Ja, vielleicht. Meine Vorfahrin war eine Lakota, und Dad sagte oft, sie hätte es verstanden, mit Tieren zu sprechen. Nicht mit der Stimme, sondern durch Gesten, durch ihre Zuneigung. Aber ich habe ihre Fähigkeit nicht geerbt.« Es war eine Gabe, die nun einmal nicht jeder besitzen konnte. Rin hatte sie, da war ich mir sicher.

»Sie muss eine weise Frau gewesen sein. Aber etwas von ihr ist auch in dir. Du solltest es versuchen.«

Er ließ plötzlich die Zügel los, und Larki kam auf mich zu. Instinktiv wich ich zurück. Rin lachte erneut. »Stadtmädchen, hab Vertrauen. Keine Angst. Das Pferd ist ein Freund, ein Gefährte, kein wildes Raubtier.«

Das war leichter gesagt als getan. Larki war im Vergleich zu mir riesig. Wenn er nach mir trat, würde ich bestimmt mehrere Meter durch die Luft fliegen. Hinzu kam, dass ich nichts von der Körpersprache der Pferde verstand, also auch nicht gewarnt wäre, falls es auf einmal brenzlig werden würde.

Plötzlich trat Rin hinter mich und hielt mich an den Schultern fest, so dass ich nicht weiter zurückweichen konnte. Sein warmer Atem kitzelte meinen Nacken. Ich kicherte leise. Verdammt, das fühlte sich gut an.

»Hab Vertrauen, Stadtmädchen. In dich und in Larki. Öffne deine Hand.«

Er griff nach meinem Handgelenk und führte mich. Obwohl ich normalerweise sehr stur sein konnte, wenn ich etwas nicht wollte, ließ ich es geschehen und tat, was er verlangte. Das war ganz und gar nicht typisch für mich. Vor allem, da ich immer noch schreckliche Angst vor dem Pferd hatte.

»So ist es gut«, flüsterte Rin. Ich genoss es, seine Lippen so dicht an meinem Ohr zu spüren, und vergaß beinahe, warum ich die Hand öffnen sollte. Das leise Vibrieren, das sein Atem an meiner Haut verursachte, glich einem Streicheln, einer Liebkosung. Ich hätte mich in dem Gefühl verlieren können.

Plötzlich legte er mir eine Karotte, die er aus der Tasche seiner Jeanslatzhose geholt hatte, auf die Handfläche.

Larki verstand das als Einladung. Sein weiches Maul strich mir über die Finger. Geschickt nahm er mir die Karotte ab und zermalmte sie zwischen den Zähnen.

Rin führte meine Hand näher an das Tier heran.

»Schließ die Augen, und vertraue«, sagte er leise.

Ich atmete tief durch, befolgte seine Anweisung und versuchte, mich zu entspannen. Was alles andere als einfach war. Meine Hand glitt durch die Luft, bis ich Larkis Blesse unter ihr spürte. Sein Fell fühlte sich warm an.

»Siehst du, du kannst es.«

Allmählich verstand ich, worauf es ankam. Ruhe und Selbstvertrauen. Meine Sicherheit übertrug sich auf Larki. Rin ließ mein Handgelenk los, und ich hatte wieder die volle Kontrolle. Vorsichtig fuhr meine Hand über

Larkis Maul. Zu meinem Erstaunen blieb der Hengst ruhig. Ich hatte sogar das Gefühl, er würde die Streicheleinheit genießen.

»Unglaublich, du bist ein Zauberer. Niemand hat mich je dazu gebracht, so dicht an ein Pferd heranzugehen.«

Rin lächelte und beobachtete meine Bewegungen sowie Larkis Reaktionen darauf.

»Gut, das machst du sehr gut«, lobte er mich.

»Hast du vielleicht noch eine Karotte?«

Er griff in seine Tasche und gab mir eine Rübe. Auch die nahm Larki dankbar an. »Der ist wirklich brav«, freute ich mich.

»Er spürt, dass du es gut mit ihm meinst. Nun prägt er sich deinen Geruch ein und bringt Positives damit in Verbindung.«

»Das fühlt sich gut an«, sagte ich leise, doch ich meinte nicht die warmen Nüstern, die meine inzwischen leere Handfläche nach etwas Fressbarem abtasteten, sondern Rins Nähe. Sein Körper berührte meinen, schmiegte sich an ihn. Er strahlte Wärme aus.

Nachdem Larki festgestellt hatte, dass ich ihm nichts weiter anbieten konnte, wandte er sich ab und fing an zu grasen.

»Eines Tages wirst du ihn reiten können«, prophezeite Rin und setzte sich ins Gras. Wie er es schon am Morgen getan hatte, zupfte er einen Halm ab und steckte ihn sich in den Mund.

»Das glaube ich nicht«, erwiderte ich und ließ mich neben ihm nieder. Die Sonne brannte heiß auf uns nieder, und ich wünschte, ich hätte einen Cowboyhut dabeigehabt.

»In dir steckt mehr, als du glaubst.«

Ich zuckte mit den Schultern. »Mag sein.« Trotzdem hatte ich Schwierigkeiten, mir vorzustellen, jemals auf einem Pferd zu sitzen. Dad hatte mich früher zu einer Tierfarm mitgenommen. Damals hatte ich noch reiten wollen, doch nachdem eines der Pferde nach mir geschnappt hatte, war das sofort vorbei gewesen.

Rin löste ein Taschenmesser von seinem Gürtel und bearbeitete ein Holzstück, das er gefunden hatte.

»Schnitzt du neue Shi … Sih …«

»Shi-ru'u.« Er lächelte.

»Genau, die meine ich.« Ich nahm sein Amulett in die Hand und strich über die grünen Federn, die mich beschützen sollten.

»Ich weiß noch nicht, was es wird.«

Ich beobachtete ihn eine Weile, bis ich die ersten Konturen eines Gesichts zu erkennen meinte.

»Glaubst du daran?«

»Woran?«

»Dass die Shi-ru'u Glück bringen?«

Er schien einen Moment zu überlegen, nickte dann aber vorsichtig. »Ja, ich denke, das tun sie.«

Larki wieherte leise und schlug mit seinem Schweif eine lästige Krähe in die Flucht. Die setzte sich auf einen Felsen und blickte neugierig zu uns herüber. Rin schnalzte mit der Zunge, woraufhin das Tier aufflog und aus unserer Reichweite verschwand.

»Man sagt«, begann er schließlich, während er konzentriert weiterschnitzte, »dass die Zorwaya einen Körper suchen, in den sie einkehren können. Doch es muss ein Körper sein, der ihnen freiwillig zur Verfügung gestellt wird und den sie jederzeit wieder verlassen können.«

»Warte. Ich komme nicht ganz mit. Was bedeutet Zorwaya?«

»Zorwaya sind«, er suchte nach den richtigen Worten und unterbrach das Schnitzen für einen Augenblick, »kleine Geister. Schutzgeister sozusagen.«

»Das klingt ja gruselig.«

»Ist es aber nicht. Es sind gute Geister.«

»Mmh.«

Er lachte über meinen skeptischen Gesichtsausdruck. »Nicht schlimm, wenn du nicht daran glaubst.«

»Ich schließe nichts aus«, lenkte ich ein. Wenn ich ehrlich war, faszinierte mich seine Welt immer mehr. Ich war erstaunt, wie viel er über Geister und Tiere wusste. Und das machte mich noch neugieriger auf ihn.

»Es ist spät«, sagte er plötzlich und deutete zum Stand der Sonne. »Ich bringe Larki besser zurück.«

»Schade.«

Das Holzstück verstaute er in seinem Rucksack. Mit einem Handgriff befestigte er das Taschenmesser an seinem Gürtel. Daran hingen außerdem silberne Ketten mit hölzernen Kugeln, die genau wie mein Shi-ru'u mit Federn geschmückt waren.

Rin erhob sich, steckte Daumen und Zeigefinger in den Mund und erzeugte einen schrillen Pfeifton, der Larki anlocken sollte.

Artig kam Larki angetrabt und blieb vor Rin stehen, der ihm sanft auf den Hals klopfte. »So, Akpatok, so.« Er ordnete das Zaumzeug, doch bevor er sich auf den sattellosen Rücken des Pferdes schwang, drehte er sich zu mir um.

»Und wie kommst du nach Calmwood zurück?«

»Ich fürchte, ich muss auf den Bus warten.«

»Aber der kommt nur …«

»Alle vier Stunden, ich weiß.« Ich zuckte hilflos mit den Schultern. »Am besten gehe ich einfach immer geradeaus die Straße runter. Irgendwann komme ich schon an.«

»Daran hättest du vorher denken sollen, Stadtmädchen. Komm, steig auf, Larki und ich bringen dich nach Hause.«

Ich hob abwehrend die Hände. »Auf diesen Rücken bekommen mich keine zehn Pferde.«

»Ich halte dich fest, versprochen.«

Er reichte mir die Hand. Sein Blick verriet, dass er keine Widerrede duldete. Obwohl sich alles in mir dagegen sträubte, gab ich doch nach und nahm sie an. Er führte mich zu Larki und ließ den Hengst an mir schnuppern, damit er meinen Geruch wiedererkannte.

»Jaknura, Larki«, flüsterte er beruhigend, während die Lippen des Pferdes an meinem T-Shirt zupften.

»He, lass das«, sagte ich und lachte.

»Larki wird dir vertrauen, nun musst auch du ihm vertrauen.«

Rin saß auf und reichte mir die Hand. Ich ergriff sie zögerlich. Im Nu zog er mich hoch und ließ mich vor sich sitzen. Sanft hielt er mich fest und schnappte sich die Zügel.

»Hast du noch Angst?«

»Ja«, gab ich zu.

»Die brauchst du nicht haben. Ich bin hier.«

Ich atmete tief durch und hielt mich vorsichtig an Larkis Mähne fest. Als sich das Pferd in Bewegung setzte, stieß ich vor Schreck einen leisen Schrei aus, der Rin zum Lachen brachte. »Vertrauen, Stadtmädchen.«

Ich ärgerte mich über mich selbst. Rin hatte durch unsere erste Begegnung wahrscheinlich sowieso schon ein verzerrtes Bild von Großstadtmenschen bekommen, und jetzt lieferte ich ihm neuen Stoff, indem ich mich wie eine dumme Gans anstellte. Noch mal würde mir das nicht passieren.

»Wir gehen nun in leichten Trab über«, erklärte er.

Ich krallte mich in seinen Arm, der fest um meine Taille lag. »Trab« klang nach Geschwindigkeit. Und davor hatte ich panische Angst.

»Bleib ganz locker«, redete Rin mir gut zu.

Tatsächlich merkte ich schnell, dass alles nur halb so schlimm war. Er hielt mich, und wenn ich doch zur Seite zu rutschten drohte, brachte er mich schnell in meine Ausgangsposition zurück. Allmählich gewöhnte ich mich an das Ruckeln.

»Das ist wahre Freiheit.« Er zeigte auf einen Adler, der mit ausgebreiteten Schwingen über uns durch die Luft segelte. »Den holen wir ein«, versprach er. »Heyyaaah!« Er drückte seine Fersen sanft in Larkis Flanken und trieb das Pferd damit zu seiner Höchstgeschwindigkeit an. Das Wettrennen mit dem Adler hatte offenbar seinen Kampfgeist geweckt.

Ich hingegen warf meine guten Vorsätze über Bord und schrie laut auf. Gleich würde ich die Balance verlieren und runterstürzen. Ich klammerte mich an ihm fest.

»Lass mich bitte vorher absteigen!«

Rin zog behutsam an Larkis Zügeln. Er wechselte von Galopp in Trab und von Trab in Schritt. Eine Hand tätschelte liebevoll meinen Kopf. »Ach, Stadtmädchen. Du hast es bald überstanden.«

Ich war heilfroh, als das Ortsschild von Calmwood in Sicht kam. Rin brachte das Pferd zum Stehen.

»Weiter können wir dich nicht begleiten, Jorani. Aber von hier findest du den Weg selber.«

Als ein Auto vorbeifuhr, erschreckte sich Larki so heftig, dass er nervös auf der Stelle tippelte und laut schnaubte.

»Sssht, ruhig, Jaknuri.« Rins Zuspruch half.

»Hab ich mich gerade verhört, oder nennst du mich endlich Jorani?« Ich freute mich, denn »Stadtmädchen« hatte immer ein bisschen abfällig geklungen. Die Art, wie er meinen Namen aussprach, gefiel mir. Es klang sanft und melodisch.

»Du heißt doch Jorani, oder nicht?«, scherzte er.

»Ja, schon, aber ...«

Rin saß ab und half mir herunter, indem er mich auffing und auf die Füße stellte. Meine Beine gaben unter mir nach. Sie zitterten vor Anstrengung. Rin stützte mich. »Vorsicht, deine Muskeln müssen sich erst ans Reiten gewöhnen.«

»Besser nicht.« Ich hatte nicht vor, in absehbarer Zeit nochmals auf ein Pferd zu steigen.

»Geht schon«, sagte ich und schüttelte meine Beine aus. Sie fühlten sich wie eingeschlafen an. Tausend kleine Ameisen schienen an meinen Waden hochzukrabbeln.

Rin saß wieder auf und wendete.

»Sehen wir uns wieder?«, fragte ich eilig, noch bevor er verschwinden konnte.

»Calmwood ist klein«, erwiderte er.

»Ich meine das ernst. Mir hat es heute viel Spaß gemacht. Auch wenn du mir das nicht glaubst.«

Er hob skeptisch eine Augenbraue.

»Du kannst ja einfach mal ins Desert Spring kommen. Ich würde mich freuen.«

Er nickte. »Ja, vielleicht mache ich das.«

Im Desert Spring erfuhr ich, dass Gladice von der Leiter gestürzt war, als sie die Preise über der Theke korrigieren wollte, und sich den Arm gebrochen hatte. Roger war so nett gewesen, sie nach Rapid City ins Krankenhaus zu fahren. Meine Tante hatte nun alle Hände voll zu tun.

»Kann ich dir helfen?«, fragte ich, nachdem ich mit meiner Mutter telefoniert und ihr ausführlich von meiner Ankunft berichtet hatte. Abigail schüttelte lachend den Kopf. »Du machst doch hier Urlaub. Genieß ihn.«

Sie trug gleich mehrere Teller zur Spüle, es klapperte bedenklich, so, als würde ihr das Geschirr jeden Moment aus den Händen rutschen. Ich konnte das nicht mit ansehen.

»Ist doch egal. Ich habe schon mal gekellnert, und das hat Spaß gemacht. Außerdem würde ich sonst nur den ganzen Nachmittag rumsitzen.«

Abigail krempelte die Ärmel hoch und ließ Wasser ins Spülbecken ein. »Na schön. Heute ist hier wirklich die Hölle los. Wenn du die Tische im Garten übernehmen könntest, wäre ich dir sehr dankbar.«

Ich salutierte und lachte. »Wird gemacht, Ma'am.«

Ich band mir Gladice' Schürze um und ging in den Garten. An einem Tisch saßen drei junge Männer, die ausgiebig die Karte studierten.

»Haben Sie schon gewählt?«

Sie waren ein bisschen jünger als ich. Das erkannte ich an den teilweise noch kindlichen Gesichtszügen. Einer hatte eine Igelfrisur, der andere versteckte sein

Gesicht unter einem tief heruntergezogenen Basecap mit dem Logo eines lokalen Baseballteams, und der Dritte hatte seine Haare zu einem schmierigen blonden Zopf gebunden. Auf seiner Stirn hatte sich Akne breitgemacht.

Die Körperhaltung der Jungen verriet Anspannung, vielleicht sogar Aggression.

»Ich nehme den Apfelkuchen«, sagte der Stachelkopf.

»Ja, der soll ja ausgezeichnet schmecken. Ich hätte auch gern ein Stück.«

»Tut mir leid, Apfelkuchen ist leider aus. Darf 's etwas anderes sein?«

»Kein Apfelkuchen? Sehr schade. In dem Fall muss ich mich wohl mit diesen beiden hübschen Äpfeln begnügen.«

Im ersten Moment wusste ich nicht, worauf er anspielte. Als er auf meine Brüste deutete, fingen die Jungen an zu lachen. Offenbar steckten sie mitten in der Pubertät.

»Möchten Sie nun etwas bestellen oder nicht?«, fragte ich deutlich gereizter als gewollt.

»Hab ich nicht grade was bestellt?« Der Stachelkopf rückte mit seinem Stuhl zurück und klopfte mit beiden Händen auf seinen Schoß, als wollte er mich auffordern, dort Platz zu nehmen.

»Was soll das hier? Hatte ich euch nicht Hausverbot erteilt, weil ihr meine Gäste belästigt habt?«, fuhr Tante Abigail dazwischen, die in den Vorgarten gekommen war.

»Das müssen andere Jungs gewesen sein, wir sind zum ersten Mal hier.«

»Lügt mich nicht an. Ich habe mir eure Gesichter gemerkt. Und jetzt macht, dass ihr hier wegkommt.« Sie war ziemlich wütend. Ihre Stimme klang laut und kräftig. Selbst Dad wäre nicht gegen sie angekommen, und der hatte ein Organ wie ein Opernsänger. Abigail hätte sicher einen 1A-Feldwebel bei der US Army abgegeben. Jedenfalls erzielte ihre Stimme den gewünschten Effekt. Die Jungs schienen so beeindruckt, dass sie tatsächlich den Rückzug antraten.

»Schon gut, jetzt regen Sie sich mal nicht so auf«, stammelte der Stachelkopf im Gehen. Und so schnell, wie diese Bande gekommen war, so schnell war sie auch wieder verschwunden.

»Gut gemacht«, meinte ein älterer Herr vom Nachbartisch, und Abigail wischte sich die Hände an der Schürze ab, so, als wären sie schmutzig. Sie nickte nur zustimmend und ging wieder hinein.

Nach Ladenschluss half ich Abigail, die Stühle hochzustellen, das Geschirr abzuwaschen und den Boden zu wischen.

»Ohne dich würde ich hier noch bis nach Mitternacht sitzen«, sagte sie dankbar.

»Kein Problem. Ich helfe dir auch in den nächsten Tagen.«

»Das ist lieb von dir. Roger will mir auch helfen. Gemeinsam kriegen wir das schon hin.«

»Dieser Roger ist ein Netter, stimmt's?« Ich musterte sie sehr genau. Neugierig, ob sie ihn gern hatte. Dass Roger ein Auge auf meine Tante geworfen hatte, war mir schon heute Morgen nicht entgangen. Doch zu meiner Überraschung blieb Abigail ganz ungerührt.

»Ja. Sicher. Wieso?«

»Ach, ich hatte den Eindruck, dass er dich mag.«

Abigail, die gerade den Lappen auswrang, hielt in ihrer Bewegung inne. Abrupt fing sie zu lachen an. »Du hast eine Fantasie, Mädel.«

»Ich meinte das ernst.«

»Roger ist Witwer. Seine Frau ist vor anderthalb Jahren gestorben. Es war sehr schwer für ihn. Ich glaube kaum, dass er über den Verlust hinweg ist.«

Kopfschüttelnd schloss sie die Kasse ab.

Die Uhr zeigte halb zwölf, als wir endlich mit allem fertig waren.

Abigail verschwand im Bad und ich in meinem Zimmer, wo ein Teller mit Kuchen für mich bereitstand. Nach der kleinen Stärkung ging auch ich unter die Dusche, machte mich dann bettfertig und schlüpfte unter die Decke. Ich ließ meinen Tag Revue passieren, an dem sich so viel ereignet hatte, dass ich meinte, seit mindestens einer Woche hier zu sein. Unglaublich, wie schnell man sich einlebte.

Schläfrig rollte ich mich zur Seite und fiel fast augenblicklich in eine Art Dämmerschlaf, halb wach, halb schlafend. Ein Zustand, in dem man glaubte, fast zu schweben. Ich fühlte mich rundum wohl und kuschelte mich in meine Decke, als ich direkt über mir ein Pochen vernahm, das immer lauter und energischer wurde.

Als ich den Kopf hob, entdeckte ich eine Krähe an meinem Fenster, die mit ihrem Schnabel gegen die Scheibe klopfte. So etwas hatte ich noch nie gesehen. Vorsichtig öffnete ich das Fenster, aber sie flog weg.

Und in dem Moment hörte ich das Klirren von Glas. Jemand hatte unsere Scheibe eingeschlagen!

Ich stürzte in den Flur und stieß fast mit meiner Tante zusammen. Die trug ein Blumennachthemd, eine Art

Schlafmütze auf dem Kopf und hatte zu meinem Entsetzen eine Schrotflinte in der Hand.

»Um Gottes willen, was hast du damit vor?«, fuhr ich sie an.

Tante Abigail legte den Zeigefinger auf die Lippen. Wir lauschten ins Dunkel, aber ich konnte nichts hören.

Abigail winkte mich mit sich und schlich durch den Flur, der mir unendlich lang vorkam. Ich bemühte mich, keinen Ton von mir zu geben und nach Möglichkeit auch keine Diele zum Knarren zu bringen, was bei dem alten Holz nicht gerade leicht war. Irgendwie schafften wir es, geräuscharm zur Treppe zu gelangen.

»Warte kurz«, flüsterte sie und spähte nach unten.

Mein Herz klopfte so laut, dass ich fürchtete, ein möglicher Einbrecher würde es hören. Ganz vorsichtig stieg Abigail zwei Stufen hinunter und richtete die Waffe in den unter ihr liegenden Raum.

»Wer ist da?«, brüllte sie mit ihrer tiefen Stimme, die fast wie die eines Mannes klang. Ich erschrak derart, dass ich ungewollt einen leisen Schrei ausstieß.

Abigail lief schnell nach unten. Mir blieb vor Angst um sie fast das Herz stehen. Aber dann sagte sie plötzlich ganz gelassen: »Du kannst runterkommen«, und knipste das Licht an.

Misstrauisch blickte ich mich um, sah in jeder Ecke und Nische nach, um erleichtert festzustellen, dass Gott sei Dank tatsächlich keine Menschenseele hier war. Von meiner Tante und mir mal abgesehen.

Das Fenster war zertrümmert. Vereinzelte Glaszacken hingen noch im Rahmen. Die restlichen Splitter lagen auf dem Boden und den Tischen verstreut. Ich entdeckte einen etwa faustgroßen Stein, der neben einem Stuhlbein lag.

»Das wird teuer«, stellte Abigail nüchtern fest.

Plötzlich bemerkte ich eine Bewegung im Garten. Meine Augen gewöhnten sich schnell an die Dunkelheit, und ich erkannte einen Schatten, der sich zum Tor hin bewegte.

Ich weiß nicht, was in diesem Moment in mich fuhr, aber ohne großartig nachzudenken, lief ich nach draußen, in der wahnwitzigen Absicht, den Steinewerfer zu schnappen. Ich bewegte mich so schnell und gewandt wie eine Raubkatze auf den Schatten zu, der menschliche Formen annahm. Es war ein Mann. Ich streckte die Hand nach ihm aus und packte ihn am Arm.

»Hier geblieben!«

Der Fremde drehte sich erschrocken zu mir um. Das Licht der Straßenlaterne fiel auf sein Gesicht, und ich erkannte Rin.

»Du?« Ich konnte es nicht glauben. Ausgerechnet Rin!

»Es ist nicht so, wie du denkst.«

Ich schüttelte fassungslos den Kopf.

»Das mit dem Fenster, das war ich nicht«, redete er auf mich ein und nickte zum Desert Spring.

»Rin ... wieso?« Ich war völlig durcheinander.

»Glaub mir, Jorani.« Seine Hände krallten sich in meine Schultern. Ich spürte seine Finger durch meinen Schlafanzug hindurch.

Schweiß glänzte auf seiner Stirn. Sein Atem ging rasch. »Ich war das nicht«, wiederholte er eindringlich.

»Okay, okay. Aber wer war es dann, und was machst du eigentlich hier?«

In dem Moment hörte ich, wie Tante Abigail herauskam. Rin wich instinktiv zurück. »Ich erkläre es dir morgen.«

»Warte doch.«

Mit einem leichtfüßigen Satz über den Zaun war er im Dunkeln verschwunden.

»Bleib stehen«, brüllte Abigail ihm nach. Gott sei Dank hatte sie ihre Schrotflinte drinnen gelassen. Entschlossen rannte sie auf die Straße, doch sie war nicht bei bester Kondition und musste bereits nach wenigen Schritten aufgeben. Atemlos kam sie zu mir zurück.

»Dieser Mistkerl. Wenn ich den in die Finger kriege!«, sagte sie und keuchte so heftig wie eine Asthmakranke. Sie beugte sich vor und stützte sich auf den Knien ab. Langsam kam sie wieder zu Atem.

»Die haben sich gerächt. Das war einer von den Jungs«, war sie überzeugt. »Der Sheriff wird von mir hören. Hast du den Täter erkannt?«

Mechanisch schüttelte ich den Kopf. Ich hasste es, meine Tante anzulügen, aber ich wollte Rin schützen.

3. Kapitel

Der Sheriff nahm Abigails Aussage auf, mehr konnte oder wollte er nicht für uns tun. »Ich habe in der Dunkelheit niemanden erkannt«, log ich auch ihn an. Ich wollte Rin nicht in Schwierigkeiten bringen, zumal er behauptet hatte, es nicht gewesen zu sein. Und ich glaubte ihm.

Wahrscheinlich würde ohnehin die Versicherung greifen, so dass meine Tante zumindest nicht selbst für die Reparaturkosten aufkommen musste. Nachdem Sheriff Hunter den Tatort untersucht und unsere Aussagen aufgenommen hatte, genehmigte er sich einen Schinkenbagel und eine Tasse Milchkaffee.

»In letzter Zeit häufen sich solche Vorfälle«, erklärte er und biss herzhaft in den Bagel. Ein paar Krümel blieben in seinem Schnauzbart hängen.

»Warum tun die Leute nur so etwas?« Meine Tante konnte das beim besten Willen nicht verstehen.

Der Sheriff zuckte mit den Schultern. »Das ist ein Problem unserer Zeit. Die Jugend hat zu viel Freizeit, zu viel Langeweile. Da kommt man schnell auf dumme Gedanken. Ich habe selbst so einen Teenager zu Hause. Aber glauben Sie mir, mit der richtigen Erziehung bekommt man solche Jungs in den Griff. Alles eine Frage der Autorität«, war Hunter überzeugt und strich dabei über seinen Sheriffstern.

Als Roger wenige Minuten später vorbeikam und das zertrümmerte Fenster sah, regte er sich mächtig auf. Seine Wut galt vor allem dem Sheriff, weil der seiner Ansicht nach nicht genug unternahm, um die Täter zu fassen. Mehr als die Aussage meiner Tante aufzunehmen würde er nicht tun, behauptete Roger vehement.

»Keine Sorge, guter Mann, ich kümmere mich um den Fall«, versicherte Hunter.

»Wer's glaubt …«

Hunter nahm Rogers Einwände nicht weiter ernst und verabschiedete sich, stopfte den letzten Bissen seines Bagels in den Mund und verließ das Café. Er stieg in seinen Dienstwagen und brauste davon.

»Das ist ein Unding«, beschwerte sich Roger.

»Reg dich nicht auf, denk an dein Herz«, beruhigte Abigail ihn und schenkte ihm Zitronentee ein.

»Ist doch wahr. Was hat der je für unsere Gemeinde getan? Und so einer will Sheriff sein.«

»Er tut, was er kann.«

»Aber das ist offenbar nicht genug.«

»Was soll er denn machen, Roger? Wir haben nun mal niemanden erkennen können.«

Der Einzige, der Licht ins Dunkel bringen konnte, war Rin. Er musste den oder die Täter gesehen haben.

Ich suchte nach Müllschippe und Handfeger und machte mich daran, die Scherben zu beseitigen. Die Sache mit dem Fenster war schnell geregelt. Bereits am Nachmittag wurde eine neue Scheibe eingesetzt.

Ich half meiner Tante im Café, machte jedoch am späten Nachmittag Feierabend, weil Ira ihre Freunde und mich zu einem DVD-Abend zu sich nach Hause eingeladen hatte. Ich war sehr gespannt auf Pway und Linda, bekam aber auch ein schlechtes Gewissen, meine Tante mit der Arbeit allein zu lassen. Doch Abigail versicherte mir mehrmals, dass sie allein zurechtkäme und ich mir einen tollen Abend machen sollte.

Die McLaines wohnten in einem wunderschönen Häuschen, das aus einem amerikanischen Familienfilm hätte stammen können. Überall wuchsen herrlich bunte Blumen, im Vorgarten, in den Fensterkästen, auf den kleinen Beeten vor der Haustür. Rosafarbene Vorhänge zierten die weiß gerahmten blitzblanken Fenster. Es war ein Puppenhaus. Einzig der Schädel eines Büffels, der über der Haustür hing, passte zu dem Westernstil, der in dieser Gegend typisch war.

Ich klingelte, und Ira öffnete mir. »Schön, dass du es einrichten konntest! Komm rein. Ich möchte dir meine Familie vorstellen.«

Mrs McLaine sah genauso aus, wie ich sie mir vorgestellt hatte. Eine perfekte Hausfrau und Mutter, die zugleich Schürze und Make-up trug.

»Willkommen in Pennington County«, begrüßte sie mich und schüttelte mir überschwänglich die Hand.

Mr McLaine arbeitete für das Rapid City News Journal und hatte ein eigenes Büro im Haus. Er winkte mir nur kurz durch die Tür zu.

»Eigentlich wollte ich mir eine Studentenbude in Rapid City nehmen, aber das klappt finanziell nicht«, erklärte Ira und stieg die Treppe nach oben. Ich folgte ihr.

»Du studierst?«

»Ja, Geschichte und Literatur.«

Nach meinem sozialen Jahr hatte ich eigentlich auch vor zu studieren, ich hatte mich allerdings noch für kein Studienfach entschieden.

»Wollt ihr ein paar Kekse?«, rief uns Mrs McLaine hinterher.

»Nein danke, Mom. Wir haben noch genug in meinem Zimmer.«

»Alles klar. Dann viel Spaß!«

»Danke, Mom.« Und an mich gewandt, meinte sie: »Die anderen sind übrigens schon da.«

Ira stellte mir Pway, der ohne die Ölflecken im Gesicht ganz nett aussah, und Linda, eine natürliche Schönheit mit irischen Vorfahren, vor. Außerdem war da noch Jack, ein Freund von Pway, der, wie ich erfuhr, ursprünglich aus Jamaika stammte und gleich mehrere Tüten Erdnussflips mitgebracht hatte. Wir guckten »American Beauty«, und anschließend erzählte ich ihnen von meinem Leben in Berlin.

»Wie haben sich deine Eltern eigentlich kennengelernt?«, wollte Jack wissen.

»Auf dem deutsch-amerikanischen Volksfest. Mom hat Zuckerwatte verkauft, und Dad war in Zivil unterwegs. Er hat sich auf den ersten Blick in ihr strahlendes Lächeln verliebt und sie dann jeden Tag an ihrem Stand besucht. So lange, bis er sie so weit hatte, dass sie mit ihm Achterbahn fuhr. Mom hatte schreckliche Angst vor den Karussells und ganz besonders vor der Achterbahn. Dass sie dann schließlich doch ja gesagt hat, sprach lediglich für Dads Charme. Dad wusste nicht nur, wie er jemanden überzeugen konnte, er war auch ein schlauer Fuchs. Die ganze Fahrt über hat sich Mom an ihm festgekrallt, bis sie ihn schließlich gar nicht mehr loslassen wollte.«

»Eine süße Geschichte. Und wie heißt es so schön, Gegensätze ziehen sich an.«

Als Ira das sagte, musste ich unwillkürlich an Rin denken. Gab es einen größeren Gegensatz als ihn und mich, das Stadtmädchen? Ich konnte das Sprichwort nur bestätigen. Nie zuvor hatte ich mich so stark zu jemandem hingezogen gefühlt. Und das, obwohl ich ihn kaum kannte. Vielleicht lag es an seiner geheimnisvollen Andersartigkeit? Ich wusste nicht genau, was es war, doch ich hatte es vom ersten Moment an gespürt.

»Das finde ich auch«, meinte Linda leise, die ein sehr ruhiges Mädchen war. Ihre Haare schimmerten rotblond. Ich erfuhr, dass es ihre Naturfarbe war, um die ich sie ehrlich beneidete.

Pway hätte ich älter geschätzt. Das lag an seiner Stimme. Sie klang sehr ruhig, ausgeglichen und deutlich tiefer als die von Jack. Er arbeitete in der Autowerkstatt seines Vaters und hatte sich erst kürzlich von seiner Freundin aus Rapid City getrennt. In der Gegend um Calmwood und in den Black Hills kannte er sich wie kein Zweiter aus.

»Wenn du magst, zeige ich dir ein paar schöne Flecken«, versprach er. »Oder wir gehen alle zusammen campen. Der Wald ist in dieser Jahreszeit unvergleichlich. Bevor du abreist, solltest du unbedingt in die Black Hills fahren. Das ist ein Muss.«

»Pway hat recht, Jorani. Die Natur hier ist einzigartig«, ermunterte mich Ira.

»Und wann wollt ihr das machen?«

Pway zuckte mit den Schultern. »Keine Ahnung. An einem Wochenende vielleicht?«

Damit waren alle einverstanden. Ich auch. Denn ich

wollte wirklich gern mehr von South Dakota sehen, und wegen Gladice' Unfall würde meine Tante nicht viel Zeit für eine Sightseeing-Tour haben.

Gegen 23 Uhr machte ich mich auf den Heimweg. Linda und Jack begleiteten mich ein Stückchen, aber dann mussten sie in eine andere Richtung. Pway war schon etwas früher aufgebrochen, so dass ich nun allein war.

Friedlich, ja geradezu totenstill lag die von Bäumen gesäumte Straße vor mir. Calmwood hatte bei Nacht einen ganz besonderen, eigenen Charme. Es war in seiner ländlichen Atmosphäre beschaulich und anheimelnd. Ich ging an liebevoll gepflegten Vorgärten vorbei, in denen Briefkästen mit hoch- und runterklappbaren Fähnchen standen, wie man es aus Filmen kannte. In einigen Häusern brannte noch Licht, in anderen war es bereits dunkel, weil die Bewohner schon schliefen. In der Ferne hörte ich das einsame Bellen eines Hundes.

Es stimmte, was man sagte. In ländlichen Gegenden war man den Sternen näher als in der Großstadt. Ein Meer aus funkelnden und glitzernden Diamanten erstreckte sich über mir. Ich blieb stehen, um den Anblick zu genießen, als ich das Rascheln von Laub hinter mir hörte. Erschrocken drehte ich mich um, aber niemand war zu sehen. Die Straße war menschenleer. Wahrscheinlich war es nur ein Tier gewesen, das sich in die Stadt verirrt hatte. Dennoch beschloss ich, mich zu beeilen. Die Vorfälle der letzten Tage, die eingeworfene Fensterscheibe und der getötete Hund spukten mir noch immer im Kopf herum. Offenbar steckte diese Jugendbande hinter allem, und ich hatte keine Lust, ihnen allein auf offener Straße zu begegnen.

Ich bog in eine Seitenstraße, in der Hoffnung, eine Abkürzung gefunden zu haben, als plötzlich jemand hinter mir auftauchte und mich am Arm festhielt.

»Warte bitte.«

Ich blieb wie angewurzelt stehen, hielt vor Schreck den Atem an. Das Herz schlug mir bis zum Halse. Aber dann riss ich mich los, wollte wegrennen.

»Keine Angst, ich bin es«, flüsterte der Fremde. Diese Worte ließen mich innehalten. Langsam drehte ich mich um und blickte in ein schmales Gesicht mit ausgeprägten Wangenknochen und einem kantigen Kiefer. »Hab ich dich erschreckt?«

»Rin!« Ich war unendlich erleichtert, ihn zu sehen, und wäre ihm am liebsten um den Hals gefallen.

»Entschuldige, ich wollte dir keine Angst machen.«

»Du kannst schleichen wie eine Katze, weißt du das? Aber was machst du denn hier?« Der Schrei einer Krähe hallte durch die Nacht und ließ mich zusammenzucken. In der Krone einer riesigen Eiche hockten sieben, acht, vielleicht sogar zehn Krähen. Ich erkannte im Dunklen nur ihre Umrisse. Ihre Köpfe waren nach vorn gereckt, so, als starrten sie auf uns herab. Sie erinnerten an Raubvögel, die auf Beute hofften. Oder auf Aas. Ein mulmiges Gefühl breitete sich in meinem Magen aus.

»Ich habe dich gesucht.«

Rin folgte meinem Blick zu den schwarzen Vögeln, die auf den Ästen saßen.

»Vor den G'takalag brauchst du dich nicht zu fürchten. Man sagt, sie seien im engen Kontakt mit den Zorwaya, und so wissen sie, was erst geschehen wird. Sehr kluge Tiere.«

»Ehrlich gesagt klingt das alles andere als beruhigend.« Diese Vögel waren mir unheimlich.

Rin lachte leise. »Hab keine Angst, Stadtmädchen, sie werden dir nichts tun.«

Er sagte das so überzeugend, dass ich ihm glauben musste. Immerhin kannte sich niemand so gut mit Tieren aus wie Rin.

»Was ist gestern Nacht geschehen?«, fragte ich, denn ich wollte endlich Klarheit haben.

»Du musst mir glauben, dass ich nichts damit zu tun habe. Ich habe eure Scheibe nicht eingeworfen.«

»Das weiß ich doch«, versicherte ich ihm eilig. Ich hatte von Anfang an gespürt, dass er unschuldig war. Warum hätte er meiner Tante und mir das auch antun sollen?

Rin wirkte erleichtert.

»Aber warum warst du ausgerechnet zu dem Zeitpunkt in Abigails Garten?«, wollte ich wissen.

Er atmete tief durch. »Ich war zufällig in der Nähe, als ich die Jungen sah, die über den Zaun ins Desert Spring kletterten. Ich wusste sofort, dass das nichts Gutes zu bedeuten hat. Leider kam ich zu spät, um es zu verhindern. Doch ich wollte sichergehen, dass keinem von euch etwas passiert war.«

Ich war gerührt. Also war er nur gekommen, weil er sich Sorgen um uns machte. »Hast du die Jungen erkannt?«

»Es waren die Jugendlichen aus der Gegend. Ich kenne ihre Namen nicht.«

»Dann hat meine Tante ja recht gehabt.«

Wahrscheinlich handelte es sich tatsächlich um die verspätete Rache für das Hausverbot im Desert Spring.

Eine Sache wollte mir aber noch nicht in den Kopf. »Warum bist du so schnell weggerannt? Du hättest meiner Tante doch alles erklären können.«

»Hätte sie mir auch nur ein Wort geglaubt?«

»Natürlich!« Daran gab es für mich keinen Zweifel, doch Rin sah das offenbar anders.

Eine Weile liefen wir schweigend nebeneinanderher. Ich blickte mich immer wieder nach den Krähen um, und jedes Mal waren sie direkt hinter uns, saßen in einer Baumkrone oder auf dem Dach eines Hauses.

»Ich weiß, was die Leute über mich denken. Sie halten mich für sonderbar. Und das bin ich vielleicht auch. Ich möchte keinen Ärger mit ihnen.«

Ich erinnerte mich an Iras Worte. Er galt als Sonderling, als menschenscheu. Ich fragte mich, warum er dann ausgerechnet meine Nähe duldete. »Meine Tante hat nichts gegen dich, das kannst du mir glauben«, versicherte ich ihm.

In diesem Moment setzte eine Krähe zum Sturzflug auf uns an. Ich erschrak dermaßen, dass ich sofort die Hände vors Gesicht schlug, um den heftigen Flügelschlag abzuwehren.

»Alles ist gut«, beruhigte mich Rin.

Vorsichtig nahm ich die Hände wieder herunter. Rin holte ein Stück Brot aus seiner Hosentasche, brach ein Stückchen ab und reichte es der Krähe, die auf seiner Schulter Platz genommen hatte.

»Das ist unglaublich.« Ich hatte noch nie eine zahme Krähe gesehen. »Wie machst du das nur, sie scheint dir völlig zu vertrauen.«

Er gab ihr einen weiteren Brocken, den sie mit der Klaue nahm und dann zum Schnabel führte, um daran zu knabbern. Eine zweite Krähe setzte sich, davon ermutigt, auf Rins andere Schulter. Auch sie bekam einen Leckerbissen.

»Als ich ein kleiner Junge war und meinem Bruder sein Totem, der Bär, erschien, wollte ich auch ein Totem besitzen. Eines, das größer und mächtiger war als der Bär. Aber Vater sagte, dass nicht ich es bestimmen könne, sondern dass es mich erwählen und sich mir zu erkennen geben würde, wenn die Zeit dafür reif sei.

Die Männer und Frauen meines Stammes haben eine alte Tradition. Sie gehen nach Hokatriri, dem Land der Steine, das ihr Badlands nennt. Dort fasten sie und bitten die Zorwaya um ein Zeichen. Wenn sie gnädig sind, senden sie ihnen ihr Totem in einem Traum.

Viele Krieger hoffen auf ein Totem wie den Bären, das Pferd oder den Adler. Wir glauben, dass ihre Fähigkeiten auf uns übergehen. Doch jeder bekommt nur das Totem, das seinem Selbst entspricht.«

Rins Stimme war tief und rau geworden, während er das erzählte. Ich bekam eine Gänsehaut, weil sie plötzlich fern, beinahe geisterhaft klang.

»Es sind die Krähen, nicht wahr? Sie sind dein Totem.«

Er nickte. »Als ich alt genug war, ging ich nach Hokatriri, wie es schon meine Vorfahren und mein Bruder getan hatten, setzte mich auf einen Felsvorsprung und wartete, bis mir das Zeichen geschickt würde. Die Sonne brannte heiß. Ich hielt es in meiner Kleidung nicht länger aus, streifte sie ab und streckte mich auf dem Stein aus. Normalerweise dauert es drei Tage und Nächte, manchmal sogar länger, ehe die Zorwaya die jungen Krieger erhörten. Doch zu mir waren sie gnädig. Eine Krähe erschien mir und setzte sich auf meine Brust. Sie sah so echt aus, dass ich glaubte, ihr Gefieder berühren zu können. Ich blieb liegen und spürte, wie ihre Kraft durch mich floss, wie sie und ich miteinander verschmolzen. Es war ein erhabenes Gefühl. Seit diesem Tag folgen sie mir.«

»Welche Fähigkeiten hat die Krähe?«

»Die Krähe ist das Totem des Cha-Bekum. Ihr würdet ihn Schamane nennen. Seine Fähigkeit ist die Spiritualität.« Er musterte mich sehr eindringlich und wartete auf eine Reaktion. Aber ich wusste nicht, was ich sagen sollte.

»Für dich klingt das wie ein Märchen. Hab ich recht, Stadtmädchen?«

»Nein, eigentlich nicht.« Vielleicht hätte es so klingen müssen, das wäre zumindest vernünftig gewesen, aber ich war fasziniert von Rins Geschichte und seinem Wissen über die Geister. Ich wollte mehr über ihn und seine Welt erfahren.

»Du bist also ein Schamane?«

»Noch nicht. Ein langer Weg liegt vor mir. Manche sagen, es dauert ein Leben lang, um die Weisheit von zehn Kreisläufen zu erlangen. Ein Schamane aber braucht die Weisheit von hundert Kreisläufen.«

»Das klingt, als sei es unerfüllbar.«

»Es ist eine Lebensaufgabe. Aber nun weißt du, was es mit den Krähen auf sich hat. Sie tun mir nichts, und auch dir werden sie kein Haar krümmen.« Er warf das letzte Stückchen Brot in die Luft. Sofort breitete eine Krähe ihre Flügel aus und schoss hinterher, um es aufzufangen, bevor es zu Boden fiel.

»Welchem Stamm gehörst du an?«

»Wir nennen uns Ti'tibrin E'neya. In eurer Sprache

heißt es Kinder der E'neya, der Gründerin und Urmutter unseres Stammes, welche die Männer und Frauen zu einer Sippe einte und uns den Weg der Natur lehrte.«

»Von diesem Stamm habe ich noch nie gehört.«

»Es gibt über fünfhundert anerkannte Stämme in den USA. Wie sollte ein Großstadtmädchen wie du sie alle kennen?«

»Haha. Ich wünschte, du würdest aufhören, mich so zu nennen.« Es kränkte mich ein bisschen. Er musste glauben, dass ich von nichts eine Ahnung hatte, was sich außerhalb von Berlin befand.

»Ich meine es nicht böse. Das weißt du hoffentlich?« Er legte sacht den Arm um meine Schultern und zog mich an sich. So dicht, dass mir der Duft von Wald und Wiese in die Nase stieg. Ich inhalierte dieses wilde Aroma, das meine Sinne vernebelte.

»Ja, ich weiß.«

Es war aufregend, ihm so nahe sein zu dürfen. Ich fing an zu schwitzen. Ausgerechnet jetzt. Rasch wischte ich meine klebrigen Hände an meiner Hose ab. In dem Moment ließ er mich los und ging vorneweg. Ich war enttäuscht, hatte ich doch gerade angefangen, seine Nähe zu genießen. Seine Bewegungen waren sehr anmutig und leichtfüßig, doch zugleich strotzten sie vor Stärke. Er besaß eine natürliche Eleganz, die ich nie zuvor bei einem anderen Menschen wahrgenommen hatte. Die schulterlangen Haare wippten im Rhythmus seiner Schritte, gleich der wilden Mähne eines Mustangs, der durch die Prärie galoppierte.

»Danke fürs Heimbringen«, sagte ich, als wir vor dem Desert Spring stehen blieben. »Hoffentlich hast du jetzt keinen allzu langen Heimweg vor dir?« Ich hoffte herauszufinden, wo er lebte. Dann könnte ich zufällige Begegnungen inszenieren.

Er nickte mit dem Kopf nach Norden. »Ein Stückchen von hier ist es schon. Aber das stört mich nicht. Ich lebe hinter der Stadtgrenze.«

»Auf einer Farm?« Ich hatte diese fixe Idee, Rin könne als Farmerjunge angestellt sein. Sein kariertes Hemd und die Jeanslatzhose erweckten diesen Eindruck. Er schüttelte amüsiert den Kopf.

»Aber was ist denn dort draußen? Noch eine Stadt?«

Von der hätte ich sicherlich inzwischen gehört. Andererseits gab es im Pennington County viele kleine Orte, die nur mit etwas Glück auf einer Landkarte zu finden waren.

»Ich lebe dort, wo die Wälder beginnen.«

»Das muss sehr einsam sein.«

»Ich mag es, wie es ist.«

Ich ließ das Gartentor hin- und herschwingen, doch als Rin mich plötzlich auf unsagbar sanfte Weise ansah, hielt ich abrupt inne. Seine Augen waren wie zwei große schwarze Löcher, in die man sehr schnell hineingesogen wurde, wenn man sich nicht in Acht nahm. Ich jedenfalls konnte nun, da ich zu lange hineingeschaut hatte, nicht mehr wegsehen.

Sein Blick wanderte tiefer und blieb an meinen Lippen hängen. Ein aufregendes Kribbeln breitete sich in meinem ganzen Körper aus.

»Das war ein schöner Abend«, sagte er.

»Ja, das war er.« Ich wünschte nur, er würde jetzt nicht zu Ende sein.

»Kommst du auch zur Cluberöffnung?«, fragte ich in der Hoffnung, ihn dort wiederzusehen.

»Cluberöffnung?«

»Der Cobra Club in Rapid City. Das soll schon jetzt ein angesagter Laden sein«, erklärte ich und berief mich dabei auf Iras Aussagen. »Der mit der großen Kobra über dem Eingang.«

Rin wiegte nachdenklich den Kopf. »Ich glaube nicht, dass das etwas für mich ist.«

»Schade.« Das hätte ich mir eigentlich denken können.

»Gute Nacht, Jorani.« Er kam näher.

Ich spürte seinen Atem auf meinen Lippen und glaubte, nein, hoffte, er würde mich küssen. Mein Verlangen nach einem Kuss war so groß, dass ich mich sogar unbewusst auf die Zehenspitzen stellte, nur um seinen Lippen näher zu sein. Ich sog seinen Atem ein, spürte, wie mein Herz immer heftiger schlug, bis mir schwindelig wurde. Aber das konnte ich geschickt überspielen, indem ich mich leicht gegen den Zaun lehnte. Rins Duft vernebelte mir die Sinne. Erneut roch ich Gras, Weide, sogar Pferd, wahrscheinlich haftete etwas von Larkis Geruch an ihm.

»Bis bald«, sagte er leise. Fast berührten sich unsere Münder. Unmerklich spitzte ich die Lippen. Eine solche Sehnsucht hatte ich nie verspürt. Sie brannte unerträglich in meiner Brust.

Er machte einen Schritt nach hinten, und die Magie war fort. Plötzlich fühlte sich mein Kopf wieder klar an, als hätte ich zuvor unter einem Bann gestanden, der nun gebrochen war.

»Gute Nacht, Rin«, hauchte ich.

Er hob die Hand, dann wandte er sich ab.

Nur einen winzigen Moment schaute ich betreten,

auch ein wenig enttäuscht, dass es mit dem Kuss nicht geklappt hatte, zu Boden, und als ich wieder aufsah, war er in der Dunkelheit verschwunden. Schwarze Vögel erhoben sich in die Luft und verschmolzen mit der Dunkelheit. Sie folgten ihm, da war ich mir sicher. Der Gedanke ließ mich frösteln.

4. Kapitel

Hast du einen Moment Zeit, ich möchte dir gerne etwas zeigen«, fragte mich Tante Abigail am nächsten Morgen.

»Ja, natürlich.« Ich saß schlaftrunken an der Theke und schlürfte meinen Tee.

»Es ist eine Überraschung.«

Ich folgte ihr in die geräumige Garage, die auch als Werkraum genutzt wurde. Abigail steuerte zielstrebig auf eine blaue Plane zu.

»Ich dachte mir, dass mehr Mobilität nicht schaden könnte. So bist du nicht mehr auf den Bus angewiesen.«

Sie nahm die Plane herunter, und ein staubiges Moped kam zum Vorschein.

»Ich habe das gute Stück lange vernachlässigt, bin nur mit dem Käfer gefahren. Wenn du magst, lassen wir es von den Pwaytons durchchecken. Dann kannst du es haben.«

Ich überlegte nicht lange und wischte mit einem Tuch, das ich aus einem Regal genommen hatte, den eingestaubten Sitz ab, um mich einmal probeweise draufzusetzen. Während meiner Schulzeit hatte ich ein Moped besessen – bis man es mir gestohlen hatte. Ich konnte fahren und hatte einen internationalen Führerschein.

»Bob Pwayton hat sicher nichts dagegen, mal einen Blick draufzuwerfen«, stimmte ich meiner Tante zu.

»Also gefällt's dir?«, versicherte sich Abigail.

»Es ist super!«

Am Nachmittag kamen Bob und Ben Pwayton vorbei und schauten sich in Abigails Garage um.

»Späte Siebziger?«, fragte Bob mit einem skeptischen Schmunzeln, als er das Moped ausgiebig begutachtete.

»Wo denkst du hin, Bob? Mitte der Achtziger«, klärte ihn Abigail auf.

»Tut mir leid, Mopeds sind nicht mein Fachgebiet.«

Pway tat sehr fachmännisch, beäugte den Motor und schraubte am Auspuff herum.

»Nicht schlecht«, meinte er anerkennend. »Hat auf jeden Fall einen gewissen … Coolnessfaktor.«

»Findest du?«, fragte ich entgeistert. Das konnte nur ein Witz sein. Aber Pway nickte völlig ernst. »Klar, wenn du drauf fährst, ist das cool.«

»Und, kriegt ihr das hin?«, wollte Abigail wissen. Bob nickte zuversichtlich. »Wir kümmern uns heute Abend drum. Reicht dir das, Jorani?«

»Ja, sicher. Wäre toll.«

»Ist ja auch nicht viel zu machen.«

»Vielleicht schaffe ich es früher«, erklärte Pway und kam nah an mich heran. Er roch nach Öl und Benzin. Sein hellblauer Overall war vollkommen schmutzig. Sogar in seinem Gesicht entdeckte ich einige rußige Flecke, die ihn wie einen Schornsteinfeger aussehen ließen.

»Ja, okay …«, sagte ich und versuchte, mir nicht anmerken zu lassen, wie wenig mich diese Aussicht begeisterte. Denn wenn ich Pway so ansah, kam mir nur »brünstiger Hirsch« in den Sinn. Aber ich wollte wirklich nicht undankbar sein. Es war sehr freundlich von den beiden, dass sie mir helfen wollten.

Zwei Stunden später reinigten Pway und ich das Moped, befreiten es von Spinnweben und einer dicken Staubschicht. Dann füllte er den Tank mit Hilfe eines mitgebrachten Kanisters und eines Trichters auf und testete, ob der Motor ansprang. Ein unangenehmes Schnarren erklang.

Bob kam zwanzig Minuten später zu uns in die Garage. Er schraubte so lange an dem Moped herum, bis ihm Schweiß von der Stirn tropfte.

»Ich denke, wir können eine Testfahrt machen«, verkündete er schließlich, und Pway schob das Moped auf die Straße.

»Lass mal. Das mach ich schon«, sagte Pway, als ich mich in den Sattel schwingen wollte, und setzte einen Helm auf.

Dann startete er den Motor, der dieses Mal laut knatterte. Ich machte rasch einen Schritt zurück, und das Moped brauste davon, eine Wolke aus Abgasen und Staub hinter sich herziehend. Als Pway zurückkam, waren er und Bob sehr zufrieden. »Jetzt fährt die alte Kiste wieder wie neu.«

Ich wollte das Moped gleich am nächsten Abend ausprobieren. Aber der Motor streikte. Bob Pwayton kam extra deswegen vorbei und versuchte zu retten, was zu retten war. Allerdings lief mir die Zeit davon, wenn ich rechtzeitig zur Cluberöffnung kommen wollte.

»Tut mir leid, Jorani. Ich weiß auch nicht, was da schiefgelaufen ist. Ich muss das Moped in die Werkstatt bringen, um es mir dort noch mal gründlich anzusehen. Heute wird es leider nichts mit deinem Ausflug nach Rapid City«, meinte Bob bedauernd.

Ich rief bei Ira an, die glücklicherweise noch einen Platz für mich in ihrem Camaro frei hatte.

Zehn Minuten später hupte es vor meinem Fenster. Ich hatte mich rasch in Schale geworfen, gab Abigail, die mich begeistert von oben bis unten musterte, einen Kuss auf die Wange und versprach, es nicht allzu spät werden zu lassen, weil ich wusste, dass sie sonst nicht schlafen würde.

»Woweee«, sagte Ira, als sie mich sah. »Du siehst ja toll aus.«

»Danke.«

Ich freute mich sehr über das Kompliment. Auch Pway, der auf dem Beifahrersitz saß, schien von meinem Outfit angetan. »Berlin hat schöne Mädels«, sagte er anerkennend.

Und ich erwiderte lachend: »Calmwood auch.«

Ich setzte mich zwischen Linda und Jack auf die Rückbank.

»Hat mein Dad dein Moped wieder hinbekommen?«, wollte Pway wissen und drehte sich zu mir um.

»Bis jetzt noch nicht.«

»Du hast ein Moped?« Ich konnte Iras verwunderten Blick im Rückspiegel sehen.

»Seit gestern. Gehört eigentlich meiner Tante.«

»Ah ja. Wem's gefällt.« Sie schüttelte sichtlich amüsiert den Kopf, und ich fühlte mich gekränkt, da es in ihren Augen offenbar uncool war, mit einem Moped unterwegs zu sein. Aber es kann sich ja wohl nicht jeder ein eigenes Auto leisten.

»Ich bin sicher, mein Dad kriegt das hin. Bestimmt kannst du schon morgen damit fahren.«

»Jetzt quatscht doch nicht die ganze Zeit über Mopeds. Bringt ein bisschen Stimmung in die Kiste«, rief Ira und drehte das Radio laut auf. Aus den Boxen drang Keri Hilson. Ira sang aus Leibeskräften mit und steckte auch Pway und Jack an.

Rapid City bot um diese Uhrzeit einen besonderen Anblick. Bei Tag fiel nicht auf, dass die Stadt mit Leuchtreklame regelrecht zugepflastert war. Am Abend war das anders. Ein Meer aus Logos, Figuren und fetten Schriftzügen in den schillernsten Farben. Auch die riesige Kobra vor dem Eingang des Cobra Clubs flimmerte in Neonfarben, als wir an dem Gebäude vorbeifuhren.

Ira lenkte ihren Camaro auf einen eigens für Clubbesucher vorgesehenen Parkplatz, der ziemlich leer war. »Wir sind früh dran«, stellte sie fest und schnallte sich ab. Wir taten es ihr gleich.

»Kein Problem, wir sorgen schon für Stimmung.« Pway sang den Titel weiter, obwohl das Radio längst aus war.

Der Eintritt war frei. Außerdem bekam jeder einen Gutschein für ein Gratisgetränk. Zur Feier des Tages.

Der Cobra Club besaß drei Themen-Tanzflächen, die 80er-Lounge, den Karibik-Flair und Rock & Pop. Laute Musik dröhnte uns aus allen Richtungen entgegen.

Außerdem konnte der Club mit fantastischer Technik aufwarten. Bassanlagen, Lichteffekte, Nebelmaschine und Tanzkäfige. Eine riesige Schlange schwebte unterhalb der Decke. Sie konnte den Kopf und die Schwanzspitze bewegen.

»Habt ihr in Berlin auch solche Clubs?«, rief Pway mir zu, denn bei der Lautstärke konnte man kaum ein Wort verstehen.

»Ja, haben wir!« Ich fühlte mich wie zu Hause und vor allem an alte Zeiten erinnert, in denen ich mit Freunden durch die Clubs gezogen war.

Zu unserer Überraschung füllte sich der Club ziemlich schnell, so dass sich bald Staus vor den Bars bildeten. Offenbar hatten auch andere sehnsüchtig auf die Eröffnung gewartet.

»Wo sind denn Ira und Jack?«, wunderte ich mich. Eben hatte ich sie noch am Rande der Tanzfläche gesehen. Nun waren sie wie vom Erdboden verschluckt.

»Lass die mal, die brauchen ein bisschen Zeit für sich«, sagte Pway, immerhin laut genug, dass selbst das Pärchen neben uns ihn verstehen konnte.

»Leute, was machen wir denn nun?«, fragte Linda ungeduldig.

Ich zuckte mit den Schultern. »Mir gefällt es hier, also bleiben wir«, schlug ich vor. Die beiden waren einverstanden, und wir setzten uns an die Theke, um unsere Gutscheine einzulösen.

Linda verschwand schon bald auf die Tanzfläche, und Pway rutschte mit seinem Stuhl zu mir auf. »Darf ich dich mal was fragen?«

»Natürlich.«

»Ich weiß, ehrlich gesagt, nicht, wie ich anfangen soll«, druckste er herum.

Ich lachte. »Schieß einfach los.«

»Na schön. Also, ich möchte nicht, dass du das falsch verstehst.« Nervös fuhr er mit dem Zeigefinger über den Rand seines Colaglases.

»Jetzt mach's nicht so spannend. Raus mit der Sprache.«

»Na gut. Ich habe dich neulich Nacht mit Rin vor dem Desert Spring gesehen und mich gefragt, was da los war zwischen euch ...« Er deutete auf den Shi-ru'u, den ich, seit Rin ihn mir geschenkt hatte, immer trug.

»Hast du mir etwa nachspioniert?« Ich meinte das gar nicht ernst, aber Pway fasste es so auf.

»Ich habe nur aus dem Fenster geschaut. Unser Haus liegt gegenüber vom Desert Spring«, rechtfertigte er sich. »Eigentlich will ich ja auch nur wissen, ob Rin was von dir will?« Pway machte ein verächtliches Gesicht.

»Selbst wenn es so wäre, ich wüsste nicht, was dich das anginge«, erwiderte ich heftiger als beabsichtigt.

»Schon gut, ich war ja nur neugierig.« Er hob abwehrend die Hände, als wollte er sich gegen imaginäre Schläge verteidigen. »Hätte ja sein können, dass der dich belästigt.«

»Bitte?«

»Na ja, der ist komisch. Findest du nicht? Unzivilisiert. Ein Wilder.«

Ich hätte Pway dafür am liebsten den Inhalt meines Glases ins Gesicht geschüttet, aber ihm war anzusehen, dass ihm seine eigenen Worte peinlich waren. »Entschuldige«, lenkte er ein. »Das war nicht fair. Ist mir so rausgerutscht.« Beschämt senkte er den Kopf.

»Okay, hab verstanden.« Vielleicht stimmten Rins Befürchtungen doch. Vielleicht hatten die Leute eine schlechte Meinung über ihn. Wenn ja, konnte ich das allerdings nicht verstehen. »Du, die Luft ist so stickig. Ich sehe mich mal um«, sagte ich und stand auf.

»He, sei jetzt bitte nicht sauer, ja? Ich wollte dir den

Abend nicht versauen.« Ihm schien es wirklich leidzutun.

»Ja, ist gut«, versicherte ich.

Er wirkte erleichtert. »Soll ich mitkommen?«

Ich schüttelte den Kopf. Nach diesem Gespräch wollte ich lieber allein sein, um mich zu beruhigen. Seine Äußerungen waren trotzdem verletzend gewesen, und ich war froh, dass Rin sie nicht gehört hatte. Schnell verschwand ich in der 80er-Lounge.

Dort spielten sie »Big in Japan« von Alphaville. Ich ließ mich am Rande der Tanzfläche auf einen Stuhl sinken und schaute den jungen Leuten zu. Erst jetzt merkte ich, wie angespannt ich in Pways Gegenwart gewesen war. Dass er Rin als »Wilden« bezeichnet hatte, würde ich nicht so schnell vergessen. Es zeigte, wie wenig er ihn kannte. Hätte er gewusst, was für ein spiritueller und sanfter Mensch Rin war, hätte er eine so ungeheuerliche Behauptung niemals aufgestellt.

»Sieh mal einer an, wen haben wir denn da?« Der Stachelkopf, der mich im Desert Spring belästigt hatte, setzte sich ungefragt neben mich. Ein Ausdruck von Triumph lag auf seinem Gesicht. Er war nicht allein. Er hatte seine Freunde sowie ein Mädchen mit einem Nasenring und hochtoupierten schwarzen Haaren im Schlepptau. Sie bauten sich um den Tisch auf. In der Gruppe fühlten sie sich augenscheinlich stark.

»Wie heißt es so schön, man sieht sich immer zweimal im Leben«, meinte er.

»Lass mich doch einfach in Ruhe.« Ich hatte wirklich keine Lust auf eine Konfrontation. Aber ich wusste, dass sie es genau darauf anlegten. Alles in mir schrie nach Flucht. Doch ich war auch wütend. Wütend, weil sie Abigails Fensterscheiben eingeschmissen hatten. Niemand konnte mir erzählen, dass diese Typen nicht dahintersteckten.

»Das geht nicht, Mäuschen, wir haben noch eine Rechnung offen«, provozierte er mich.

Ich ließ mich nicht darauf ein. Ihre Drohung beeindruckte mich nicht im Geringsten. Was wollten sie tun? Mich hier vor allen Leuten bedrohen oder zusammenschlagen? Dafür waren selbst diese Jungs zu schlau.

Ich beschloss zu gehen. Doch als ich aufstehen wollte, spürte ich zwei Hände, die sich kraftvoll auf meine Schultern legten und mich auf den Stuhl zurückdrückten.

»Au«, zischte ich und drehte den Kopf nach hinten.

Hinter mir stand ein Junge, der alle anderen um mindestens zehn Zentimeter überragte. Sein Blick war verkniffen, geradezu dunkel. Eine lange Narbe zierte seine Wange. Ich vermutete, dass sie ihm mit einem Messer zugefügt worden war. Außerdem hatte er ein Augenbrauenpiercing. Es musste noch frisch sein, die Haut war geschwollen.

»Hier geblieben«, sagte er und grinste mich unverhohlen an. Seine Zähne wirkten wie die eines Raubtieres.

»Was soll das? Lass mich los«, protestierte ich trotz aller Angst. Zumindest funktionierte meine Stimme noch.

Er lachte. Laut, schrill, fast schon hysterisch, wie eine Hyäne. Und bei genauerem Hinsehen sah er auch wie eine aus.

»Nicht so kratzbürstig, Kleine.«

»Das ist das Mädchen aus dem Desert Spring, von dem wir dir neulich erzählt haben, Sid.«

»Sieh an, sieh an.«

Sid? Mein Herz begann sofort, schneller zu schlagen. Diesen Namen hatte ich doch schon mal gehört. Das war der Exfreund von Ira, der auch Roys Laden ausgeraubt und vermutlich dessen Hund getötet hatte. Langsam fügte sich alles zusammen.

»Und ihr habt meiner Tante die Scheibe eingeschlagen«, brach es aus mir heraus.

»Das halte ich für ein Gerücht«, entgegnete Sid in einem gefährlichen Tonfall.

»So? Den Sheriff und die anderen könnt ihr vielleicht täuschen, aber ich weiß, dass ihr dahintersteckt.« Meine Güte, wozu ein Mensch in der Lage war, wenn genügend Adrenalin durch seine Venen jagte! Ich erkannte mich selbst nicht wieder. Und ich hoffte inständig, ich würde endlich die Klappe halten und mich nicht noch tiefer in den Schlamassel reinreiten. Aber dafür war es vermutlich schon zu spät.

Ich blickte in die starren Gesichter der Jungen. Sie schienen nicht minder geschockt als ich. Sids Griff an meinen Schultern wurde fester.

»Ich habe ein paar Neuigkeiten für dich, Kleine. Der Sheriff ist mein Dad, und mein Dad vertraut mir.«

Ach du lieber Himmel. Kein Wunder, dass Sid glaubte, sich alles erlauben zu können, wenn Daddy das Oberhaupt der hiesigen Polizei war – was sollte da schon groß passieren? Es war geradezu ironisch, dass Sheriff Hunter glaubte, seinen Sohn unter Kontrolle zu haben. Dank der guten Erziehung. Ich hätte fast losgelacht.

»Plötzlich sprachlos, Wildkätzchen?«, fragte er und schnurrte wie eine Katze, die sich über ein köstliches Fressen freute.

Seine Finger strichen über meinen Nacken. Ein widerliches Gefühl. Ich spürte einen langen Fingernagel, der meine Haut leicht ritzte.

Hilfesuchend sah ich mich im Club um. Irgendwie musste ich auf mich aufmerksam machen. Aber die Leute um mich herum waren mit sich selbst beschäftigt. Und die Musik war so laut, dass sie unsere Unterhaltung nicht hörten.

Sids Hand glitt tiefer.

»Fass mich nicht an.« Ich schlug seine Hand weg, er machte einen Schritt zurück, und ich sprang wütend von meinem Stuhl auf. Wie konnte er es wagen, mich anzutatschen?

»Das geht zu weit«, knurrte ich.

»Wow. Du bist ja wirklich eine Wildkatze. Eine wie dich muss man zähmen.« Er schlug sich mit der Hand auf den Hintern, dass es knallte. Igitt. Und plötzlich ging alles sehr schnell. Sid stand mit einem Mal dicht vor mir. So dicht, dass mir von seinem Alkoholatem übel wurde. Er beugte sich zu mir herunter, und seine Lippen drückten sich beinahe auf meine. Ich sage absichtlich »beinahe«. Denn im selben Moment hatte ich plötzlich ein Bierglas in der Hand. Keine Ahnung, woher. Wahrscheinlich hatte es einer der Jungen zum Tisch mitgenommen und dort abgestellt. Ich schüttete es Sid über den Kopf. Er schrie, kniff die Augen zusammen und taumelte zurück, als hätte ich ihm ätzende Säure ins Gesicht gekippt.

Nachdem er festgestellt hatte, dass er keine Verbrennungen davontragen würde, trat er auf mich zu.

»Miststück, das hast du nicht umsonst getan«, brüllte er mich an. Seine Faust raste zielstrebig auf mein Gesicht zu, doch etwas hielt ihn davon ab zuzuschlagen. Seine

Freunde hielten seine Arme fest und zerrten ihn ein Stück zurück, um ihn zu beruhigen. Sids Gesicht lief vor Wut puterrot an. Wenn Blicke töten könnten, wäre ich auf der Stelle von einem Blitz getroffen worden und in die ewigen Jagdgründe eingegangen.

»Ruhig, Mann, die legt es doch drauf an«, meinte der Junge mit dem Basecap.

Leute sahen zu Sid herüber. Wenn er so weitermachte, würden sie ihn rauswerfen. Das war nicht nur mir, sondern auch ihm klar. Er warf mir einen letzten verächtlichen Blick zu und verschwand mit seinem Gefolge aus der 80er-Lounge. Für einen kurzen Moment war ich erleichtert, doch der Gedanke, dass Sid und seine Freunde immer noch im Club waren und wir uns jederzeit ein zweites Mal über den Weg laufen konnten, machte mich nervös. Ich wollte gehen. Auf der Stelle.

Unzählige Augenpaare starrten mich an. Der Abend war so was von gelaufen. Und diese neugierigen Leute machten meine Situation nicht gerade besser. Ich schnäuzte in mein Taschentuch und versuchte, mich zu beruhigen. Man fing an zu tuscheln. Wegen der lauten Musik verstand ich kein einziges Wort. Köpfe wurden zusammengesteckt. Man zeigte unverhohlen auf mich.

Die Entscheidung, nach Hause zu fahren, war schnell gefällt. Allerdings hatte ich ein Problem. Ich war auf meine Mitfahrgelegenheit angewiesen. Aber Ira war nirgends zu finden, so dass mir nur die Möglichkeit blieb, den Bus zu nehmen. Ein Taxi konnte ich mir nicht leisten. Um 22 Uhr fuhr der letzte Bus nach Calmwood. Ich musste mich also beeilen. Rasch verabschiedete ich mich, bevor Pway mich überredete, doch noch zu bleiben. Er schien zu merken, dass ich zu keinem Kompromiss bereit war, und wollte mich wenigstens bis zur Bushaltestelle begleiten. Aber ich war nicht gut auf ihn zu sprechen.

Glücklicherweise gelang es mir, ihn zu überreden, auf Linda aufzupassen, die den Abend sichtlich genoss. Er ließ jedoch erst von mir ab, als er ganz sicher war, dass ich seine Wegbeschreibung zur Bushaltestelle auch wirklich verstanden hatte.

Ich atmete erleichtert auf, als ich durch die Seitentür auf den Parkplatz des Cobra Clubs gelangte. Nach ein paar Schritten stabilisierte sich mein Kreislauf.

Ich folgte den von Pway beschriebenen Straßen, die um diese Uhrzeit viel belebter waren als die Straßen in Calmwood. Dann kam ich in eine Gegend mit weniger Leuchtreklame. Und plötzlich spürte ich es. Ein unbestimmtes, doch zunehmend drängenderes Gefühl, verfolgt zu werden. Ich drehte mich um. Niemand war hinter mir. Aber das Gefühl war so stark, dass ich sicher war, mich nicht zu täuschen. Das Herz schlug mir bis zum Halse.

Ich entschied, dass es am besten war, wenn ich unter Menschen blieb. Aber das war leichter gesagt als getan. Die Straße in Richtung Bushaltestelle wurde immer leerer. Vermutlich bewegte ich mich aus dem Zentrum Rapid Citys hinaus.

Als ich nicht weit entfernt die hellen Lichter einer geöffneten Tankstelle bemerkte, legte ich einen Schritt zu. Ich stieß die Glastür auf, und der Mann an der Kasse erschrak über mein abruptes Eintreten.

»Kann ich etwas für Sie tun?«, fragte er ängstlich, als fürchtete er, ich würde gleich meine Pistole ziehen und ihn überfallen.

Ich schüttelte den Kopf und tat, als würde ich mich bei

den Zeitschriften umsehen. In Wahrheit spähte ich unauffällig nach draußen. Die Dunkelheit erschwerte es mir, irgendetwas zu erkennen, das sich nicht im unmittelbaren Umfeld der Tankstelle befand. Die wenigen Straßenlaternen machten das Ganze nicht gerade besser. Und helle Leuchtreklamen gab es hier wenige.

Ich weiß nicht genau, wie lange ich mich in der Tankstelle aufhielt, ich spürte nur, dass mich der Tankwart im Auge behielt. Vielleicht hatte er Angst, ich würde etwas mitgehen lassen. Oder er hatte Gefallen an meinem körperbetonten Outfit gefunden, das freilich nicht für einsame Nachtspaziergänge durch die Stadt geeignet war.

Nachdem ich mich einigermaßen sicher fühlte, verließ ich die Tankstelle, blieb aber vor der Tür stehen und sah mich gründlich um. Niemand war zu sehen. Das hatte zwar nichts zu bedeuten, dennoch fühlte ich mich etwas sicherer. Vielleicht hatte ich mir meine Verfolger nur eingebildet? Ich beschloss, meinen Weg zur Bushaltestelle fortzusetzen. Bereits nach wenigen Metern hörte ich Schritte hinter mir, und als ich mich umdrehte, konnte ich zwei Gestalten erkennen, die wie aus dem Nichts aufgetaucht waren. Der eine war ziemlich groß und trug ein Basecap, der andere hatte eine mir inzwischen nur zu vertraute Stachelfrisur. Mist. Ich hätte meinem Bauchgefühl vertrauen sollen. Nun saß ich wirklich in der Tinte.

Eilig bog ich um die Ecke in eine kleine Seitengasse, in der wahnwitzigen Absicht, sie in einer Gegend abzuhängen, die ich nicht kannte. Ich rannte, so schnell ich konnte, die Straße hinunter, bog um eine weitere Ecke und geriet immer tiefer in das Labyrinth des nächtlichen Rapid City.

Schnell war ich außer Puste und musste stehen bleiben. Ich hatte Seitenstiche. Angestrengt lauschte ich in die Dunkelheit. Nichts war zu hören. Von meinem eigenen angestrengten Atem mal abgesehen. Um ganz sicherzugehen, wartete ich einen Augenblick. Dann war ich überzeugt, die beiden wirklich abgehängt zu haben. Gott sei Dank. Jetzt musste ich nur meine Route wieder finden.

Im Licht einer Straßenlaterne schaute ich auf meine Uhr. Halb zehn. Verdammt. Mir blieb nicht viel Zeit, zur Bushaltestelle zu kommen.

Denselben Weg zurück konnte ich nicht nehmen. Ich war mir sicher, die Jungen warteten dort auf mich.

Ausgerechnet jetzt überkam mich eine große Müdigkeit. Ich sehnte mich nach meinem Bett, dem weichen Kopfkissen, der herrlich federnden Matratze. Meine Beine fühlten sich schwer wie Blei an. Ich zwang mich, so gut es eben ging, zur Eile und ignorierte die Schmerzen in meinen Waden und die quälenden Seitenstiche.

Jeder noch so kleine Laut ließ mich zusammenzucken und verängstigt stehen bleiben.

Als ich das Motorengeheul vorbeifahrender Autos vernahm, wusste ich, dass ich mich einer Hauptstraße näherte. Ich war auf dem richtigen Weg! Fast wäre ich erleichtert gewesen, hätte ich nicht plötzlich hinter mir ein Knacken vernommen.

Es schien fast, als wüchsen sie wie zwei unheilvolle Dämonen aus dem Boden empor. Stachelkopf und sein großer Freund.

Ich rannte zur Hauptstraße. In Gedanken sandte ich ein Stoßgebet zum Himmel, dass mir irgendwer zu Hilfe kommen möge. Ich wandte den Kopf und erschrak fast zu Tode, als ich sah, wie weit sie schon zu mir aufgeschlossen hatten. Sie klebten mir förmlich an den Hacken! Da stieß ich im vollen Lauf gegen einen Widerstand, stürzte zu Boden und landete unsanft auf meinem Po.

»Jorani?«

Vor mir stand ein junger Mann, der plötzlich um die Ecke gebogen war. Seine Stimme klang sanft, vor allem aber vertraut. Rin!

»Du musst mir helfen«, sagte ich aufgelöst und zugleich unendlich erleichtert, ihn zu sehen.

»Och, wie niedlich. Der Retter in der Not ist auch schon eingetroffen«, höhnte der Stachelkopf.

Rin half mir auf und stellte sich schützend vor mich.

»Na, dann wollen wir doch mal sehen, was so ein Indianer verträgt.« Der Junge mit dem Basecap machte einen Schritt auf Rin zu und holte aus. Ich duckte mich instinktiv hinter ihm und erwartete, jeden Moment das Knacken von Rins Nasenbein zu hören. Und tatsächlich vernahm ich keine Sekunde später das Knirschen von Knochen, gefolgt von einem gequälten Aufschrei. Doch es war nicht Rin, der schrie. Ich hob den Kopf und sah, dass dieser die Faust des Riesen mit der Hand abgefangen hatte. Er quetschte sie so fest, dass die Fingerknochen knackten. Der Riese stöhnte lauter. Es klang wie das Jaulen eines Hundes, den ein herzloser Besitzer mit dem Gürtel schlug.

»Ach du Scheiße«, stammelte der Stachelkopf, wich zurück und stieß dabei mit dem Rücken gegen eine leere Mülltonne, die scheppernd umfiel.

Der Riese sank vor Rin auf die Knie. »Mann, das tut verdammt weh!«

»Ihr werdet Jorani von jetzt an in Ruhe lassen, verstanden?«

»Alles, was du willst.«

Rin ließ den Jungen abrupt los, der sich sofort hochrappelte und einige Schritte zurücktaumelte. Ungläubig starrte er auf seine malträtierte Hand.

»Du hast mir fast die Finger gebrochen, Mann!«, schrie er los.

Rin blieb von dem Geschrei des Jungen unbeeindruckt. »Verschwinde!«, sagte er ruhig und doch bedrohlich. Ein leises Knurren drang aus seiner Kehle, das immer lauter wurde und die Jungs in Panik versetzte. Sie ergriffen die Flucht, rannten die Gasse hinunter. Ich war sprachlos. Zum einen, weil ich es nicht fassen konnte, wie feige dieses Pack war, das sich augenscheinlich nur an Schwächeren verging. Und zum anderen, weil es mich schwer beeindruckt hatte, wie mühelos Rin den Angriff des deutlich größeren Jungen abgewehrt hatte. Es hatte ihn nicht die geringste Anstrengung gekostet. Er musste die Reflexe einer Raubkatze besitzen.

»Wie ... hast du das ... gemacht?« Ich war noch immer so aufgelöst, dass ich meine Stimme kaum wiedererkannte. Sie schien so merkwürdig fern. Als riefe mir jemand von der anderen Straßenseite zu. In Zimmerlautstärke.

Rin drehte sich zu mir um. Sein Gesichtsausdruck wandelte sich. Die gehobenen Brauen senkten sich, und seine dunklen Augen bekamen einen sanften Ausdruck.

»Ist alles in Ordnung?«, fragte er besorgt. Eine Hand legte sich auf meine Schulter. »Haben sie dich verletzt?« Er musterte mich von oben bis unten.

»Nein. Ich bin okay.« Zitternd legte ich meine Hand auf seine.

Ich war so unendlich froh darüber, ihn zu sehen,

dass mir fast die Tränen kamen. Dieses Mal, davon war ich überzeugt, hätten sie mich erwischt, und was dann geschehen wäre, wollte ich mir lieber nicht ausmalen.

Meine Beine fühlten sich schwach an. Ich konnte mich nicht länger aufrecht halten, knickte ein, aber Rin fing mich auf. Seine Hände hielten mich fest, und mein Kinn sank an seine Brust.

»Danke, dass du da warst«, flüsterte ich. Sein Duft stieg mir in die Nase. Wald. Wiese. Pferde.

»Wie gut, dass ich in der Nähe war.«

Für den Moment war sein Geruch so berauschend, dass ich ihn einfach noch länger genießen wollte.

»Entschuldige«, sagte ich benommen und richtete mich auf.

»Schon okay.« Er lächelte so warm und freundlich, dass mir die Beine noch einmal weich wurden. Dieses Mal allerdings aus gänzlich anderen Gründen.

»Kannst du gehen?«, fragte er und bot mir seinen Arm an.

»Na klar. Diese Jugendlichen haben mir zwar eine Mordsangst eingejagt, aber laufen kann ich trotzdem.« Ich versuchte zu lachen, um meine Anspannung zu überspielen.

»Ich wollte es deswegen wissen.« Rin deutete ruhig auf meine immer noch zitternden Beine.

»Oh. Das habe ich gar nicht gemerkt.« Ich versuchte, die Knie stillzuhalten, was kläglich misslang. Sie hatten förmlich ein Eigenleben entwickelt.

»Aber mit deiner Hilfe wird es schon gehen«, vermutete ich. »Was machst du eigentlich hier?«

»Ich war auf dem Weg zu diesem Club.«

Wir gingen die Hauptstraße hinunter. Irgendwo in der Nähe musste die Bushaltestelle sein.

»Ich dachte, du wolltest nicht kommen?«

Rins Stimme und Miene blieben völlig ernst. »Ich habe eben meine Meinung geändert.«

Das sah ihm nicht ähnlich. Zumal ich Schwierigkeiten hatte, ihn mir in einem Club vorzustellen. Die Lautstärke der Musik würde er gewiss als störend empfinden. Von den flackernden Lichtern ganz zu schweigen. Ich war mir ziemlich sicher, dass er dort einen »Kulturschock« erleiden würde.

»Ich hatte eine Ahnung, dass etwas geschehen würde«, erklärte er.

»Jetzt erzähl mir bitte nicht, dass du nicht nur ein Krähenflüsterer bist, sondern auch noch in die Zukunft sehen kannst.« Ich versuchte, es mit Humor zu nehmen, in Wahrheit beunruhigten mich seine Worte sehr. War es das, was ich die ganze Zeit wahrnahm? Eine Art übersinnliche Gabe?

»Es ist nicht immer klar, was die Zukunft bringt, und doch spüre ich winzigste Veränderungen im Fluss der Zeit. Manchmal ist es nur eine Ahnung, manchmal mehr. Ein Traum, ein Bild oder ein konkretes Gefühl.«

»Du wusstest, dass sie hinter mir her sein würden, stimmt's?«

Ein dunkler Schimmer überschattete seine Augen. Es sah unheimlich aus. Als wäre tief in seinem Innern eine Kraft, die ihn antrieb, aber auch Fähigkeiten verlieh, die nicht menschlichen Ursprungs waren.

Rin fuhr sich mit der Zunge über die Lippen, dann atmete er tief durch. »Nein. Doch ich spürte, dass du in Gefahr sein würdest. Es war wie ein Stich in mein Herz, der so tief ging, dass er mich fast von den Beinen riss. In mir wuchs die Angst, etwas Wichtiges, Bedeutsames zu verlieren, das ich keinesfalls verlieren wollte. Verstehst du, was ich sagen will?«

Ich nickte.

»Deswegen bin ich so schnell gekommen, wie ich konnte. Ich hätte es mir nie verziehen, wenn dir etwas zugestoßen wäre.«

Gerührt lehnte ich mich an ihn, erschöpft, aber auch froh darüber, einen Beschützer wie ihn zu haben. Wenngleich mir seine Fähigkeiten Unbehagen bereiteten. Eben das schien er zu erspüren.

»Was bedrückt dich, Jorani?« Mir gefiel es, wie er meinen Namen aussprach. Zärtlich. Liebevoll.

»Mich bedrückt nichts. Ich frage mich nur, wie das alles funktioniert? Kannst du diese, nennen wir sie, Visionen herbeirufen, wenn du es möchtest?«

Sacht legte er den Arm um mich, gab mir Halt. »So leicht geht das nicht. Ich sehe nur das, was die Zorwaya mir gestatten. Sie beeinflussen alles. Unsere Umwelt, uns selbst, die Zeit und das Schicksal. Für unsere Augen sind sie unsichtbar, aber sie lenken mehr, als wir uns vorstellen können.«

Gänsehaut bildete sich auf meinen nackten Armen und den bloßen Schultern. Ich wusste nicht, was er war, doch ich war sicher, er war kein normaler Mensch.

»Ist dir kalt?«, fragte Rin.

»Ein bisschen.«

Er zog seine Jacke aus und legte sie mir um.

»Danke. Du bist so gut zu mir.« Ich sog seinen markanten animalischen Duft ein. »Ich rieche Larki«, sagte ich.

Wir stellten uns ins Wartehäuschen. Gerade rechtzeitig, bevor der Regen losbrach. Prasselnd schlug er auf den Asphalt, und innerhalb weniger Minuten bildeten sich große Pfützen. Endlich kam der Bus. Ich war erleichtert, von hier wegzukommen, fürchtete ich doch, die Jugendlichen würden noch einmal mit Verstärkung zurückkehren. Wir stiegen ein, lösten Fahrscheine und setzten uns ans Fenster.

In dem Wagen schien sich sein Geruch zu verstärken. Ich konnte ihn fast schmecken. Eine herbe Note, die Sinnlichkeit versprühte, aber auch Gefahr. Nie zuvor hatte ich einen solch intensiven Duft wahrgenommen.

Es regnete nicht mehr so stark. Tropfen blieben an der Scheibe hängen und liefen dann in einer langen, durchsichtigen Spur am Glas herunter.

»Auch das ist Teil des großen Kreislaufs, in dem alles seine Ordnung hat«, sagte Rin gedankenversunken, während er die Regentropfen beobachtete.

Ich musterte ihn von der Seite. Er war kein männliches Katalogmodel. Vielleicht vom Körper her, aber sein Gesicht war zu prägnant, zu charakteristisch. Mir gefiel es. Ja, ich fand es hübsch. Diese starken Wangenknochen, die markanten Kiefer – und dennoch wirkte es schmal. Es hatte eine schöne Farbe. Leicht gebräunt. Seine dunkelbraunen Haare umschmeichelten es perfekt, wie ein schöner Rahmen ein besonderes Bild. Am außergewöhnlichsten aber war die Art, wie er sich bewegte. Leichtfüßiger als andere und doch voller Kraft. Selbst wenn er nur den Kopf neigte oder mich anblickte, wie er es gerade tat, schien ihn immer ein fremdartiger Schimmer zu umgeben, der so hauchdünn war, dass ich nicht einmal wusste, ob die anderen ihn auch wahrnahmen.

»Ist etwas?«, fragte er, weil ich ihn unaufhörlich anstarrte. Ja, du siehst einfach toll aus, dachte ich, sagte aber: »Nö, alles in Ordnung.« Und ich war sicher, das war die bessere Alternative.

Es lag mir schon die ganze Zeit eine Frage auf der Zunge, die ich nun unbedingt stellen wollte: »Das war vorhin echt beeindruckend. So etwas habe ich bisher nur in Filmen gesehen. Hast du eigentlich mal Krafttraining gemacht?«

Er lachte noch einmal, dieses Mal tiefer und kehliger. »Wie kommst du denn darauf? Sehe ich etwa wie ein Bodybuilder aus?«

Eigentlich nicht. Das war ja eben das Faszinierende. Ich schüttelte den Kopf.

»Also ist deine Frage beantwortet, oder?«

»Aber wie hast du es dann geschafft, den Typ in die Knie zu zwingen?« Der Riese hatte nämlich alles andere als schwächlich ausgesehen.

»Das sind meine guten Gene. Ich bin einfach von Natur aus ziemlich stark.«

Er winkelte den Unterarm an und präsentiere mir seinen Bizeps. Oh ja. Nicht schlecht. Ich war beeindruckt, wie groß der Muskel unter seinem T-Shirt aussah, und als ich ihn zaghaft berührte, erschrak ich. Er fühlte sich steinhart an. Rin lachte herzlich über meinen schockierten Gesichtsausdruck. »Du machst mir viel Freude, Stadtmädchen.«

»Ich? Wieso denn?« Ich war verwirrt.

»Du hättest dein Gesicht sehen sollen, als du mich berührt hast. Köstlich.«

Ich streckte ihm die Zunge raus.

Nach einer Ewigkeit hielt der Bus an der Haltestelle in

Calmwood. Der Regen hatte nachgelassen. Doch die Luft war abgekühlt, und ich fror selbst unter Rins Jacke.

»Musst du nicht in die andere Richtung?«, fragte ich, als er mir die Straße hinunter folgte.

»Ich bringe dich nach Hause«, sagte er entschlossen.

»Bis vor meine Haustür?«

»Ganz genau. Hast du etwas dagegen?« Er zwinkerte mir zu.

»Nein, überhaupt nicht.« Ich mochte den Beschützer in ihm, der immer wieder durchkam. Das gab mir das Gefühl, als sei ich ihm wichtig. Außerdem fühlte ich mich an seiner Seite tatsächlich sicher. Wer einen deutlich größeren Gegner mit nur einer Hand in die Knie zwingen konnte, der hatte einiges drauf.

Wir liefen die Hauptstraße bis zum Desert Spring entlang.

»Ich habe mir etwas überlegt, Rin«, sagte ich schließlich, als wir vor dem Café stehen blieben.

»So?« Seine dunklen Augen funkelten neugierig und waren doch voller Sehnsucht. Bei seinem warmen Blick wurden mir die Knie schon wieder weich.

»Ich würde mich gern bei dir bedanken. Dafür, dass du mich gerettet hast und extra meinetwegen nach Rapid City gekommen bist.«

»Ich musste es tun.«

Diese Worte lösten einen wahren Schwall an Glücksgefühlen in mir aus. Meine Wangen glühten inzwischen so heftig, dass sie regelrecht brannten. Zumindest konnte ich sie gut unter meinen dicken Locken verstecken.

»Also, ich würde dich gern ins Desert Spring einladen und etwas Leckeres für uns kochen.«

Hoffentlich fand er das nicht blöd. Aber ich musste unbedingt einen Weg finden, ihn wiederzusehen.

»Das klingt sehr schön«, sagte er zu meiner Erleichterung.

»Das heißt, du nimmst die Einladung an?«

Er nickte. »Sehr gern. Wann soll ich da sein?«

»Morgen Abend. Um sieben.«

»Einverstanden.«

Mein Herz klopfte vor Aufregung und Vorfreude. Mit dem Rücken schob ich das Gartentor auf.

»Vorsicht«, sagte Rin.

»Was?«

Schon stolperte ich über die kleine Stufe, die in einem Kieselweg endete. Das hatte jemand wie Rin, der mit seherischen Fähigkeiten gesegnet war, natürlich kommen sehen. Andererseits hätte auch ich es bemerkt, wäre ich etwas achtsamer gewesen. Aber wie sollte ich das sein? Rin nahm all meine Sinne für sich gefangen. Und das war der wahre Grund, warum sich meine Beine so weich wie Butter anfühlten und beim kleinsten Widerstand einknickten.

5. Kapitel

Plötzlich waren sie wieder hinter mir her. Ich rannte, so schnell ich nur konnte, und kam doch nicht vom Fleck, als klebten meine Schuhe am Asphalt fest. Gleich würden sie mich einholen. Und dann war ich dran.

Ich hörte ihr hämisches Lachen, wollte mich aber nicht umdrehen, sondern meinen Vorsprung ausbauen. Sie blieben wie Kletten an mir haften, und als ich schließlich doch nach hinten sah, erschrak ich zutiefst. Zwei, vielleicht drei Schritte trennten uns noch.

»Was wollt ihr von mir? Lasst mich in Ruhe!«, schrie ich sie aus Leibeskräften an, doch sie lachten nur.

Der Stachelkopf hob drohend die Faust, aber er schlug nicht zu. Noch nicht.

Die Jungen umkreisten mich wie zwei Wölfe ein Lamm, in dessen zarten Hals sie ihre Reißzähne schlagen wollten. Und ich war sicher, sie würden es tun. Nichts auf der Welt konnte mich retten.

Plötzlich schnellte ein Schatten auf den Stachelkopf zu und riss ihn zu Boden. Dessen Gesicht verwandelte sich in eine ängstliche Grimasse, aus der jegliche Farbe wich. Seine aufgerissenen Augen sprangen förmlich aus den Höhlen. Auch der Riese bekam es mit der Angst zu tun, und ehe ich es mich versah, traten beide die Flucht an. Stolpernd und ächzend rannten sie die dunkle Gasse hinunter, bis sie kaum mehr als zwei verschwommene Punkte waren.

»Bist du okay?«, fragte mich eine vertraute Stimme. Rin trat aus dem Schatten auf mich zu. Seine Haare wehten mir ins Gesicht und kitzelten meine Wangen. Ich konnte seinen warmen Atem auf meiner Haut spüren. Das beruhigte mich.

»Danke«, flüsterte ich. In der unendlichen Tiefe seiner Pupillen flammte schwarzes Feuer.

Mir wurde heiß. Am liebsten hätte ich die Jacke ausgezogen. Aber dafür blieb keine Zeit. Seine Hand strich sacht über meine Wange, hob mein Kinn leicht an. Bevor ich etwas sagen konnte, verschlossen seine Lippen meinen Mund.

Ich spürte meine Beine nicht mehr. Dafür ein heftiges Prickeln in der Magengegend, als hätte sich dort ein Schwarm Schmetterlinge eingenistet. Der Kuss war lang, intensiv und doch so zart, beinahe unschuldig. So, als wäre es sein erster Kuss.

Seine vollen Lippen fühlten sich samtig weich an.

Lass das bitte keinen Traum sein. Vorsichtig öffnete seine Zunge meinen Mund, bis sie die Spitze meiner Zunge berührte. Leidenschaftlich nahm er mich in die Arme. Seine Hände waren überall. Auf meinem Rücken, an meiner Taille, auf meinem Po. Seine Küsse raubten mir den Atem. Er schmeckte herb und männlich.

Der schrille Signalton meines Weckers riss mich aus dem Schlaf. Ein Eimer kaltes Wasser, den man mir über den Kopf schüttete, um mich wach zu bekommen, hätte kaum grausamer sein können!

Ich schlug blindlings auf den Aus-Knopf, und sofort kehrte Ruhe ein. Ich blieb liegen und starrte an die Decke.

Verflixt, ich hatte es doch geahnt. Natürlich konnte mir so etwas Tolles nur im Traum passieren. In der Realität hatten wir uns nicht geküsst. Weder gestern Abend noch sonst irgendwann.

Und doch sehnte ich mich nach diesen Lippen, als wäre sein Kuss echt gewesen.

Ich rieb mir den Schlaf aus den Augen und machte mich auf den Weg in die Küche, um schon mal ein paar Brötchen für den Verkauf fertig zu machen. Meine Gedanken schweiften immer wieder zu Rin und diesem verflucht realen Traum, der mich auch bis zum Abend nicht mehr losließ.

Zwischenzeitlich meldete sich Ira, um sich zu entschuldigen, dass sie am Abend zuvor unauffindbar gewesen war. Sie sprach so schnell, dass ich sie kaum verstand. Aber dann fielen die magischen Worte »Wir sind jetzt zusammen«. Als ich im Hintergrund Jack lachen hörte, wusste ich, worauf Pway angespielt hatte. Ich freute mich ehrlich für die beiden, und für einen kurzen Moment stieg erneut die Sehnsucht in mir hoch, die mein Traum geweckt hatte. »Wir fahren morgen weg, kommen erst Montagabend zurück. Ist das nicht romantisch?«

Ich spürte seine warmen Lippen auf meinen und seufzte. »Ja, sehr.«

»Sag ich ja. Du, ich muss jetzt Schluss machen. Wir hören voneinander. Ciao!«

Danach machte ich mich daran, eine Pizza für Rin zu backen, die mein Dankeschön an ihn werden sollte. Ich nahm ein Blech aus dem Schrank, rollte den Teig aus, belegte ihn und schob ihn in den Ofen.

»Erwartest du einen speziellen Gast? Vielleicht Ben Pwayton?«, fragte meine Tante, die einen neugierigen Blick in den Ofen warf.

Oh mein Gott. Bloß nicht.

»Na, du ziehst ja ein Gesicht. Magst du den Jungen etwa nicht?«

»Ich habe nichts gegen ihn, aber meine Liebe geht nicht so weit, dass ich ihm eine Pizza backen würde.«

»Und für wen ist sie dann?«

»Wir sind aber gar nicht neugierig, oder?«

»Ich bin deine Tante, was erwartest du?« Sie lachte kehlig.

»Für Rin.« Ich war gespannt, wie sie darauf reagierte, besonders weil Rin glaubte, sie würde ihn nicht mögen.

»Rin? Der Junge aus der Nachbarschaft?«

Junge war gut. Er war längst kein Halbwüchsiger mehr. Das war ein weiterer Grund, warum ich mich zu ihm hingezogen fühlte.

»Er hat mir gestern aus der Klemme geholfen.«

»Ach ja?« Abigail schien das genauer wissen zu wollen.

»Ja, er hat mich verteidigt, als ein paar Typen zu aufdringlich wurden.«

»Und jetzt willst du dich mit einer Pizza bei ihm bedanken?«

»So ungefähr.«

»Scheint ein feiner Kerl zu sein.«

»Das wird ihn freuen zu hören.«

Ich warf einen letzten Blick in den Ofen. Der Geruch von Mozzarella stieg mir in die Nase. Das war mit Abstand die beste Pizza, die ich jemals zustande gebracht hatte. Zugegebenermaßen waren das nicht viele.

»Er wird jeden Moment hier sein.« Ich stellte die Temperatur niedrig und wollte die Küche verlassen.

»Bleib ruhig hier und bewache deine Pizza«, sagte Abigail. »Ich sage dir Bescheid, sobald er da ist.«

»Danke.«

Ich musste nicht lange in der stickigen Küche warten, denn schon nach wenigen Minuten kam meine Tante zurück. »Dein Besuch ist da«, verkündete sie, und ich beeilte mich, die Pizza aus dem Ofen zu holen und auf einen großen Teller zu geben.

»Begrüß ihn doch erst mal«, schlug Abigail vor. »Er hat sich für dich schick gemacht.«

Sie hatte recht. Rin stand in einem dunkelgrauen Anzug vor der Theke und studierte ausgiebig die Preise. Auf eine Krawatte hatte er verzichtet. Das wäre zu spießig gewesen. Die Haare waren zu einem Zopf gebunden. Ein ungewohnter Anblick, doch er sah großartig aus.

»Guten Abend«, sagte ich hastig und wischte mir die Hände an der Schürze ab. In aller Aufregung hatte ich vergessen, sie nach dem Ausrollen des Teigs zu waschen. Sie fühlten sich klebrig an.

»Entschuldige mich kurz.« Ich ging zur Spüle, um die Teigreste abzuwaschen.

»Kein Problem.« Er lächelte. Rin hatte so ein schönes Lächeln, dass ich den Blick nicht von seinen strahlend weißen Zähnen und den wunderschön geschwungenen Lippen lassen konnte. Wieder musste ich an den Kuss denken und vergaß darüber alles um mich herum. Auch den Wasserhahn wieder zuzudrehen.

»So, da wäre ich«, sagte ich heiser. »Bitte, setz dich doch.« Ich deutete zu einem freien Tisch am Fenster, an den sich gern Pärchen setzten.

Mein Herz pochte heftig. Ich war so aufgeregt wie bei meiner ersten Verabredung. Rin folgte meiner Handbewegung und nahm an der Fensterseite Platz. Und da stand auch schon Tante Abigail mit zwei Tellern Pizza in den Händen neben mir.

»Hey, die sieht gut aus«, sagte er und sog den Duft meiner Pizza ein. Ich freute mich riesig über das Kompliment. Rin wartete, bis meine Tante wieder in der Küche verschwunden war, und beugte sich zu mir vor. »Wie geht es dir? Konntest du letzte Nacht schlafen?«

»Ja. Ziemlich gut sogar.« Ich wünschte, mein Traum hätte länger gedauert. »Ich wollte mich nochmals bei dir bedanken. So etwas hat bisher nie jemand für mich getan. Allerdings muss ich dazu sagen, dass ich auch noch nie in so einer gefährlichen Situation gesteckt habe.« Bei der Erinnerung an die Jagd durch die mir unbekannten dunklen Straßen lief mir ein eiskalter Schauer über den Rücken.

»Du solltest vorsichtiger sein.«

»Dein Wort in Gottes Ohr.« Ich hatte mir nach dem Erlebnis fest vorgenommen, mir das nächste Mal ein Taxi zu nehmen. Selbst wenn ich mir das Geld von jemandem leihen musste. Das war mir allemal lieber, als um mein Leben fürchten zu müssen.

»Das ist jedenfalls mein Dankeschön an dich.« Ich zeigte auf die reichlich mit Käse belegte Pizza, deren Duft den ganzen Raum erfüllte. Er probierte ein Stück und sagte: »Die schmeckt ja köstlich.«

»Freut mich.«

Ein älteres Pärchen, das zu den Stammgästen des Desert Spring gehörte, betrat das Café. Ich hatte die beiden bereits kennengelernt. Sie waren nett, wenn auch etwas konservativ. Meistens bevorzugten sie den Tisch, an dem wir gerade saßen. Abigail kam aus der Küche, um sie zu begrüßen, aber als der Mann Rin an seinem Stammplatz sitzen sah, verzog er angewidert das Gesicht. Man sah ihm den Abscheu förmlich an.

»Wir haben auch noch andere Tische frei«, redete Abigail besänftigend auf ihn ein.

»Schon gut, wir wollten Ihnen nur einen guten Abend wünschen, Miss Stanford, und uns dann nach draußen setzen. Das Wetter ist ja gerade sehr schön.« Und schon waren sie im Vorgarten verschwunden.

»Was war denn das?«, wunderte ich mich.

Rin seufzte und stocherte mit der Gabel in einer Salamischeibe. »Offensichtlich hat es etwas mit mir zu tun.«

»Das glaube ich nicht. Der war nur sauer, weil wir an seinem Tisch sitzen.«

Er spießte die Wurst auf, ließ sie dann aber wieder lustlos auf den Teller fallen. »So etwas passiert mir öfter. Die Leute haben sich offenbar noch nicht an meine Anwesenheit gewöhnt.«

»He, mach dir deswegen keinen Kopf«, versuchte ich, ihn zu beruhigen. »Selbst wenn es an dir lag, pfeif einfach drauf.«

»Keine Sorge. Ich nehme es mir nicht zu Herzen. Dafür genieße ich den Abend viel zu sehr.« Er lächelte zärtlich. »Trotzdem ist es wahr, dass ich nicht viele Freunde habe und öfter anecke.«

»Letzteres ist mir nicht aufgefallen.«

»Dann kann ich mich in deiner Gegenwart gut verstellen. Die Wahrheit ist, ich habe nicht viel Erfahrung in ... sozialen Dingen. All diese Details ... diese Regeln.« Er fuhr sich über die Stirn und rieb sie, bis sie rot wurde.

»Als ich nach Calmwood kam, wusste ich nicht mal, dass ich Geld brauchte, um mir Dinge zu kaufen. Ich bot ihnen einfach ein paar Lederbeutel oder Schnitzereien an, die ich gegen etwas zu essen tauschen wollte.«

Ich unterdrückte ein Schmunzeln. Kein Wunder, dass die Leute ihn manchmal sonderbar fanden. Er war nun einmal unter ganz anderen Bedingungen aufgewachsen als sie.

»Wollen wir einen Spaziergang machen?«, fragte er. »Wenn ich aufgegessen habe, meine ich.«

»Sehr gern.« Wahrscheinlich fühlte er sich nach dem Vorfall nicht mehr wohl im Café. Mir hingegen gefiel die Idee aus einem ganz anderen Grund. Endlich würden wir allein sein. Richtig allein, ohne Gäste um uns herum.

Vielleicht bildete ich es mir nur ein, doch Rin schlang seine Pizza nun förmlich hinunter. Er tupfte sich den Mund mit der Serviette ab und deutete mit dem Kopf zur Tür. »Wollen wir?«

»Klar.«

Wir verließen das Desert Spring und liefen die Hauptstraße in Richtung Norden hinauf. Es war ein warmer, klarer Abend. Die ersten Sterne leuchteten am Firmament, und der Himmel strahlte in einem satten Violett. In Berlin hatte ich nie auf diese Dinge geachtet, aber Rin gelang es, mich auf all die wundersamen Details aufmerksam zu machen, die uns umgaben.

»Das ist eine alte Eisenbahnlinie, die heute nicht mehr

genutzt wird«, erklärte er und folgte den Gleisen, die von Denver, Colorado, nach Rapid City führten.

»Warum hat man sie stillgelegt?«

»Man sagt, Banditen hätten die Züge oft überfallen, so dass man sie umleitete. Die Gegend um die Black Hills bot ihnen ein gutes Versteck. Heute ist alles zu stark verrostet, um genutzt zu werden.«

Ich balancierte auf einer Schiene und streckte die Arme nach beiden Seiten aus, um das Gleichgewicht zu halten. »Das klingt nach Robin Hood, findest du nicht? Das Versteck im Wald? Die Raubzüge?«

»Nur haben sie es nicht den Armen gegeben, sondern alles für sich behalten.«

»Ob die Beute noch in den Wäldern ist?«

Er lief hinter mir auf der Schiene und hielt sich mit beiden Händen an meinen Schultern fest, so dass wir eine menschliche Lokomotive bildeten. »Tut-tut«, rief ich und lachte. Wir folgten den Gleisen immer weiter nach Norden. An einigen Stellen waren sie fast gänzlich zugewachsen. Gräser und Farne überwucherten das Eisen.

»Du bist wirklich anders als die meisten«, flüsterte er. Ich wandte den Kopf und lächelte ihn an. »Findest du?«

»Ja, du bist nicht todernst wie die anderen, lässt mir Freiraum, bombardierst mich nicht mit irgendwelchen Fragen, über die ich nicht einmal nachdenken möchte.«

Ich lachte. »Das heißt aber nicht, dass ich sie nicht hätte. Ich halte mich nur aus Höflichkeit zurück.«

»Das ist sehr angenehm. Als ich nach Calmwood kam, hatte ich fast das Gefühl, vor Gericht zu stehen, so viele Fragen hat man mir gestellt.«

»Was wollten sie denn wissen?«

»Alles. Woher ich komme, wo ich arbeite, woher

meine Eltern stammen und ob ich ihnen Ärger machen würde.«

»Ziemlich direkt. Inzwischen hast du ja bewiesen, dass du ein anständiger Kerl bist.«

»Ja, das schon.«

»Und was die anderen Fragen angeht, ich gestehe, dass mich deine Antworten darauf auch sehr interessieren.«

Er blieb stehen, drehte mich zu sich herum, so dass ich dicht vor ihm stand. Wir hatten einen alten Bahnübergang erreicht. Sein warmer Atem strich zärtlich über meinen Mund, in dem es vor Erregung prickelte. Und wieder spürte ich ihre Süße, obgleich ich seine Lippen doch nie zuvor geschmeckt hatte. Dieser Traum war verdammt echt gewesen.

»Ist doch normal, findest du nicht?«

»Aber das sind alles oberflächliche Dinge.«

»Mag sein. Das ist nun mal der Anfang, wenn man jemanden näher kennenlernen möchte. Du weißt ja zum Beispiel auch über mich, dass ich aus Berlin komme und Abigail Stanford meine Tante ist.«

Rin berührte sanft meine Haare. Er nahm eine Locke, wickelte sie sich um den Finger und betrachtete sie von allen Seiten. »Ich weiß viel mehr über dich, als du glaubst. Du bist mutig und hilfsbereit. Ohne Roy oder mich zu kennen, hast du mir geholfen, seinen Hund zu begraben. Du hattest keine Berührungsängste, von dem toten Tier einmal abgesehen.« Er zwinkerte. »Du schreckst nicht vor Verantwortung zurück, kümmerst dich um das Café deiner Tante, obwohl du es nicht müsstest. Außerdem hast du Humor. Durch dich kann ich viel darüber lernen. Ich meine, darüber, was die Leute zum

Lachen bringt. Das Wichtigste aber ist, du nimmst die Menschen, wie sie sind. Du versuchst sie nicht zu ändern, nicht zu ›zivilisieren‹, wie es einige bei mir versucht haben. In deiner Nähe fühle ich mich nicht beobachtet, nicht bewertet. Das tut mir gut.«

Ich war beeindruckt von seiner Beobachtungsgabe. Vieles von dem, was er gesagt hatte, war mir nicht einmal bewusst gewesen.

»Ich mag dein Lächeln«, hauchte er und ließ meine Locke los. Ich spürte, wie sie federnd nachgab und an ihren angestammten Platz zurücksprang. Der Abstand zwischen uns wurde noch kleiner.

Gleich würde ich es erfahren. Erfahren, ob seine Lippen wirklich so sanft waren wie in meinem Traum. Ich schloss erwartungsvoll die Augen.

»Und ich mag dich.« Seine Stimme war nur ein sinnliches Flüstern, das mir einen wohligen Schauer über den Rücken jagte.

Für unendlich lange Sekunden standen wir einfach nur da. Ich wartete darauf, dass er mich küsste. Und er wartete vielleicht darauf, dass ich den ersten Schritt tat. Aber niemand regte sich, obwohl ich die starke Anziehung zwischen uns spürte. Sacht öffnete ich den Mund und nahm seinen warmen Atem auf. Ich erhielt eine Ahnung davon, wie er schmeckte. Lieblich. Süß. Auch ein bisschen herb.

»Es ist so schwer, dem zu widerstehen.«

Plötzlich lag sein Mund auf meinem. Mit leichtem Druck öffnete er mit der Zunge meine Lippen. Sein Kuss war so intensiv wie nie ein Kuss zuvor, und leider war er viel zu kurz.

Rin starrte mich ungläubig an, als könne er nicht begreifen, was über ihn gekommen war. Aber dann zog er mich an sich und küsste mich leidenschaftlich. Ungestüm drückten sich seine Lippen auf meine. Ich glaubte, seinen Herzschlag zu spüren, während ich mich eng an seine Brust schmiegte. Das war viel besser als mein Traum! Ich hatte mich so danach gesehnt, von ihm geküsst zu werden. Und jetzt, da es endlich geschah, war ich überwältigt.

»Komm mit, ich zeige dir etwas«, sagte er und nahm meine Hand. Wir sprangen von der Schiene und steuerten auf einen grasbewachsenen Hügel zu.

Dort angekommen, setzte Rin sich und öffnete die Beine, so dass ich dazwischen Platz hatte und mich an ihn lehnen konnte.

Ich lauschte dem kräftigen Schlag seines Herzens. Es hatte eine eigene Melodie. Rhythmisch, stark, aber auch melancholisch.

Seine Hand fuhr so sanft über meinen Nacken, als würden seine Fingerspitzen über meiner Haut schweben und nur die feinen Härchen berühren. Ein wohliger Schauer lief mir über den Rücken.

Grillen zirpten im Gras, und ein Wiehern hallte in der Ferne. Rins Lippen gingen auf Wanderschaft, strichen über meine Wange und dann über meine Schläfe. Jeder Kuss hinterließ ein sinnliches Prickeln auf meiner Haut.

»Sieh nur«, flüsterte er und deutete über die Steppe.

Ich öffnete die Augen und blickte über seinen ausgestreckten Arm hinweg. Etwas bewegte sich, kam in rasender Geschwindigkeit näher. Der Boden unter uns vibrierte. Ich hörte ein Trappeln. Und dann erkannte ich sie. Eine Herde Wildpferde. Anmutig galoppierten sie über die Graslandschaft. Ihre Bewegungen waren kraftvoll und leicht zugleich. Fast schien es, als würden sie fliegen.

»Sie sind wunderschön«, sagte ich leise.

Rin schloss beide Arme um mich. »Die Spanier haben sie mitgebracht. Vor mehr als fünfhundert Jahren. Es waren Hauspferde, die verwilderten. Ich schaue sie mir gern an. Sie erinnern mich daran, wie kostbar das Gut der Freiheit ist und dass ich sie niemals aufgeben werde.«

Unter den Tieren entdeckte ich ein Fohlen, das den Anschluss verloren hatte. Das Muttertier blieb stehen und wartete, bis es sie eingeholt hatte.

»Wildpferde sorgen füreinander. Niemals lassen sie ein Jungtier zurück.«

Ich beobachtete, wie die Stute liebevoll ihren Kopf an dem des Jungen rieb. »Sie haben etwas ungemein Friedliches an sich.«

»Sie sind friedlich, wenn man sie in Ruhe lässt.«

Der kühle Nachtwind strich über die Gräser und wiegte sie sanft. Mir wurde kalt. Rin, ganz Gentleman, zog seine Jacke aus und legte sie mir um die Schultern.

»Wo hast du die eigentlich her?« Ich zog sie eng an mich und nahm den eigenwilligen Duft auf.

»In meinem Schrank gefunden«, erklärte er.

»Sie riecht nach Larki. All deine Sachen riechen nach Pferd. Wie kommt das?«

»Ich bin viel in der Natur.«

Er schlang seine Arme fester um mich. Zärtlich strich er mir übers Haar, während ich mich leicht nach vorn beugte, um die Jungpferde zu beobachten, die ausgelassen über die Wiese tobten, miteinander spielten. Die Älteren ließen es ruhiger angehen. Die Hengste blieben wachsam, die Stuten grasten gelassen. Obwohl ich mich nie mit diesen Tieren befasst hatte, erschienen sie mir plötzlich so nah und greifbar. Es war, als gewährten sie mir einen Einblick in das Leben in der Wildnis. In ihre Welt. Und ich war enttäuscht, als sie weiterzogen.

»Kommen sie wieder hierher?«, wollte ich wissen und drehte den Kopf zu Rin.

»Vielleicht. Wenn der Wind sie in unsere Richtung treibt.«

Ich blickte über das weite Land, die schaukelnden Farne und Gräser und wurde müde. Laub raschelte. Vögel zogen über den Horizont. Die Augen fielen mir zu. Rins Jacke wärmte mich wie eine Decke. Es war so angenehm warm unter ihr, dass ich auf der Stelle hätte einschlafen können. Hier, mitten in der Natur. Auf dem freien Feld. In Berlin hätte ich mich das nie getraut, mich nicht sicher genug gefühlt. Aber hier war alles anders.

»Pssst, Jorani«, flüsterte jemand in mein Ohr. »Aufwachen. Es ist schon spät.«

Ich rieb mir die Augen und war verwundert darüber, dass seine Jacke neben mir lag. Sie musste heruntergefallen sein, und ich hatte es gar nicht gemerkt. Die Sterne über uns schienen erst jetzt richtig aufgegangen zu sein. Es war kalt und dunkel um uns herum. In der Ferne hörte ich das allgegenwärtige Zirpen der Grillen.

»Du bist eingeschlafen«, sagte Rin und half mir hoch. Ich hob seine Jacke auf, gähnte und streckte mich, verwundert darüber, wie fest ich geschlafen hatte. »Jetzt wird es Zeit zu gehen«, sagte er.

Rin hatte recht. Es war bestimmt schon nach Mitternacht.

Wir folgten den Gleisen zurück nach Calmwood. Obwohl mir Rin seine Jacke gegeben hatte, die mir viel zu groß war, war mir kalt, also beeilten wir uns. Rin bestand darauf, mich zum Desert Spring zu bringen.

Aber wir wurden aufgehalten.

Ich weiß nicht genau, was sie am Stadtrand zu suchen hatten. Vielleicht hatten sie auf uns gewartet. Oder es war ein Zufall, dass wir ihnen dort über den Weg liefen. Sie stanken nach Alkohol und waren aggressiv. Es war offensichtlich, dass sie Streit suchten. Und wir waren die perfekten Opfer.

Schnell hatten sie uns eingekreist. Sie trieben uns ein Stück weit in die Steppe hinein, lachten wie von Sinnen und schlugen die Köpfe ihrer Bierflaschen mit Steinen ab.

Hier draußen würde uns niemand hören. Das wussten diese Bastarde. Sids widerliche Fratze prangte vor meinem Gesicht. Die Schwellung an seinem Piercing war größer geworden. Vielleicht war die Stelle sogar vereitert.

»Jetzt hast du keine große Klappe mehr, was?« Er lachte wie irre. Die anderen Jugendlichen fielen in sein Lachen ein.

»Zeig's der Schlampe, Sid«, rief das Mädchen mit den toupierten Haaren und streckte die Zunge bis zum Kinn heraus.

»Lasst sie«, sagte Rin und stellte sich schützend vor mich. Dieses Mal waren die anderen jedoch deutlich in der Überzahl.

»Bitte, Rin, lass uns gehen«, sagte ich und griff nach seiner Hand. Ich wollte Handgreiflichkeiten vermeiden.

»Du glaubst doch nicht, dass wir euch einfach so ziehen lassen«, kreischte Sid. Seine Worte gingen nahtlos in das hysterische Lachen einer Hyäne über.

Als wäre dies ein Stichwort gewesen, schlossen sie den Kreis enger um uns.

»Lasst uns durch«, forderte ich, und schon wurde ich brutal zu Boden gestoßen. Ich fiel auf meinen Allerwertesten, der höllisch schmerzte.

»Das war erst der Anfang«, tönte Sid. Da hörte ich ein wildes Knurren und Fauchen. Zuerst glaubte ich, ein Raubtier hockte in den Büschen und würde uns jeden Moment angreifen. Aber dann realisierte ich, dass Rin es war, der diese animalischen Laute ausstieß. Die Jungen wichen ängstlich zurück. Er fletschte die Zähne wie ein bissiger Hund.

»Der Typ ist ja voll krank, ey«, sagte der Stachelkopf.

Rins Körperhaltung war geduckt, die Arme kampfbereit ausgestreckt. Seine Muskeln spannten sich an. Sein Körper signalisierte, dass er jeden Augenblick angreifen würde, wenn mir einer der Jugendlichen zu nahe kam.

»Reißt euch zusammen, der will euch nur verarschen«, brüllte Sid. Von den Worten ihres Chefs beeindruckt, rückten die Jugendlichen wieder enger zusammen.

»Ihr seid keine Männer, ihr seid Feiglinge«, zischte Rin. »Greift ein wehrloses Mädchen an.«

»Sag du uns nicht, wie ein Mann zu sein hat, du Tier«, provozierte Sid und erntete Beifall von seiner Gang.

Rin richtete sich zu seiner vollen Größe auf. Seine animalische Ausstrahlung war verschwunden. Zumindest für den Moment.

»Ein Mann ruht in sich selbst. Seine Stärke gibt ihm das Selbstvertrauen, das er braucht, um in den fairen Zweikampf zu treten, anstatt sich hinter seinen Gefährten zu verstecken. Das gebietet ihm seine Ehre. Doch ihr scheint nichts von Ehre zu wissen. Ich habe Mitleid mit euch.«

»Was laberst du da für 'nen Scheiß? Du solltest lieber Mitleid mit deiner kleinen Freundin haben. Wenn wir mit dir fertig sind, ist sie nämlich an der Reihe. Das wird ein Spaß. Und wer weiß. Vielleicht wird die Kleine es sogar genießen?« Sids Becken bewegte sich in einem eindeutigen Rhythmus.

Der Anblick versetzte mich in Entsetzen und Rin in Rage. »Ihr werdet sie nicht entehren!«

»Oh, jetzt bekomme ich aber Angst. Was willst du tun, uns anfauchen?«

Rin stellte sich vor Sid und funkelte ihn kampfeslustig an. »Klären wir das unter uns. Mann gegen Mann. Oder hast du Angst, vor deinen Freunden das Gesicht zu verlieren?«

Sid zögerte einen Moment, dann nickte er jedoch entschlossen.

»Mit dir werde ich allemal fertig.« Er krempelte seine Ärmel hoch, und seine Freunde wichen beiseite, machten Platz für die beiden Kämpfer.

»Hast du einen Wunsch, was auf deinem Grabstein stehen soll?«, fragte Sid provozierend, aber Rin ließ sich nicht darauf ein. Jemand gab ein Zeichen, und die beiden gingen aufeinander los. Sids enorme Größe war ihm kein Vorteil, denn Rin war so wendig, so schnell, dass der deutlich größere Junge keine Chance hatte. Eine Faust traf ihn an der Schulter, eine zweite im Gesicht. Ungelenk hob er die Arme zur Abwehr, doch jedes Mal zu spät. Und als Sid endlich zuschlagen wollte, stand Rin plötzlich hinter ihm und gab ihm einen Tritt in den Hintern.

Ich schlug mir die Hand vor den Mund, um ein Lachen zu unterdrücken.

Sid landete mit dem Gesicht auf dem Boden und zappelte hilflos mit Händen und Füßen, wie eine Schildkröte, die auf dem Rücken lag. Sofort halfen ihm zwei Jungen auf.

»Widerlich«, ächzte Sid und spuckte Sand aus, den er versehentlich geschluckt hatte.

»Ich habe gewonnen. Jetzt nimm deine Anhänger, und zieh ab.«

»Drecksack! Macht ihn fertig«, brüllte Sid.

Einer nach dem anderen ging auf Rin los. Doch der wehrte sich nach Kräften. Schon fiel der Riese mit dem Basecap zu Boden, wimmerte wie ein hungriges Baby. Zwei andere Jungen klammerten sich an seine Schulter, aber er warf sie mit Leichtigkeit ab. Ich war wie erstarrt und geschockt von Rins enormer Kraft. Wie konnte ein Mensch so stark sein? Die Jungs hatten sich schnell wieder aufgerappelt und kreisten nun Rin ein. In dem Moment stieß er einen schrillen Pfiff aus, und ein dunkler Schwarm Krähen stürzte sich auf seine Angreifer. Sie waren überall. Die Jungen versuchten, mit den Armen die Vögel abzuwehren. Es war ein einziges Chaos, das nur von Rin beherrscht wurde.

»Verdammte Scheiße, was ist das denn?«

»Wie hat er das gemacht?«

Die Krähen trieben die Jungen auseinander, verfolgten sie in alle Richtungen. Plötzlich blitzte etwas Metallenes in Sids Hand auf. Geschmeidig ließ er es durch die Luft gleiten, direkt auf Rins Rücken zu.

»Vorsicht! Er hat ein Messer!«, rief ich, so laut ich konnte. Und in dem Moment veränderte sich meine Sicht. Alles um mich herum geschah wie in Zeitlupe.

Ich wollte zu Rin, aber meine Beine schienen wie gelähmt zu sein.

»Hinter dir!«

Rin drehte sich viel zu langsam zu Sid um. Dessen Messer steuerte gefährlich auf ihn zu.

»Nein!«, brüllte ich aus Leibeskräften. Meine Stimme klang viel tiefer und deutlich verzerrt. Rins Gesicht verzog sich vor Schmerz. Ich hörte einen tiefen, dumpfen Schrei. Mit einem gequälten Stöhnen sank er auf die Knie, hielt sich den Arm. Sid taumelte erschrocken zurück, blickte sich nach allen Seiten um und schien mich doch nicht zu sehen. Er rannte davon.

»Rin!«

Endlich war ich bei ihm. Ein dunkler Fleck bildete sich auf dem weißen Ärmel seines Hemdes. Er wurde beängstigend schnell größer. Sein Gesicht glich einer schrecklichen Fratze. Dicke Sehnen traten an seinem Hals hervor. Die Augen waren zusammengekniffen und endeten in tiefen Falten, die bis zu seinen Schläfen reichten.

»Oh Gott, Rin!«, stieß ich erschüttert aus.

Er versuchte aufzustehen, geriet jedoch ins Wanken. Als er sich mit dem Arm abstützte, stieß er einen Schmerzensschrei aus.

Ich reichte ihm beide Hände, half ihm auf und stützte ihn, so gut es ging. Von den Jungen war weit und breit nichts mehr zu sehen. Auch die Krähen waren verschwunden. Wir waren allein.

»Du hättest fliehen sollen …«

»Und dich allein lassen? Kommt nicht in Frage. Ich bringe dich zum Desert Spring. Dort kannst du dich hinlegen. Wir brauchen dringend einen Krankenwagen.«

»Nein, keinen Krankenwagen …«

»Der hat dir den Arm aufgeschlitzt. Wir müssen den Notarzt rufen und die Polizei gleich dazu.«

Rin schüttelte den Kopf und schleppte sich zum Straßenrand, nahm ein Tuch aus seiner Hosentasche und presste es auf die blutende Stelle.

»So was kann aber gefährlich werden. Das muss gereinigt und versorgt, vielleicht sogar genäht werden.«

»Sieht schlimmer aus, als es ist.« Er klang angestrengt. Wem wollte er etwas vormachen? Entschlossen zog ich ihn weiter, bis wir die Stadt erreichten.

»Jorani, vertrau mir. Schau mal, es hat schon aufgehört zu bluten.« Er nahm das Tuch von seinem Arm.

»Ich kann keine Veränderung feststellen.«

Rin seufzte und riss den Ärmel des Hemdes ab, um mir die Verletzung zu zeigen.

Die Wunde schien nicht sehr tief zu sein und hatte sich tatsächlich geschlossen. Doch Rin hatte eine Menge Blut verloren, und das deutete naturgemäß auf eine erhebliche Verletzung hin. Ich würde mich deutlich wohler fühlen, wenn er das im Krankenhaus untersuchen ließe.

»Ich hole das Moped«, erklärte ich entschieden. Hoffentlich würde es dieses Mal anspringen. Rins Widerworte ignorierend, rannte ich die Straße bis zum Desert Spring hinunter und holte mein Moped aus der Garage. Gott sei Dank sprang es an. Ich fuhr zu Rin, der mir schon langsam entgegenkam.

»Mir geht es gut«, beharrte er. »Mach doch aus einer Mücke keinen Elefanten.«

»Wir fahren nach Rapid City.« Ich duldete keinen Widerspruch. Nicht in diesem Fall.

»Wir sollten die Notaufnahme frei halten für die echten Notfälle.«

»Setz dich auf den Sattel«, forderte ich streng und war

überrascht, dass er sich tatsächlich fügte. »Und gut festhalten.«

Ganz vorsichtig legte er mir die Arme um die Taille und wärmte mir mit seiner Brust den Rücken. Es fühlte sich wie eine Umarmung an. Der Gedanke, dass er sich die ganze Fahrt über auf diese Weise an mir festhalten würde, ließ mein Herz flattern. Er fühlte sich so gut an. Fast vergaß ich, dass wir keine Zeit zu verlieren hatten.

Ich gab Gas, und wir fuhren nach Norden. Kurz darauf befanden wir uns auf dem Highway nach Rapid City.

Rids Hände berührten meinen Bauch. Und die Schmetterlinge begannen, sich heftiger zu bewegen.

»Ich kenne eine Abkürzung«, raunte er mir ins Ohr. »Hier bitte links abbiegen.«

»In Ordnung.«

Er hatte mich reingelegt. Die Straße führte nicht nach Rapid City, sondern in die Wälder. Genauer gesagt, zu einer verlassenen kleinen Hütte am Waldrand. Das Dach war aus Brettern zusammengenagelt, und die Wände wirkten so dünn, dass sie mit Sicherheit keinem starken Wind standhalten würden.

Rin stieg ab und ging zu der niedrigen Hütte, die bei näherer Betrachtung krumm und schief wirkte.

Ich schaltete den Motor aus. Das ist unverantwortlich, wollte ich sagen, stattdessen folgte ich ihm in die Hütte. Sie bestand aus einem großen Raum, der zugleich Wohn- und Schlafzimmer war. Er war gemütlich eingerichtet. Kleine Läufer auf den Dielen, Perlenketten vor den Fenstern. Rin hatte keinen Fernseher, aber ich entdeckte ein Radio auf der Kommode. Darüber hingen einige von seinen Shi-ru'u.

An der Seite befand sich eine kleine Küche mit Speisekammer und Kochmöglichkeit. Außerdem gab es ein winziges Badezimmer mit Toilette und Dusche.

Rin steuerte auf die Couch zu, klappte sie aus und verwandelte sie mit wenigen Handgriffen in ein Bett. Das Polster war abgeschabt, und an einigen Stellen lugte sogar die Füllung heraus. Rin breitete eine Wolldecke darüber. Dann knöpfte er sein Hemd auf und warf es zu Boden, so, als wäre ich gar nicht anwesend. Ich blieb abrupt stehen und wusste nicht, wo ich hinschauen sollte. Nein, eigentlich wusste ich das sehr genau, und ich tat es unverblümt. Aus Neugier, ob er unter der Kleidung genauso hinreißend aussah. Breite Schultern und ein muskulöser Rücken kamen zum Vorschein. Die seidig schimmernde Haut war leicht gebräunt.

»Fühl dich wie zu Hause«, sagte er und legte sich auf die Schlafcouch. Beim Anblick seines ansehnlichen Oberkörpers wurde mir augenblicklich heiß.

Rin sah im Gegensatz zu den anderen Jungen in der Gegend wie ein Mann aus, nicht wie ein Teenager. Ein paar dunkle Haare kräuselten sich auf seiner Brust. Nicht zu viel, nicht zu wenig, so, wie ich es mochte.

Mir wurden die Knie weich. Ich setzte mich sicherheitshalber auf den mit Flicken versehenen Sessel.

»Hier lebst du also«, brachte ich hervor. Es war deutlich gewöhnlicher, als ich erwartet hatte. Meine Kehle fühlte sich trocken an. Verdammt trocken.

»Ja.«

Ich liebte dieses schmale Gesicht und die kräftigen Haare, die es einrahmten. In seinen Augen lag stets ein geheimnisvoller Glanz. Doch in diesem Moment war er stärker denn je.

»Ich habe alles so übernommen, wie du es hier siehst«, erklärte er mir.

»Du hast die Hütte jemandem abgekauft?«

Er schüttelte den Kopf. »Sie war verlassen, also bin ich eingezogen. Ein Mann lebte vor mir hier.«

»Was wurde aus ihm?«

»Weiß nicht. Aber er muss sehr einsam gewesen sein. Ich fand nur Sachen von ihm, nichts, was auf Frau und Kind hingedeutet hätte. Vielleicht ist er in die Stadt gegangen.«

Ich nickte. Mir war inzwischen klar, dass ich ihn vermutlich knebeln und fesseln müsste, um ihn ins Krankenhaus zu bekommen. Ein völlig hoffnungsloses Unterfangen. Aber vielleicht gab es eine andere Möglichkeit, das Problem zu lösen.

»Hast du Verbandszeug?«

»Im Bad hab ich eine Apotheke.«

Ich fand einen aufgerollten Verband und auch Klammern, um ihn zu befestigen. Mein Herz klopfte ungestüm, als ich mich neben Rin setzte, seinen wilden Geruch aufsog und ihm ganz vorsichtig den Verband anlegte. Er hielt still, half mir sogar, indem er leicht den Arm hob. Gegen das Krankenhaus sträubte er sich, aber er hatte offenbar nichts dagegen, wenn ich ihn versorgte.

»Sieht nicht mehr so schlimm aus, oder?«

Das stimmte. Die Wunde hatte sich erstaunlich schnell geschlossen. Vielleicht hatte ich wirklich übertrieben.

Das sanfte Braun seiner Arme schimmerte seidig. Die Farbe erinnerte an Karamell. Unauffällig versuchte ich, seine Haut zu berühren, während ich den Stoff um seinen Arm wickelte. Sie war so wunderbar weich.

»Danke«, hauchte er, nachdem ich den Verband mit den Klammern fixiert hatte. Seine Hand strich mir eine Locke aus dem Gesicht. Warm und so zart wie ein Blütenkelch umschlossen seine weichen Lippen die meinen. Ich hielt den Atem an. Oh ja, sie schmeckten wirklich viel besser als in meinem Traum. Unendlich süß. Ich fühlte mich gelöst, all die Schmetterlinge, die in meinem Bauch gefangen gewesen und wild durcheinandergeflattert waren, durften nun aus ihrem engen Gefängnis und breiteten sich in meinem ganzen Körper aus. Überall kribbelte es, ich fühlte mich wie elektrisiert. Meine Lippen wurden heiß, prickelten wild und intensiv.

»Du fühlst dich unglaublich gut an, kleines Stadtmädchen«, flüsterte er. Dieses Mal war es liebevoll gemeint.

»Du auch.«

Kräftig und besitzergreifend legte er mir den Arm um die Taille. »Du steckst nun in echten Schwierigkeiten«, eröffnete er mir und sah mich schelmisch an.

»Weil ich als Zeugin gegen Sid aussagen muss? Kein Problem. Damit komme ich klar.«

Er schüttelte grinsend den Kopf. »Das meine ich nicht. Vergiss den Kerl.«

Und noch ehe ich widersprechen konnte, fuhr er sanft mit dem Zeigefinger über meine Lippen. Ich gab ihm einen Kuss.

»Weil es ganz und gar unvernünftig ist, dass du hier bei mir bist. Ich es aber dennoch so will«, sagte er.

»Auch damit komme ich klar. Davon abgesehen, brauchst du mich. Wer soll dir sonst den Verband wechseln?«

Er lachte und breitete die Decke über uns aus, hüllte uns darin ein wie in einen Kokon. Wohltuende Wärme umfing mich. Seinen Körper so nah an meinem zu spüren setzte eine Überdosis Endorphine frei.

»Meine Tante wird sich Sorgen machen, wenn ich nicht bald auftauche«, sagte ich halbherzig, denn eigentlich genoss ich seine Nähe viel zu sehr, um tatsächlich an Aufbruch zu denken.

»Bleib noch. Nur ein bisschen.«

Seine dunklen Augen funkelten geheimnisvoll. Eine ungestillte Sehnsucht lag in dieser unendlichen Tiefe verborgen.

6. Kapitel

Ein Arm legte sich besitzergreifend um mich, und ich schreckte aus dem Schlaf. Mein erster Impuls war, ihn wegzuschieben. Doch dafür fühlte er sich viel zu gut an.

Das Sonnenlicht fiel ins Zimmer. Masken aus Rinde starrten mich von der gegenüberliegenden Wand an. Langsam kehrte die Erinnerung zurück. Die Müdigkeit hatte mich übermannt, und ich musste in Rins Armen eingeschlafen sein. Er lag neben mir, schlief tief und fest. Sein leiser Atem kitzelte sanft mein Ohrläppchen.

Der Tag hatte begonnen. Sicherlich machte sich meine Tante Sorgen. Hätte ich damit gerechnet, die Nacht bei Rin zu verbringen, hätte ich ihr eine Nachricht hinterlassen.

Es wäre vernünftig gewesen, jetzt aufzustehen und nach Calmwood zu fahren, um ihr alles zu erklären. Aber ich genoss es viel zu sehr, in seinem Bett zu liegen, wo alles nach ihm duftete.

Ich drehte mich auf die Seite. Seine vollen Lippen waren einladend geöffnet, als verlangten sie nach einem Kuss.

Mein Blick ging tiefer, über sein markantes Kinn zu seinem starken Hals und zu seinem Oberkörper, der herrlich gebräunt und sehr muskulös war, soweit ich das erkennen konnte, denn die Decke versperrte mir die Sicht auf die interessanten Details.

Das Haar hing ihm ins Gesicht, ließ es sehr schmal wirken. Vorsichtig strich ich ihm eine Strähne aus der Stirn, um ihn genauer zu betrachten. Wie schön er im Licht der Morgensonne aussah. Fast als wäre er gar nicht menschlich, sondern ein dunkler, aber wunderschöner Engel, der herunter auf die Erde gekommen war, um mich zu beschützen.

Ich ließ die Strähne in sein Gesicht zurückgleiten und genoss es, einfach nur bei ihm sein zu dürfen. Seine Brust bewegte sich im Rhythmus seines Atems, stark und gleichmäßig. Er strahlte Wärme aus. Ich zog meine Füße, die morgens immer eiskalt waren, eng an mich, drängte mich an Rins Körper und versuchte, mich an ihm zu wärmen. In dieser Position döste ich vor mich hin. Wer hätte gedacht, dass dieser Urlaub so interessant würde? Nach einer halben Stunde, in der ich einfach nur dagelegen hatte, entschied ich mich, doch aufzustehen. Ich konnte Abigail nicht länger warten lassen.

Gerade als ich meine nackten Füße unter der Decke hervorstreckte, spürte ich einen sanften Kuss in meinem Nacken.

»Guten Morgen, Jorani.«

Ich hatte gar nicht bemerkt, dass er aufgewacht war. Oder war er die ganze Zeit über wach gewesen und hatte sich nur schlafend gestellt? Bei Rin wusste man nie so genau.

»Morgen.« Ich drehte den Kopf nach hinten. Unsere Münder berührten sich. Er schmeckte so süß, dass ich schon verführt war, länger hierzubleiben. Sein warmer

Oberkörper drückte sacht gegen meinen Rücken, und seine Arme umschlangen mich. Er legte den Kopf auf meine Schulter. »Und wie war deine Nacht?«

»Ich habe so gut geschlafen wie schon lange nicht mehr.«

Er strahlte über das ganze Gesicht. »Das freut mich zu hören. Ich habe auch sehr gut geschlafen. So gut wie schon lange nicht mehr.« Es war genau mein Wortlaut. »Der Morgen ist normalerweise sehr einsam«, gestand er. »Ich hatte fast vergessen, wie gut es sich anfühlt, neben jemandem einzuschlafen und wieder aufzuwachen. Es ist schön.«

Als er sich über mich beugte, um meinen Kopf in seine Richtung zu drehen, fiel mir auf, dass der Verband ab war. Die Wunde war verschwunden. Keine Rötung, keine Schwellung, nicht einmal Schorf war zu sehen. Das heißt, wenn ich genauer hinsah, konnte ich eine hauchdünne blasse Narbe erkennen.

»Merkwürdig.« Ich strich mit dem Zeigefinger über die Stelle, die gestern Abend noch eine blutige Wunde gewesen war.

»Der Verband hat heute Nacht gejuckt. Ich hab ihn abgenommen.« Er blickte mich entschuldigend an.

»Schon okay. Ich bin nur erstaunt, wie gut alles verheilt ist.«

Er zuckte mit den Schultern. »Ich habe dir doch gesagt, dass es schlimmer aussieht, als es ist.«

Ich nickte. Offenbar hatte ich die Situation tatsächlich falsch eingeschätzt.

»Lass uns nicht mehr daran denken«, sagte er und legte sich sacht auf mich, nahm mein Gesicht in beide Hände und küsste mich so ungestüm, dass die Bettdecke zu Boden fiel. Seine Lippen waren überall, raubten mir den Atem. Liebevoll strichen seine Finger über meinen Hals. Ich bekam eine Gänsehaut, vergaß alles um mich herum. Auch Tante Abigail.

»Heute Nacht hatte ich nur gute Träume, weil du bei mir warst«, flüsterte er und streichelte meine Wange. »Dein Zorwaya muss sehr stark sein, wenn er das vermag. Die Ti'tibrin sagen, wenn man jemandem lange genug in die Augen sieht, kann man seinen Zorwaya erkennen. Wenn ich in deine Augen blicke, sehe ich das Funkeln der Sterne.«

»An etwas Ähnliches glauben wir auch. Die Augen sind der Spiegel der Seele.«

»Du bist wunderschön, Jorani«, unterbrach er mich andächtig. »Nicht nur äußerlich. Auch hier drin.« Seine Hand legte sich auf meine Brust. »Dein Zorwaya ist schön.«

Ich war gerührt, wollte etwas ebenso Zärtliches erwidern, als mein Magen laut zu knurren begann.

Rin lachte. »Sag doch, dass du Hunger hast. Ich habe noch Pemmikan da.«

Er kletterte über mich hinweg und ging in die Küche. Kurz darauf kam er mit zwei Schüsseln zurück. In der einen befanden sich Beeren und Nüsse, in der anderen eine zähe Substanz, die ich nicht ganz zuordnen konnte.

»Probier mal«, forderte er mich auf.

»Ich weiß nicht.« Die braune Paste sah nicht gerade appetitlich aus. Außerdem hatte ich weder eine Gabel noch einen Löffel.

»Wie isst man das überhaupt?«

»Am besten mit Brot.«

»Hast du welches da?«

»Na klar.«

Er holte zwei helle Fladenbrote aus der Küche. Eines davon reichte er mir. Ich riss ein Stück ab, tunkte es zögernd in die klebrige Paste und steckte es mir in den Mund. Ein wirklich scheußlicher Geschmack breitete sich auf meiner Zunge aus. Ich bekam es kaum herunter, musste mich zum Schlucken zwingen.

»Scheint nicht dein Fall zu sein?« Rasch brachte er mir ein Glas Wasser zum Runterspülen.

»Tut mir leid. Wenn du nichts dagegen hast, bleibe ich bei Brot und Beeren.«

»Kein Problem. Umso mehr Pemmikan ist für mich da.«

»Was ist das überhaupt?« Ich konnte es beim besten Willen nicht identifizieren. Selbst jetzt nicht, nachdem ich es gekostet hatte.

»Pemmikan wird aus zerstoßenem Dörrfleisch hergestellt. Eigentlich ist es Essen für unterwegs. Ich erinnere mich, dass Mutter uns immer eine Ration mitgab, wenn wir in die Wälder gingen, um Schießübungen mit dem Bogen zu machen. Sie sollte für den ganzen Tag reichen, doch schon nach zwei Stunden hatten wir alles aufgegessen, weil es so gut schmeckte.«

»Lebt sie hier? Ich meine, in der Nähe von Calmwood?«

Rin tunkte sein Brot in die Paste und steckte es sich dann behaglich seufzend in den Mund. Er ließ sich Zeit mit der Antwort. »Ja, das tut sie. Sie lebt in unserem Dorf Ven' Callas, wie die anderen Ti'tibrin E'neya auch.«

Ich war plötzlich sehr aufgeregt. Dass sein Stamm in der Nähe lebte, hatte ich nicht gewusst.

»Ich würde dein Dorf gern sehen und deine Familie kennenlernen.«

»Das wird nicht ganz einfach.« Er erhob sich und deutete zum Badezimmer. »Entschuldige mich bitte, ich brauche eine Abkühlung.«

Mir kam es vor, als wollte er vor weiteren Fragen fliehen.

»Du möchtest nicht, dass ich sie treffe, oder?« Vielleicht erwarteten sie, dass er ein Mädchen aus seinem Dorf heiratete.

»Nein! Wie kommst du denn darauf?« Er setzte sich neben mich, nahm mich fest in die Arme und küsste meine Schläfe. Seine Hand fuhr beruhigend durch meine Locken, und er schmunzelte. »Natürlich will ich das. Glaub mir. Nur soll der Zeitpunkt der richtige sein. Meine Familie ist nicht ganz einfach«, gab er zu. »Aber sie werden dich lieben, so, wie ich dich liebe.« Er gab mir einen kleinen Kuss auf die Stirn.

Ich nickte, immer noch enttäuscht, aber deutlich beruhigter. Mein Blick fiel auf die Uhr. Himmel! »Ich muss zum Desert Spring«, sagte ich und begann, eilig meine Sachen zusammenzusuchen.

»Wie schade. Ich hatte gehofft, du würdest bei mir bleiben.«

»Ich komme zurück. Aber ich muss meiner Tante sagen, wo ich bin, sonst macht sie sich Sorgen. Oder hast du ein Telefon? Dann rufe ich schnell bei ihr an.«

»Leider nicht.«

»Dachte ich mir.« Ich zwinkerte ihm zu. Rin gab mir einen langen prickelnden Abschiedskuss und verschwand im Bad.

Ich blieb einige Sekunden reglos sitzen und genoss das

heiße Kribbeln meiner Lippen, ehe ich weiter meine Sachen zusammensuchte. Ich vermisste einen Schuh, den ich unter dem Bett vermutete. Seufzend wollte ich mich gerade auf alle viere begeben, um nachzusehen, als ich ein merkwürdiges Scheppern aus der Küche vernahm. Rin konnte das nicht sein. Der stand unter der Dusche. Kurz entschlossen ging ich zur Küchentür und spähte durch den Spalt.

Eine dunkelhaarige Frau bediente sich freimütig in Rins Speisekammer. Sie stand mit dem Rücken zu mir. Wahrscheinlich war sie durch das offene Fenster eingedrungen. Gierig nahm sie eine Schüssel aus dem oberen Regal, tauchte ihre Hand hinein und leckte sich eine, mir inzwischen nur zu vertraute, braune Paste von den Fingern. Was für eine dreiste Diebin!

»Wer sind Sie?«, fragte ich, als ich schließlich die Küche betrat.

Die Frau erschrak derart, dass sie die Tonschüssel fallen ließ, die am Boden in tausend Teile zerbrach. Ängstlich wich sie vor mir zurück, bis sie mit dem Rücken gegen die Wand stieß. Sie war schlank, geradezu drahtig. Dicke Venen schlängelten sich über ihre nackten Unterarme. Sie trug ein ledernes, locker geschnürtes Oberteil und einen Rock aus Tierfell, unter dem sich kräftige Schenkel abzeichneten. Farbige Federn steckten in den zerzausten wilden Haaren. Eine von ihnen war feuerrot.

»Was tun Sie hier?«, wiederholte ich barscher als beabsichtigt und machte einen Schritt auf sie zu. Da stieß sie ein animalisches Grollen aus, das an das Knurren eines Raubtiers erinnerte. Und Blitze zuckten in ihren pechschwarzen Augen. Trotz ihrer Drohgebärden schrumpfte sie vor mir zusammen, nahm eine geduckte Haltung ein, wie eine Katze, die Gefahr witterte.

»Keine Angst.« Ich war mir nicht sicher, ob sie mich verstand. Vorsichtig öffnete ich die Hände, um ihr zu zeigen, dass ich friedliche Absichten hegte. Aber diese Geste missverstand sie gründlich.

Sie biss die Zähne zusammen, stürzte sich mit einem Kriegsschrei auf mich und riss mich zu Boden. Ich war so perplex, dass ich mich nicht wehren, nicht einmal zur Seite springen konnte. Stattdessen schlug ich mit dem Hinterkopf auf die harten Fliesen. Ein stechender Schmerz breitete sich in meinem Schädel aus. Sekundenlang konnte ich nichts sehen, nichts fühlen. Dann spürte ich ihr Gewicht auf mir. Als mein Blick wieder klarer wurde, erkannte ich eine Tonscherbe, die gefährlich vor meinem Gesicht kreiste.

»Nein!«, schrie ich und schlug ihr das spitze Ding aus der Hand, bevor sie es in die Nähe meiner Halsschlagader bringen konnte. Diese Irre wollte mich tatsächlich umbringen! Ich versuchte, sie von mir herunterzustoßen, aber sie griff nach meinen Handgelenken und drückte mich zu Boden. Verdammt, war die kräftig, dabei sah sie gar nicht danach aus.

Mit einem lauten Knall sprang die Tür auf, und Rin stand, mit einem Handtuch um die Hüften gewickelt, in der Küche. Ich sah das Entsetzen in seinem Gesicht. Seine dunklen Augen waren geweitet.

Als die Frau ihn bemerkte, ließ sie von mir ab und stellte sich schützend vor ihn, die Arme zu beiden Seiten ausgestreckt, als wollte sie mir den Weg zu ihm versperren. »Po'ra'iti! Antvaris!«, zischte sie und zeigte ihre strahlend weißen Zähne.

»Nev! Es besteht keine Gefahr, mi Solera. Jorani es Jaknura.« Er schob sie zur Seite, hockte sich neben mich und hob meinen Kopf hoch.

»Jorani es Jaknura. Jorani ist eine Freundin.« Vorsichtig tastete er meinen Schädel ab, untersuchte ihn auf Verletzungen. Glücklicherweise hatte ich keine Platzwunde davongetragen.

»Hast du Schmerzen?«

»Nein.« Aber ich fühlte mich noch immer leicht benommen.

Die Frau ließ mich nicht aus den Augen. Anscheinend traute sie dem Frieden nicht.

»Hevova ist meine Schwester«, erklärte Rin und half mir auf. Langsam führte er mich in den Wohnbereich, wo ich mich auf die Schlafcouch setzte, um mich auszuruhen. Hevova folgte uns in einigem Abstand.

»Und ich hielt sie für eine Einbrecherin.«

»Sie dich offenbar auch.«

»Tut mir leid, ich wollte sie nicht erschrecken.«

Ich spürte eine leichte Schwellung an meinem Hinterkopf. Das würde eine böse Beule geben. Verflucht!

»Wieso ist sie nicht durch die Tür gekommen wie jeder normale Mensch?« Hätte sie das getan, dann wäre es nicht zu diesem Missverständnis gekommen. Ich war wirklich wütend, denn mein Schädel schmerzte immer noch. Rin übersetzte für mich in einer sehr warmen, melodischen, fast hypnotischen Sprache. Da hob sie die Hand, um seinen Redefluss zu bremsen.

»Ich … verstehen … sie«, sagte sie in einem stockenden Englisch. »Ich können … für mich … sprechen. Du nicht der Einzige … der Sprache der Gaien … von Siruwathi gelernt.«

Mit einer ruckartigen Handbewegung riss sie einen Lederbeutel von ihrem Gürtel. »Ich mich entschuldige … Jorani.« Ihre Worte stimmten mich versöhnlich. Sie drückte Rin den Beutel in die Hand. »Gib es ihr.«

»Eine gute Idee.« Er nahm ein Glas vom Tisch und schüttete den Inhalt des Beutels, ein grünliches Pulver, ins Wasser.

»Die Rikamiahpflanze wächst in den Tiefen des Waldes. Wir bauen sie an, trocknen und zerstampfen sie, um daraus Rikamiah, ein Schmerzmittel, zu gewinnen. Es ist sehr wirksam, wird auf Wunden aufgetragen, kann aber auch getrunken werden.«

Ich beobachtete skeptisch, wie sich das Wasser grün färbte. Ein intensives Grün, das an eine Sommerwiese erinnerte. Zugegeben, es sah gesund, aber nicht sonderlich schmackhaft aus.

»Es wird deinem Kopf guttun«, versprach er.

Ich zögerte dennoch. Wenn das ähnlich wie Pemmikan schmeckte, würde ich keinen Schluck runterbekommen. Rin setzte das Glas an meine Lippen. »Nur Mut.« Ich seufzte und öffnete den Mund. Der Geschmack war zu ertragen. Er erinnerte entfernt an Waldmeister.

»So ist es gut, schon bald wirst du die Veränderung spüren.«

Tatsächlich wurde mein Kopf im selben Augenblick klarer. Der Druck wich, und der Schmerz ließ nach. »Ich sollte langsam gehen. Meine arme Tante …«

»Nein«, sagte Rin sanft und drückte mich in das Kissen zurück. »In deinem Zustand kannst du nicht fahren. Das ist nicht gut.« Er hatte ja recht. Aber wie sollte ich sonst zum Desert Spring kommen?

»Ist doch nur eine Beule«, erwiderte ich. »Außerdem geht es mir schon besser.«

Rin seufzte und beugte sich über mich, um meine unteren Augenlider herunterzuziehen und meine Augenreflexe zu testen. Als angehender Schamane wusste er sicherlich, was er tat.

»Also, Herr Doktor, bin ich fahrtauglich?«

Er musterte mich kritisch, nickte aber schließlich. »Ich denke schon. Versprich mir, dass du vorsichtig fährst.«

»Ich schwöre es.« Ich hob zwei Finger, um meinen Worten durch eine Geste Nachdruck zu verleihen. Dann suchte ich nach meinem vermissten Schuh und fand ihn unter dem Bett. Ich zog ihn an, anschließend begleiteten mich Hevova und Rin hinaus.

»Ich möchte nicht, dass dir etwas passiert«, sagte er und küsste mich vor Hevovas Augen.

Aus dem Augenwinkel bekam ich mit, dass ihr das missfiel. Doch Rin schien das entweder nicht zu bemerken, oder es kümmerte ihn nicht.

»Es ist wirklich nur eine Beule«, versicherte ich eilig, war aber auch gerührt, dass er sich solche Sorgen um mich machte.

Ich fuhr, wie ich es versprochen hatte, vorsichtig nach Calmwood. Insgeheim erwartete ich, dass meine Tante mir Vorwürfe machte, wie es Mom an ihrer Stelle getan hätte. Doch das Gegenteil war der Fall. Sie hatte vollstes Verständnis und freute sich, dass ich mich so gut mit Rin verstand.

»Dich stört es also nicht, wenn ich dich heute allein lasse?«

»Nein, Kleine, mach dir keine Sorgen, und amüsier dich. Deswegen bist du doch nach South Dakota gekommen. Ich wäre eine miserable Tante, wenn ich dich nur für das Café einspannen würde.«

»Außerdem bin ich auch da, um Abigail zu helfen«, meldete sich Roger hinter der Theke zu Wort. Er trocknete gerade ein Glas ab. »Gemeinsam werden wir das Schiff schon schaukeln.«

Ich wusste, warum Roger sich solche Mühe gab, meine Tante zu beeindrucken. Die schien jedoch nach wie vor auf dem Schlauch zu stehen. Der Ärmste tat mir leid.

Ich lief nach oben in mein Zimmer, um mich umzuziehen. Das Schmerzmittel zeigte Wirkung. Mir ging es viel besser. Ich spürte eine nie gekannte Energie in mir.

»Viel Spaß«, rief mir meine Tante nach, als ich wieder herunterkam und durchs Café zur Garage eilte.

Ich schwang mich auf das Moped und fuhr zu Rins Hütte zurück. Zu meiner Verwunderung stand seine Tür offen, und ich ging hinein.

»Rin?«, rief ich, doch niemand antwortete. Ich sah mich erst im Wohnbereich, dann in der Küche und schließlich im Badezimmer um. Rin war nicht da. Aber wo war er? Ich hatte doch versprochen zurückzukommen.

Nachdenklich ging ich wieder nach draußen, wo mir die Hufspuren auffielen, die gestern Abend noch nicht da gewesen waren. Ich hätte sie im Scheinwerferlicht des Mopeds gesehen, da war ich mir sicher.

Offenbar war er wieder mit Larki unterwegs. Wenn ich mich nicht täuschte, waren es sogar zwei Pferde gewesen. Wahrscheinlich war seine Schwester mitgeritten.

Ich beschloss, ihnen zu folgen, und schwang mich aufs Moped. Bisher war ich nur auf Asphaltstraßen oder zumindest ebenen Sandwegen gefahren. Der Pfad, der in den Wald führte, war allerdings ziemlich abenteuerlich. Ich hatte Glück, dass die Spuren sehr gut erhalten waren, so dass selbst jemand wie ich ihnen ohne Probleme folgen konnte. Sie führten mich zu einem kleinen See, der hinter hohem Schilf und Trauerweiden verborgen lag. Die Wasseroberfläche glitzerte in der Sonne, deren Strahlen durch die Baumwipfel fielen.

Ein helles Lachen drang an mein Ohr. Ich blickte in die Richtung, aus der es kam, und entdeckte Hevova im Wasser. Sie spritzte Rin nass, der heftig mit den Armen paddelte. Offenbar amüsierten sie sich gut. Ich bekam Lust, es ihnen gleichzutun, stieg vom Moped, zog Schuhe und Socken aus, um zu testen, ob das Wasser eine angenehme Temperatur hatte. Vorsichtig tauchte ich meinen großen Zeh hinein und bekam fast einen Herzstillstand. Es war eisig. Wie hielten die beiden es bloß darin aus?

Also blieb ich lieber am Ufer. Bei den Wassertemperaturen holte ich mir sonst den Tod. Ich stellte mich auf die Zehenspitzen und winkte den beiden zu. Aber sie bemerkten mich nicht. Hevova war damit beschäftigt, Rins Kopf unter Wasser zu drücken. Der schlug mit den Armen so wild um sich, dass sich Wellen bildeten.

»Rin! Hevova! Ich bin hier!«, rief ich, so laut ich konnte.

Aber sie hörten mich nicht,

Rin befreite sich schwungvoll aus Hevovas Griff und schoss einer gewaltigen Fontäne gleich in die Höhe. Sein Kopf und seine Schultern waren bereits sichtbar, als plötzlich die Beine eines Pferdes an die Oberfläche stießen. Rin wuchs vor meinen Augen einige Meter in die Höhe. Ein gewaltiger brauner Körper kam unter den

Wassermassen zum Vorschein. Er bäumte sich über Hevova auf. Hufe schlugen in die Luft und trieben glitzernde Wasserperlen über sie her. Aber Hevova schrie vor Angst nicht auf, wie ich es in ihrer Situation beim Anblick dieses gewaltigen Wesens getan hatte, sondern schoss ebenfalls in die Höhe. Und auch unter ihr tauchte ein Pferdekörper auf.

Mein Verstand konnte nicht verarbeiten, was meine Augen sahen. Rin saß nicht etwa auf dem Rücken eines Pferdes. Nein, dieses Pferd war ein Teil von ihm, ein Teil seines Körpers! Ein irres Zerrbild.

An der Stelle, wo sich bei einem Pferd normalerweise der Hals befand, fing Rins Oberkörper an. Statt seiner Beine sah ich die des Tieres. Beide Wesen schienen miteinander verwachsen. Der Großteil seines Körpers aber war noch im Wasser. Er musste gigantisch sein.

Ausgelassen tobten sie durch das Nass und trieben Wellen vor sich her. Ihre Schweife peitschten durch die Luft und zeichneten einen Vorhang aus schimmerndem Wasser.

Ich konnte meinen Blick nicht von diesen erstaunlichen Wesen abwenden, bis Hevova plötzlich auf mich deutete.

Sie hatte mich entdeckt! Ich wich erschrocken zurück, verlor um ein Haar das Gleichgewicht, rappelte mich wieder auf und rannte, so schnell ich konnte, zu meinem Moped. Ich hörte, wie sie durch das Wasser jagten. Aber ich war schneller. Rasch lenkte ich das Moped durch zwei eng beieinanderstehende Bäume und kam wieder auf den Sandweg, dem ich zuvor gefolgt war. Die Hufspuren! Natürlich. Sie stammten von Rin und Hevova!

Mein Körper verkrampfte sich. Fast schien es, als

würde sich meine Anspannung auf das Moped übertragen. Ich hatte Schwierigkeiten, es zu lenken. Das Brummen des Motors klang bedrohlich. So, als würde er jeden Augenblick explodieren. Ich warf einen Blick hinter mich und erschrak. Rin hatte mich fast eingeholt, und Hevova war dicht hinter ihm. Sie preschten durch das Unterholz. Weder peitschende Zweige noch dicke Äste hielten sie auf. Rin schlug mit beiden Armen beiseite, was ihm im Weg war. Die Geschwindigkeit, mit der er sich näherte, machte mir Angst. Nur wenige Meter trennten uns noch voneinander.

Er rief etwas, aber ich verstand ihn nicht. Der Motor war zu laut. Ich versuchte, nach rechts zu lenken, aber es war unmöglich. Mein Moped schien ein Eigenleben entwickelt zu haben. Die Steuerung lag nicht mehr in meiner Hand. Ein riesiger Eichenstamm kam auf mich zu. Gleich! Gleich würde ich zerschellen.

Ich hob schützend die Arme vor mein Gesicht, in der Hoffnung, den Aufprall abzuschwächen, als ich aus dem Sitz gehoben wurde und durch die Luft wirbelte. Ich hörte mich schreien. Mit einem lauten Knall prallte das Moped gegen den Baumstamm. Aber das bekam ich nur wie aus weiter Ferne mit. Mein Körper erschlaffte, und Dunkelheit hüllte mich ein, gleich einer dichten Nebelwand. Und ich verlor das Bewusstsein.

Als ich wieder zu mir kam, war ich nicht mehr im Wald. Ich lag in einem Bett, war in eine Wolldecke gewickelt und konnte mich kaum bewegen. Rin saß neben mir. Sein Gesicht war ernst. Schatten lagen über seinen Augen. Etwas schien ihn zu quälen, aber ich konnte nicht sagen, was es war. Ich erinnerte mich nicht einmal, was überhaupt geschehen war. Mein Kopf schmerzte, als hämmerte jemand von innen gegen meine Schädeldecke. Bilder zuckten vor meinem inneren Auge auf. Bruchstücke, Fetzen, die ich nicht zuordnen konnte. Zwei Mischwesen, halb Pferd, halb Mensch. Sie ragten aus dem Wasser. Kentauren. Erneut spürte ich diesen dringlichen Fluchtreflex. Ich zuckte zusammen. Aber Rin sah aus wie immer. Er trug seine Latzhose und das karierte, an den Ärmeln hochgekrempelte Hemd.

»Fürchte dich nicht, Jorani«, flüsterte er. »Ich tue dir nichts.«

Er klang verzweifelt.

»Was ist geschehen?«

»Ich war sehr unvorsichtig. Das hätte nicht passieren dürfen.« Er senkte den Kopf, als ertrüge er es nicht, mir in die Augen zu sehen.

Das war kein Alptraum gewesen. Ich hatte die Kentauren tatsächlich gesehen. Die dunklen Haare verwandelten sich in Vorhänge, die sein Gesicht vor mir abschotteten. Eine feuerrote Feder steckte hinter seinem Ohr. Er tat mir leid.

Ich wollte seine Hand nehmen, aber sie war zu weit weg. Er hatte mich gerettet. Auch daran erinnerte ich mich. Ich wusste, wer er war, aber nicht, was.

»Ich will dir alles erklären«, sagte er, als habe er meine Gedanken gelesen. »Allerdings wird es deinen Verstand auf die Probe stellen. Hörst du mir trotzdem zu?«

»Ja«, versprach ich. Natürlich würde ich das tun, denn ich wollte wissen, was mit ihm geschehen war. Er hob den Kopf, seine Haare glitten zurück. Ein winziges und doch sehr hoffnungsvolles Lächeln umspielte seine Lippen.

Regen trommelte auf das einfache Holzdach. Es hörte

sich beängstigend an. Als würde eine Armee winzigster Lebewesen über uns hinwegmarschieren. In weiter Ferne hörte ich das Grollen von Donner. Ein Unwetter nahte. Und doch fühlte ich mich zusehends sicherer. Der Duft von Hagebutte stieg mir in die Nase. Zwei dampfende Teetassen standen auf dem Tisch.

»Du musst durcheinander sein«, sagte er und schaute dabei zu Boden.

»Ziemlich«, gab ich zu. Ich griff nach meiner Tasse. Nicht, weil ich Durst hatte, sondern weil ich etwas brauchte, an dem ich mich festhalten konnte. Rin lehnte sich mit dem Rücken an die Wand, schloss die Augen und begann zu erzählen.

»Ich bin kein Mensch. Aber das hast du bestimmt schon vermutet. Ich gehöre einem uralten Stamm an, der vor langer Zeit ein Bündnis mit den Zorwaya schloss. Wir nennen uns Ti'tibrin E'neya. Niemand weiß, woher unsere Vorfahren kamen. Es heißt, dass sie die Wälder der nördlichen Lande lange vor der Ankunft der ersten Menschen für sich erschlossen. Die Geschichten unserer Ahnen erzählt man sich an langen Abenden am Lagerfeuer oder beim jährlichen Erntefest. Eine dieser Legenden handelt von einem Krieger namens Callas, nach dem unser Dorf benannt wurde, Ven'Callas, was so viel wie ›im Schoße Callas'‹ bedeutet.

Callas war ein ehrwürdiger Mann, der gut für Frau und Kinder sorgte. Er verehrte die Natur und alles, was sie hervorbrachte. Niemals kam es ihm in den Sinn, die Schätze der Wälder zu plündern. Er nahm nur, was er zum Überleben brauchte, so, wie es E'neya ihr Volk gelehrt hatte.

Eines Tages rief er die Männer seines Stammes zur

Jagd, um die Vorräte aufzufrischen. Jeder Jäger bewaffnete sich mit Pfeil und Bogen oder Speer, und sie folgten den Bisons über das weite Land. ›Ein Bison soll genügen, lasst die anderen ziehen‹, sagte Callas, und seine Männer hörten auf ihn, wie sie es immer taten. Sie kreisten den größten und stolzesten Bison ein, bis dieser nicht mehr entfliehen konnte. Callas hob seinen Speer und traf ihn mitten ins Herz. Er war auf der Stelle tot. Die Männer zerlegten ihn und trugen das kostbare Fleisch nach Hause, wo es die Frauen am Feuer zubereiteten. Auch Fell und Leder wurden verwertet, denn der Tod des Bisons sollte nicht umsonst gewesen sein.

Callas war voller Stolz über die erfolgreiche Jagd und begab sich auf den höchsten Hügel des Waldes, um den Zorwaya zu danken. Gerade, als er den Felsen erklommen hatte, vernahm er ein eigenartiges Geräusch. Neugierig folgte er den nie gehörten Lauten und fand ein Wesen, das ihm fremd war. Sein Hinterbein steckte in einer Felsspalte fest. Es war groß und kräftig, und Callas erkannte, dass er es würde reiten können, wenn er es befreite. Es war eines der letzten Urpferde und er nannte es Onpatok.

Rasch löste er das kräftige Seil von seinem Gürtel und band es zu einer Schlaufe, die er dem Onpatok um den Hals legte. Dann beugte er sich herunter, umfasste den Huf mit beiden Händen und zog ihn in einem Ruck aus der Spalte. Onpatok blieb unverletzt und schien seinem Retter sehr dankbar. Als Callas sich auf seinen Rücken schwang, warf Onpatok ihn nicht ab, sondern duldete ihn als seinen neuen Meister.

Sie ritten durch die Prärie. Nie zuvor war Callas schneller gewesen. Er glaubte, auf Onpatoks Rücken zu fliegen. Wo immer Callas' Ziel lag, Onpatok brachte ihn dorthin. War Onpatok in Gefahr, weil ein Bär ihn angriff, stellte sich Callas schützend vor ihn und verteidigte ihn mit seinem Speer. Rief Callas zur Jagd, hatte Onpatok die Herde der Bisons zuvor ausgespäht und führte die Jäger zu ihnen.

Eines Tages ritten sie zu einem See, denn Callas wollte ein Bad nehmen, und Onpatok verspürte Durst. Als er sein Maul ins kühle Nass tauchte, erblickte er in der Ferne eine Herde seines Volkes und wollte ihnen folgen, mit ihnen weiterziehen, wie er es zuvor getan hatte, bevor Callas ihn gefangen genommen hatte. Der erkannte die große Sehnsucht seines Gefährten und gab ihn frei. Onpatok war so dankbar, dass er Callas ein kostbares Geschenk machte. Er sagte, wenn er einst von der Welt gehe, werde sein Zorwaya zu Callas und dessen Ti'tibrin zurückkehren. Und so werde es auch mit seinen Nachfahren und deren Nachfahren sein. Auf ewig solle ein Band bestehen, zwischen Callas' Volk und den Onpatok. Mit einem Wiehern bäumte er sich auf und trabte zu der Herde. Die Onpatok empfingen ihn als einen der ihren, die Jungen spielten mit ihm, und die Stuten leckten freudig sein Fell. Das war das erste Mal, dass Callas Onpatok vor Glück springen sah. Nie würde er die Freude in seinen Augen vergessen.

Die Jahre gingen ins Land, und die Zeichen der Zeit zeigten sich in Callas' Gesicht. Viele Freunde waren gestorben, auch sein Weib war von ihm gegangen, und doch spürte er in sich Zufriedenheit, denn er hatte sein Leben gelebt, so, wie er es gewollt hatte. Oft dachte er an Onpatok zurück und wie er mit ihm durch die Lande geritten war und den Duft der Freiheit eingeatmet hatte.

Eines Morgens wachte er auf und spürte, dass er den letzten Sonnenaufgang gesehen hatte. Müde und erschöpft, wie er war, begab er sich auf den Hügel, an dem er einst Onpatok begegnet war. Hier wollte er sich zur Ruhe legen. Sein Herz war voller Freude, als er über das weite Land blickte, das ihm immer Heimat und Jagdgrund gewesen war. Da spürte er plötzlich die Nähe seines alten Freundes in sich. Callas drehte sich um und sah in die treuen Augen seines Gefährten. Er war jung und frisch, als hätte ihm die Zeit nichts angehabt. Sein Fell war von einem eigenartigen Glanz, dass Callas glaubte, die Sterne selbst hätten es gestriegelt.

Ich bin gekommen, um mein Wort einzulösen, hörte er Onpatoks Stimme in seinem Kopf. All jene, die deines Blutes sind, sollen ein langes Leben haben und meine Kraft in sich tragen.

Callas erhob sich, um Onpatok zu streicheln, aber seine Hand ging durch ihn hindurch. Er war ein Zorwaya geworden. In dem Moment trat Onpatok auf ihn zu und vereinte sich mit seinem Freund. Callas spürte, wie seine Kräfte zurückkehrten und sein Körper sich wandelte. Er wuchs, wurde stärker und schneller. Onpatok und er waren nun eins. Und Callas, der geglaubt hatte, den nächsten Morgen nicht zu sehen, lebte noch ein langes Leben, bevor er in die ewigen Jagdgründe eintrat.«

Rin nahm einen kräftigen Schluck aus seiner Tasse und befeuchtete seine Lippen. Ich rührte mich nicht, konnte nicht einmal etwas sagen. Die Geschichte klang unglaublich, und doch schien sie wahr zu sein, wie alles, was er mir erzählt hatte.

»Hevova und ich sind die Nachfahren Callas'.«

Allmählich fügte sich das Puzzle zusammen, und ich begann zu verstehen. »Es ist Onpatoks Stärke, die dich vor Sid schützte, und seine Heilkraft, die deine Wunde so schnell schloss.«

Er nickte. »Seine Stimme, die durch mich mit den Krähen spricht. Und sein Körper, den du im Wasser sahst. Alle Ti'tibrin E'neya besitzen die Gabe, sich mit den Zorwaya der Onpatoks zu vereinen.«

»Das ist ... wirklich fantastisch. Aber warum versteckt ihr euch? Warum haltet ihr diese Fähigkeiten geheim?«

»Unsere Geschichte ist sehr lang und sehr traurig. Wir haben aus ihr gelernt. Die Ti'tibrin können nur dann in Frieden leben, wenn sie sich von euch fernhalten. Aber das war nicht immer so. Als die ersten Menschen kamen, die ihr heute Indianer oder Ureinwohner nennt, entwickelte sich eine tiefe Freundschaft. Wir lernten voneinander, übernahmen Bräuche, betrieben Handel mit Waffen, Schmuck und dem Fleisch der Tiere, die wir erlegten. Ohne sie wären wir heute nicht die, die wir sind. Sie ehrten unsere heiligen Stätten in Hokatriri, wo wir unsere Toten begraben. Sie kamen, um ihnen die letzte Ehre zu erweisen und sie mit ihrem Gesang auf ihrer Reise zu den Sternen zu begleiten. Nie gab es einen Grund für Krieg. Das Land bot alles, was wir und sie brauchten. Und davon reichlich.

Aber dann kamen die Siedler. Sie gaben sich als Freunde aus, zeigten Interesse an unserer Tradition. Auch sie wollten handeln, allerdings hatten sie es auf etwas anderes als Tontöpfe oder Ohrringe abgesehen. Sie wollten unser Land und gaben den Männern und Frauen der Stämme Alkohol, um ihre Sinne zu vernebeln. Verträge wurden unterzeichnet, aber keiner von ihnen wusste, was darin stand. Plötzlich sollten sie ihre Heimat verlassen, sich woanders ansiedeln. Als den Stammeshäuptern klar wurde, was sie an die Siedler verkauft hatten, versuchten sie, den Handel rückgängig zu machen. Das Land war ihrer Ansicht nach ein freies Land, das niemandem gehörte und somit auch nicht verkauft werden konnte. Doch die Siedler sahen das anders. Sie hielten an den Verträgen fest und verteidigten ihren neuen Besitz mit Waffengewalt. Die Kriege waren blutig. Unzählige starben in dieser grausamen Zeit. Die Ti'tibrin E'neya hatten sich lange aus dem Zwist herausgehalten. Ihnen genügte ihr Dorf in den Wäldern. Als sie jedoch erfuhren, was ihren Verbündeten von den Siedlern angetan wurde, schritten sie ein und schlugen sich auf ihre Seite.

Das hatte zur Folge, dass die Siedler Jagd auf die ›Kentauri‹, wie sie uns nannten, machten. Sie schossen uns mit ihren Büchsen nieder, fingen uns in ihren Fallen. Viele von uns starben, denn mit Pfeil und Bogen konnten sie gegen die neue Technik nichts ausrichten. Schließlich blieb nur eine kleine Zahl von uns übrig. Von den Siedlern aber kamen mehr mit ihren Schiffen an. Ein nie enden wollender Strom.

Sie verwüsteten das Land, bauten Städte, zerstörten die Wälder. Wir waren zu geschwächt, um sie aufhalten zu können. Uns blieb nur der Rückzug nach Ven'Callas, wo wir bis heute leben. Die Bäume schützten uns, sie wuchsen eng um unsere Häuser, bildeten mit ihren Stämmen und Zweigen, Ästen und Kronen eine natürliche Mauer. Die Siedler suchten vergeblich nach uns, und schon bald gerieten die Geschichten über die Ti'tibrin E'neya in Vergessenheit.«

Ich schluckte hörbar. Wie grausam und blutig diese Geschichte war! Die Ti'tibrin E'neya hatten allen Grund, die Menschen zu hassen, die ihr Volk fast ausgerottet hätten. Und doch kamen bei mir nur neue Fragen auf.

»Ich verstehe, warum sich dein Stamm in die Wälder zurückzog. Aber warum bist du nicht bei ihnen geblieben? Wieso lebst du unter den Menschen und vertraust ausgerechnet einer von ihnen all das an?«

Rin hob den Kopf. Seine Augen funkelten. Die Erinnerungen mussten alte Wunden aufgerissen haben, und ich verspürte den Drang, die Arme um ihn zu legen, ihn zu trösten, war mir aber nicht sicher, ob er das zugelassen hätte.

»Weil du anders bist.«

Ich war gerührt von seinen Worten.

»Ich sah dich und wusste, dass ich dir vertrauen kann.«

Das erstaunte mich. »Woher wusstest du das? Ich war doch eine völlig Fremde für dich.«

»Nein, das warst du nicht. Ich kannte dich, bevor wir uns begegneten.« Seine Stimme klang rau und zitterte leicht.

»Mein Stamm pflegt eine alte Tradition. Einmal im großen Kreislauf besucht der Cha-Bekum, der Schamane, das Dorf, um den Ti'tibrin, die alt genug sind, um von den Älteren ausgebildet zu werden, die Zukunft vorauszusagen. Der Schamane lebt in einer Höhle in Hokatriri, und der Weg zu uns ist für ihn sehr beschwerlich. Deswegen bleibt er fünf Nächte und lebt in der Zeit im Haus des Häuptlings als dessen Gast.

Die meisten Jungen wünschen sich, Krieger zu werden. Denn dieser ist das stärkste Glied in der Kette, er schützt die Frauen und Kinder, die Alten und Schwachen, er ruft zur Jagd, beschafft die Beute und verteidigt sein Volk gegen Gefahren. Eine ehrenhafte Aufgabe, die viel Anerkennung findet.

Ich erinnere mich, dass der Dorfplatz überfüllt war. Alle Kinder des Stammes und ihre Familien waren gekommen, um zu hören, was der Schamane sagen würde. Jeder von uns legte seine Hand in die des Schamanen. Er stimmte leisen Gesang an, konzentrierte sich auf die Zorwaya, nahm Kontakt mit ihnen auf und konnte schon nach kurzer Zeit jedem Kind sagen, was das Schicksal für ihn bereithielt.

›Dein Pfad ist der des Jägers, du wirst ein Arou-newe.‹ Dieser Satz fiel an diesem Tag sehr oft. Es gab aber auch Ti'tibrin, denen der Schamane eine Zukunft als Handwerker vorhersagte. Als ich an der Reihe war, meine Hand, so wie vor mir die anderen, in seine legte und gebannt darauf wartete zu hören, welcher Weg mir vorherbestimmt war, schüttelte der Schamane den Kopf.

›Ich kann nichts bei dir sehen‹, sagte er. Und ich war unendlich enttäuscht. Aber auch besorgt, denn ich fragte mich, was das zu bedeuten hatte.

Am selben Abend rief mich der Schamane noch einmal zu sich. Ich setzte mich vor ihn, voller Ehrfurcht, denn ich wusste, dass kein Mann unseres Stammes mächtiger war als er. Sein Gesicht war alt und weise, das Haar schimmerte silbern. Er griff nach meiner Hand und vollzog ein zweites Mal das Ritual.

›Jetzt kann ich es deutlich sehen‹, sagte er. ›Eine besondere Zukunft liegt vor dir. Ich werde dich ausbilden, und du wirst eines Tages Schamane sein. Aber es gibt auch eine Abzweigung, die dich in eine neue Richtung führt. Ich sehe ein Mädchen der Gaien. Du wirst ihr Leben retten und sie das deine. Dich wird mehr mit ihr verbinden als mit jeder Frau des Dorfes. Ich spüre, dass du es auch fühlen kannst.‹

›Ich träumte von dem Mädchen‹, erwiderte ich. ›Sie ist wunderschön, Cha. Sie ritt auf einem Löwen, der für Mut und Tapferkeit steht.‹

›Was du gesehen hast, ist deine Zukunft. Doch bedenke stets, die Zeit ist in Bewegung und veränderlich. Du musst deine Entscheidungen treffen. Sie sind es, die dich leiten werden.‹ Mit diesen Worten schickte er mich nach Hause zurück, und ich begriff ihre Bedeutung erst viel später. Als ich dich traf, Jorani, wusste ich, dass du es warst, die ich in meinen Träumen gesehen hatte. Ich war vorgewarnt. Ich wusste, was das Schicksal für mich bereithielt. Aber ich hatte trotzdem nicht erwartet, dass ich mich so stark zu dir hingezogen fühlen würde. Ich versuchte, mich dagegen zu wehren, meinem Verlangen zu widerstehen, doch ich konnte es nicht.«

»Meinetwegen bist du nach Calmwood gekommen?« Ich konnte nur erahnen, wie schwer es für ihn gewesen sein musste, die Menschenstadt zu betreten, ihnen vorzuspielen, einer von ihnen zu sein. Ihre Gepflogenheiten waren ihm fremd, und dennoch hatte er ihre Sprache gelernt, und zwar so gut, dass nicht nur ich kaum einen Akzent hörte.

»Ja«, gab er zu und blickte zu mir hoch. Ich bemerkte seinen Schmerz. Die Angst, ich könne mich nach allem, was ich heute erfahren hatte, von ihm abwenden. Doch das Gegenteil war der Fall. Ich fühlte mich stärker denn je mit ihm verbunden, und dieses Geständnis löste so viele liebevolle Gefühle in mir aus, dass ich die Tasse abstellte, aus dem Bett kletterte und mich neben ihn auf den Boden setzte. Mein Drang, ihn zu umarmen, ihm nahe zu sein, war so überwältigend, dass ich nicht länger dagegen ankämpfen konnte. Ich legte ihm die Arme um den Hals und küsste ihn auf die Stirn.

Was immer er war, es spielte keine Rolle. Ich wollte nur bei ihm sein.

Rin seufzte erleichtert und küsste mich. »Du hast etwas in mir geweckt, dass ich mir nie erträumt hätte. Es ist, als würde ich dich ewig kennen, und doch ist es aufregend und neu.« Sanft strich er mir die Locken aus dem Gesicht. Seine Finger zitterten. Er hatte alles auf eine Karte gesetzt und letztendlich gewonnen. Aber die Anspannung musste er abklingen lassen.

Zärtlich liebkosten seine Lippen die meinen. Er schmeckte so herrlich süß. Überall prickelte es in mir. Von den Zehen bis in die Haarspitzen. Seine starken Hände strichen über meine Arme, bis zu meinen Händen, wo sich seine Finger mit meinen verschränkten.

Sein Mund wanderte tiefer. Über meinen Hals und mein Dekolleté. Vorsichtig schob er mein T-Shirt hoch und küsste auch meinen Bauchnabel. Er bedeckte meinen Körper mit Küssen, als wollte er jeden Zentimeter meiner Haut mit seinen Lippen berühren.

Mir war heiß. Ich glaubte, innerlich zu verglühen. Die Luft in der Hütte wurde schwül. Draußen prasselte der Regen ohne Unterlass auf das Dach, schlug gegen die Scheiben. Ich sah aus dem Fenster. Ein heftiger Wind schüttelte das Geäst der Bäume. Donner grollte in der Ferne. Offenbar zog das Gewitter nach Norden. Der Himmel färbte sich schwarz, und die ersten Sterne kamen hinter der allmählich dünner werdenden Wolkendecke hervor.

Rin legte mich behutsam hin und schob sacht meine Beine auseinander. Vorsichtig zupfte er an meiner Hose. Ich war nur zu bereit, sie auszuziehen, streifte sie achtlos ab und warf sie im hohen Bogen durch die Luft. Ein Lächeln zeichnete sich auf seinem Gesicht ab, als er mich ansah. Zärtlich fuhren seine Finger über die Innenseiten meiner Schenkel. Ich bekam eine Gänsehaut. Es war inzwischen so heiß, dass man kaum atmen konnte. Unsere Körper strömten Hitze aus. Meine Haut glänzte.

»Soll ich frische Luft hereinlassen?«, fragte er.

»Bitte, es ist sehr schwül.«

Rin erhob sich, öffnete das Fenster und entledigte sich bei der Gelegenheit seiner Latzhose und seines Hemdes. Nun trug er nur seine Unterwäsche. Aufs Neue war ich erstaunt, wie muskulös und männlich sein Körper aussah.

Er legte sich neben mich und stützte den Kopf in beide Hände. Der Abendwind wehte herein, strich über meine Haut und kühlte sie ab. Jetzt war mir wieder zu kalt. Rin bemerkte meine Gänsehaut und legte sich auf mich, wärmte mich mit seinem Körper.

Zwischen meinen Beinen spürte ich seine Männlichkeit, die sacht gegen den weichen Stoff seiner Unterhose pochte. Das weckte mein Verlangen. Ich wollte ihn in mir spüren.

»Rin, lass uns nicht länger warten.«

Er zog seine Unterhose aus und schob meine Beine weiter auseinander. Ich schloss die Augen. Ein Zittern erfasste meinen Körper, doch es gelang mir, es zu unterdrücken. Erwartungsvoll biss ich mir in die Unterlippe. Wie würde es sein, wie würde er sich anfühlen?

Behutsam drang er in mich. Langsam, vorsichtig, als fürchtete er, mir weh zu tun. Seine Hand streichelte meine Brüste, die sich ihm sehnsüchtig entgegenstreckten. Zärtlich küsste er meinen Hals, während sich sein Becken sanft bewegte. Es war anders, als ich erwartet hatte. Viel gefühlvoller, viel intensiver.

Ich spürte, wie wir regelrecht miteinander verschmolzen. Mein Körper glühte vor Sehnsucht, vor Verlangen. Ich schlang ihm die Beine um die Hüften, hielt mich an ihm fest. Es war mehr als nur ein körperlicher Akt. Er berührte mein Innerstes.

Sämtliche Muskeln meines Körpers spannten sich an, wurden hart, und dann, ganz plötzlich, überkam mich ein Gefühl von Glückseligkeit und tiefer Befriedigung.

Rin sank neben mich. Er stöhnte leise, atmete schnell. Sein Brustkorb hob und senkte sich in einem raschen Rhythmus.

Er streckte die Hand nach mir aus, streichelte meine Wange. Ich hauchte Küsse auf seine Fingerkuppen. Dann lehnte ich mich an ihn. Spürte seine heiße Haut an meiner.

Eine dunkle Strähne fiel mir ins Gesicht. Ich schob sie ihm hinter das Ohr und verspürte den Drang, sein Haar zu berühren. Es fühlte sich herrlich weich und seidig an, aber auch kräftig. Ungewollt löste ich die feuerrote Feder, die in einem fein geflochtenen Zopf steckte.

»Sorry«, sagte ich und versuchte, sie wieder zu befestigen. Aber Rin nahm sie mir ab und hielt sie hoch, drehte sie, um sie von allen Seiten zu betrachten. Es war eine schöne Feder, die wie Seide schimmerte.

»Jede Farbe hat eine andere Bedeutung.«

Ich schmiegte meinen Kopf an seinen. »Und welche Bedeutung hat eine rote Feder?«

»Sie ist eine Einladung.«

»Ach ja?«

»Hevova hat sie mir gebracht, deswegen war sie hier. Der Ältestenrat hat beschlossen, dass ich an der Me'solbrem, dem Ritual der Mannwerdung, teilnehmen darf.«

»Mannwerdung?«, fragte ich erstaunt. Rin sah ganz sicher nicht mehr wie ein Junge, sondern wie ein ausgewachsener Mann aus. Wozu also noch ein solches Ritual?

»Die Me'solbrem ist wie eine zweite Geburt, die höchste Auszeichnung für einen Jüngling, der seinen Mut und seine Tapferkeit, seine Kampfkunst und seine Besonnenheit unter Beweis stellt. Besteht er alle Prüfungen, so erhält er vom Häuptling die blaue Feder, mit der mehr Pflichten innerhalb der Gemeinschaft einhergehen. Man genießt aber auch mehr Respekt. Das Wort eines Mannes zählt um ein Vielfaches als das eines Jungen. Außerdem ist es ihm erlaubt, sich in den Ältestenrat wählen zu lassen, einen eigenen Clan innerhalb des Stammes zu gründen und eine Frau auszuwählen.«

Bei diesen Worten blickte er mir tief in die Augen, als wollte er mir sagen, dass er seine Entscheidung für eine bestimmte Frau längst getroffen hatte. Mein Herz machte vor Freude einen Satz.

Rin ließ die Feder sinken. »Es bedeutet aber auch, dass ich für einige Zeit fortmuss.«

Das gefiel mir gar nicht. Ich richtete mich auf. Aber Rins starke Arme legten sich um meine Taille und zogen mich wieder zu ihm herunter. Seine Lippen berührten meinen Mund.

»Das ist Teil der Me'solbrem. Sie besteht aus vier Prüfungen. Nur wer sie besteht, wird in den Stand des Mannes erhoben. Jeder Junge nimmt irgendwann an der Me'solbrem teil. Völlig gleich, ob er den Weg des Kriegers oder des Schamanen gewählt hat.«

»Vier Prüfungen? Wow. Da wird euch ja so einiges abverlangt.«

Er lachte. »Ja, man muss sich die Würde des Mannes verdienen, sie wird einem nicht in die Wiege gelegt. Aber keine Sorge, es ist nicht so schwer, wie du denkst. Im Gegenteil, die erste Prüfung ist sogar ziemlich einfach. Man kann den Ausgang nicht beeinflussen, es ist das Schicksal, das entscheidet. Der Häuptling hütet E'apa-Tisa, die Blume des Schicksals, die bestimmt, ob man der Me'solbrem würdig ist. Er legt die Blume in die Hand des jeweiligen Schülers. Öffnet sie sich, wird er zu den Prüfungen zugelassen. Bleibt sie verschlossen, so muss er auf die nächste Me'solbrem warten. Begleitet wird dies alles von großen Feierlichkeiten in Ven'Callas. Man reicht guten Wein und süßes Pemmikan.«

»Ist dir das schon mal passiert? Ich meine, dass sich die Blume nicht öffnete?« Das erklärte vielleicht, warum er zwar wie ein ausgewachsener Mann aussah, diesen Status aber noch nicht besaß.

Rin nickte. »Ich war noch nicht so weit, und E'apa-Tisa hat das erkannt. Aber dieses Jahr werde ich die Prüfung bestehen. Jede von ihnen.«

»Und worin bestehen die anderen Prüfungen?«, fragte ich neugierig.

Rin fuhr mit großer Begeisterung fort. »Die zweite Prüfung nennen wir Bo-tata-Lon. Es bedeutet Berg der Demut. Jeder Schüler klettert auf einen Berg in den Wäldern und bleibt dort einen Tag und eine Nacht, ohne Essen oder Trinken. Er soll lernen, was es bedeutet, Verzicht zu üben, sich zugleich auf kalte Wintertage oder schwere Zeiten vorbereiten, in denen das Essen knapp wird. In der Nacht darauf treffen sich die Ti'tibrin in der Hand des Himmels. Wir nennen sie Fuga'a-tata-Skilarg. Es heißt, unsere Ahnen schauen an jenem Abend auf uns herab und stärken ihre Söhne, die sich im Zweikampf, Mann gegen Mann, beweisen müssen.«

»Klingt gefährlich.«

»Es geht nicht um Kraft, sondern darum, sein Geschick auf die Probe zu stellen. Jeder kann einen großen, viel stärkeren Gegner besiegen, wenn er Ehre im Herzen trägt und großen Verstand besitzt. Die letzte aller Prüfungen ist Rukatruk-tata-Barg, die Jagd nach dem Zorwaya eines mächtigen Bisons, der vor langer Zeit erlegt wurde. Seine Knochen liegen im großen Bisonfriedhof in den Badlands. Die Schüler müssen beweisen, dass sie nicht nur gegeneinander kämpfen, sondern auch zusammenarbeiten können. Denn nur gemeinsam sind die Ti'tibrin E'neya stark und können gegen ihre Feinde bestehen.«

Rin war voller Stolz, als er von den Ritualen sprach. Ich sah das feurige Glühen seiner Augen, das heiße Leidenschaft verriet. Fast fühlte ich mich ein bisschen schlecht, weil ich mir vor allem um eines Sorgen machte: »Wie lange wirst du fort sein?«

»Fünf Tage und fünf Nächte.«

»Was?« Wie sollte ich es nur so lange ohne ihn aushalten? Nach dieser Nacht.

»Ich bin nur für ein paar Tage in South Dakota«, gab ich zu bedenken. »Ich hatte gehofft, dass wir daher so viel Zeit wie möglich miteinander verbringen würden.«

»Das verstehe ich, meine süße Jorani. Aber die Me'solbrem ist sehr wichtig für mich. Sie findet nur ein Mal in zehn Kreisläufen statt, wenn die Sterne in der richtigen Position stehen. Ich muss diese Chance wahrnehmen, denn ich werde auch nicht jünger.«

»Ach was, so alt bist du doch noch gar nicht.«

»Wie alt schätzt du mich denn?«

Ich betrachtete ihn genau. Seine männlichen Züge waren sehr ausgeprägt. Nichts Jungenhaftes war mehr an ihm. Also vermutete ich, er wäre 25, vielleicht 26 Jahre alt.

»Einhundertvierundfünfzig Jahre.«

»Nein!« Das war unglaublich. Ich lag mit einem 154-Jährigen im Bett! Aber, das musste ich zugeben, einem äußerst attraktiven 154-Jährigen.

»Die meisten Ti'tibrin erreichen ein biblisches Alter, doch sie sind deutlich jünger, wenn sie an dem Ritual teilnehmen. Man verliert an Ansehen, wenn man zu lange wartet oder gar scheitert.«

Ich verstand allmählich, wie wichtig es für ihn war. Er sah darin seine große Chance, endlich den Status zu erlangen, auf den er sein Leben lang hingearbeitet hatte. Irgendwie konnte ich mich schon damit arrangieren, schließlich waren fünf Nächte keine Ewigkeit.

»Wann gehst du fort?«

»Morgen Abend kehre ich in mein Dorf zurück.«

Ich seufzte. Morgen schon. Er beugte sich über mich und streichelte so zärtlich meine Wangen, dass mir abwechselnd heiß und kalt wurde. Berührungen von Rin waren immer intensiv. Aber diese war besonders eindringlich.

»Ich weiß, ich verlange viel, mein Stadtmädchen. Doch ich mache es wieder gut«, flüsterte er und besiegelte es mit einem Kuss.

7. Kapitel

Das Zwitschern der Vögel kündigte den neuen Tag an. Ich rieb mir schlaftrunken übers Gesicht und spürte Rin an meiner Seite. Ein Gefühl von Glück durchströmte mich. Seine Nähe war so wunderbar intensiv. So warm. Ich fühlte mich geborgen, schmiegte mich eng an ihn.

Meine Finger tasteten nach seiner Hand, ich wollte ihn wecken, den Morgen mit ihm zusammen begrüßen. Doch ich griff ins Leere. Überrascht hob ich den Kopf und blickte zur Seite. Die andere Hälfte des Bettes war leer. Rin lag gar nicht neben mir.

Ich hätte schwören können, seinen Körper an meinem zu spüren. Aber das war augenscheinlich eine Täuschung gewesen. Vielleicht auch eher ein Wunsch. Ich kletterte aus dem Bett und sah mich im Raum um. Rin war nicht da. Seltsam.

Ich vernahm Geräusche vor dem Fenster. Rasch schlüpfte ich in meine Jeans, streifte das T-Shirt über und eilte nach draußen.

Taufrisches Gras befeuchtete meine nackten Füße. Um mich herum erwachte das Leben. Ein grünes Paradies. Blütenkelche öffneten sich, Insekten schwirrten durch die Luft.

Erneut hörte ich dieses Geräusch. Jetzt konnte ich es besser zuordnen. Es klang wie schweres tiefes Atmen. Ich lief um die Hütte herum und fand Rin, auf einer freien Fläche stehend. Er war nur mit einer langen Hose bekleidet, die Augen hatte er geschlossen.

Er stand auf einem Bein, das andere war zur Seite gedreht und angewinkelt, so dass sein nackter Fuß das Standbein berührte. Beide Arme waren zu den Seiten ausgestreckt, die Handflächen nach oben gerichtet. Es sah aus, als würde er meditieren.

»Rin?«, flüsterte ich, aber er reagierte nicht. Das Gefühl seiner Nähe war jetzt viel stärker. Es haute mich fast um. Eine solche Intensität hatte ich noch nie verspürt. Es war, als steckte ein Teil von ihm in mir. Und das fühlte sich unbeschreiblich schön an. Wie ein Fluss aus reiner Wärme, der durch meinen Körper strömte.

Ich setzte mich ins Gras und beobachtete ihn. Eine ganze Weile stand er einfach nur da, hielt das Gleichgewicht und atmete hörbar ein und aus. Ich war nicht sicher, ob er mich bemerkt hatte.

Seine Muskeln waren angespannt, doch seine Mimik wirkte so ausgeglichen und ruhig, als kostete es ihn keine Anstrengung. Die Sehnen traten an seinen Armen hervor. Seine Haut glänzte, als wäre sie von Schweiß bedeckt.

»Guten Morgen, Malhamota.« Er setzte das Bein ab und öffnete die Augen.

»Guten Morgen. Malha … was?«

»Malhamota.«

»Was bedeutet … das?« Ich hatte dieses Wort noch nie gehört.

» Etwas sehr Schönes.« Er lächelte geheimnisvoll. »Aber das ist eine lange Geschichte.«

»Ich habe Zeit«, versicherte ich. Ich wollte mehr, nein, alles über ihn und seinen Stamm erfahren. Jede Geschichte hören, die es zu erzählen gab.

Er lächelte sanft und setzte sich zu mir ins Gras, so dicht, dass ich seinen Geruch wahrnahm. »Na schön, ich erzähle sie dir.« Ich mochte diese alten Legenden inzwischen und war sehr neugierig, was es mit Malhamota auf sich hatte. Ganz besonders, weil er mich so nannte. Er zupfte einen Grashalm ab und steckte ihn in den Mund. Tief atmete er ein und blickte zur Sonne auf, die sanft durch das schützende Blätterdach auf uns herabschien.

»Die Geschichte von Malhamota und Malhamoti ist so alt wie die Welt«, begann er, und seine Stimme klang tief und dunkel wie die Stimme eines Geschichtenerzählers. »Manche behaupten sogar, sie sei noch viel älter. Ich erinnere mich genau, wann ich sie zum ersten Mal hörte. Damals war ich ein kleiner Junge. Im Dorf wurden die Vorbereitungen für das Fest der Malhamota getroffen, um für friedliche Nächte zu danken. Mein Vater, der zugleich der Häuptling des Stammes ist, rief alle Jungen und Mädchen in sein Zelt, um ihnen die alte Legende zu erzählen. Gespannt lauschten sie seinen Worten, denn es war bekannt, dass er immer eine gute Geschichte zu erzählen wusste. Wir setzten uns im Halbkreis um ihn, und er zeichnete das, was ihr Sonne und Mond nennt, in den Sand.

›Vor langer Zeit, als das große Nichts herrschte, erwachte Malhamoti in der Dunkelheit, und er merkte, dass er ganz allein war. Er hatte keine Mutter, keinen Vater, auch keine Schwester oder einen Bruder so wie ihr‹, begann der Häuptling seine Erzählung.

›Armer Malhamoti‹, unterbrach eines der Ti'tibrin ihn.

›Er war in der Tat zu bedauern. Ihr könnt euch vorstellen, dass sein Herz voller Trübsinn war. Er sehnte sich nach einem guten Gespräch und einem freundlichen Lächeln. Doch um ihn herum war nichts außer der Dunkelheit.

Seine Einsamkeit quälte ihn so sehr, dass er es nicht länger aushielt. Er zog aus, um irgendwo dort draußen jemanden zu finden, dem es erging wie ihm, der von seiner Art war und der ihm ein Gefährte sein würde. Malhamoti entzündete eine helle Flamme, die er vor sich her trug, und wanderte durch das endlose Nichts. Viel Zeit verging, seine Suche blieb dennoch erfolglos.

Erschöpft setzte er sich auf einen Felsen, der über den Strom der Zeit ragte, und blickte hinunter. Vielleicht war es besser, die Suche aufzugeben? Er hatte keine Kraft mehr und allen Mut verloren. Doch in dem Moment, als er mit dem Gedanken spielte, sich in den Strom hinabzustürzen, sah er plötzlich ein helles Licht in der Ferne aufblitzen. Rasch hob er seine Fackel, um zu erkennen, wer dort war, doch seine Augen konnten die Dunkelheit nicht durchdringen.

Auf der anderen Seite des Stroms stand Malhamota, die genau wie Malhamoti einen Gefährten suchte. Auch sie war in die Finsternis hineingeboren worden, hatte sich wie er auf die Suche nach Gesellschaft gemacht. Und nun, da sie das Leuchten seiner Fackel sah, hob sie ihren Spiegel, auf dass sich sein Licht reflektierte und er auf sie aufmerksam würde.

Seine Antwort versetzte sie in helle Aufregung, und Tränen der Freude liefen ihr über die Wangen. Welch

Glück es für beide war, endlich ein anderes Wesen gefunden zu haben. Sie erkannten, dass sie nicht allein waren, dass es Hoffnung gab.

Aus ihrer Not erwuchs eine so tiefe Bindung, dass Malhamota nicht mehr ohne Malhamoti sein konnte. Sie blieben dort, für immer, aus Angst, den anderen in der unendlichen Dunkelheit wieder zu verlieren. Und so kommt es, dass sie auch heute noch füreinander leuchten.‹

Von diesem Tag an sah ich die Welt mit anderen Augen und wünschte mir stets, meine eigene Malhamota zu finden, zu der ich eine ebenso starke Bindung aufbauen würde wie Malhamoti. Sie sagen, es geschieht nur *ein* Mal in hundert Kreisläufen, dass sich zwei Ti'tibrin E'neya so sehr lieben, dass sie zu Malhamoti und Malhamota, Seelengefährten, werden.«

»Das ist eine unglaublich schöne Geschichte.« Ich war unendlich gerührt. War ich tatsächlich eine Malhamota für ihn?

»Findest du?«

»Ja, ehrlich! Und du glaubst, dass wir beide wie sie sein könnten?« Mein Herz pochte heftig, als ich diese Frage stellte, die ich für mich längst mit einem Ja beantwortet hatte.

»Wer weiß?«, sagte Rin. Dann schaute er mich an, lächelte und schüttelte sanft den Kopf, so, als habe er sich gerade selbst bei einer Notlüge ertappt. »Was rede ich denn da, ich bin mir längst sicher, dass das mit uns was ganz Besonderes ist«, murmelte er schließlich, nachdem er mich lange wie in Gedanken versunken betrachtet hatte. »Mit dir ist alles schöner, intensiver.« Er strich über meine Wange.

»Selbst eine kleine Berührung löst in mir großes Glück aus. Das muss eine Bedeutung haben.« Er küsste mich, riss sich schließlich aber von mir los und ging zur Tür. »Lass uns reingehen und frühstücken. Du hast doch sicher Hunger, oder?«

Ich folgte ihm. Tief in meinem Inneren fühlte ich, dass er recht hatte. Seine Worte beschrieben, was auch ich fühlte. Das konnte unmöglich ein Zufall sein. Rin bedeutete mir mit einer galanten Handbewegung, mich auf das Bett zu setzen, während er in der Küche verschwand und kurz darauf mit einem Tablett zurückkam. Er reichte mir einen hellen Brotfladen.

»Hier ist noch Honig.« Er deutete auf ein bauchiges Glas mit einer goldbraunen zähen Flüssigkeit. Ich bestrich meinen Kanten und probierte ihn.

»Mmh, das schmeckt sehr gut!« Viel besser als Pemmikan.

»Freut mich.«

»Willst du nichts essen?«

»Ich habe schon gegessen. Entschuldige. Ich bin heute sehr früh aufgestanden, um zu meditieren und mich auf die Me'solbrem vorzubereiten.«

»Mir kam es so vor, als würdest du die ganze Zeit bei mir liegen.« Das war äußerst merkwürdig. Ich hätte mein Leben verwettet, dass es so war. Doch offenbar hatte ich lediglich eine äußerst blühende Fantasie.

Rin küsste mich auf den Mund und legte beide Hände sacht auf meine Wangen. »Ich finde es sehr schön, dass du das sagst.«

Den Vormittag verbrachten wir in seiner Hütte. Arm in Arm ließen wir die Zeit einfach verstreichen. Für mich war es, als wäre ich endlich zu Hause angekommen. Das

Gefühl hierherzugehören wurde immer stärker. Und der Abschied wurde dadurch umso schmerzvoller. Es tat unendlich weh. Ich versuchte, mich damit zu trösten, dass es nur fünf Tage und Nächte waren, die wir voneinander getrennt sein würden. Aber wie sollte es erst werden, wenn ich wieder in Berlin war?

»Ich komme zu dir, sobald ich kann«, versprach Rin und gab mir einen sanften Kuss auf die Stirn.

»Versprochen?«

»Versprochen.«

Er nahm mich in die Arme und hielt mich fest. Ich wollte so gern bei ihm bleiben. Mehr über ihn und seinen Stamm erfahren, seinen Körper und seine Lippen erkunden, einfach nur bei ihm sein. Aber das ging nicht.

Rin packte seine Sachen zusammen. Viel benötigte er nicht. Einige Talismane, Ketten und Armreifen sowie die feuerrote Feder. »Ich muss jetzt aufbrechen«, sagte er, nachdem er alles beisammenhatte. Ich sah den Stolz in seinem Blick und teilte seine Vorfreude auf das Ritual, zugleich blutete mein Herz. Ich vermisste ihn schon jetzt. Als er mich noch einmal in den Arm nahm, wollte ich ihn gar nicht mehr loslassen. Wie beneidete ich Malhamoti und Malhamota, die durch nichts voneinander getrennt werden konnten!

Schweren Herzens löste ich mich von ihm und machte mich auf den Weg zum Desert Spring, während er in den Tiefen der Wälder verschwand. Das Moped schob ich neben mir her. Es war nur noch Schrott. Ich zweifelte, dass die Pwaytons es würden retten können.

Entsprechend lange dauerte mein Heimweg. Ich fühlte mich leer. Der Gedanke, Rin nun für einige Tage nicht sehen zu dürfen und ihn danach nur für wenige Tage zu haben, setzte mir zu. Ich war völlig in Gedanken versunken und merkte nicht mal, dass ich das Ortsschild längst hinter mir gelassen hatte. Wie ferngesteuert blieb ich vor dem Café stehen.

»Was ist denn mit dir passiert?«

Ben Pwayton stand plötzlich neben mir. Seine Stimme riss mich in die Wirklichkeit zurück. »Hattest du einen Unfall?«, fragte er erschrocken und zeigte auf das Moped. Es sah stark ramponiert aus.

»Ja. Mir ist aber nichts passiert.«

»Bist du sicher?«

Er befühlte meinen Kopf.

»Ich dachte, du bist Mechaniker, kein Mediziner?«

»Eine Erste-Hilfe-Ausbildung habe ich trotzdem. Also, was ist passiert?«

»Ich bin gegen einen Baum gefahren. Habe die Kontrolle verloren.«

»Du hättest tot sein können«, schrie er fast hysterisch.

Ich legte ihm rasch den Finger auf den Mund. »Bist du verrückt? Nicht so laut. Wenn meine Tante das hört!«

»Sorry.«

Er beugte sich über den Zaun. »Sie scheint drinnen zu sein. Also keine Panik.«

»Hör zu, Pway, ich wäre dir wirklich dankbar, wenn du die Sache für dich behalten würdest.«

»Das wird schwer, bei dem Zustand deines Mopeds stellt Abigail früher oder später Fragen.«

»Nicht, wenn du es in die Werkstatt mitnimmst und reparierst. Falls du da überhaupt eine Chance siehst.«

Pway musterte das Moped ausgiebig. »Die Beulen kriegen wir schon raus. Beim Rest muss ich sehen, was genau kaputt ist.«

»Würdest du das für mich machen?« Ich schaute ihn hoffnungsvoll an.

Pway seufzte leise. »Na gut … Aber ich fordere eine Gegenleistung.« Er grinste spitzbübisch.

»Und welche?«

»Du kommst mit uns in die Berge.«

»In die Berge?«

Pway verdrehte schmunzelnd die Augen.

»Camping in den Black Hills. Schon vergessen?«

Ach ja, richtig.

»Und wann?«

»Am Wochenende.«

Oh, das war ganz schlecht. Das würde von der kostbaren Zeit mit Rin abgehen. Und ich hatte doch nur so wenige Tage.

»Heißt wohl Nein, oder?«

»Was?« Ich war so durcheinander, dass ich sofort den Faden verlor.

»Was ist denn nur los mit dir? Du hörst mir nicht zu und machst ein Gesicht wie drei Tage Regenwetter. Also, ich will jetzt eine Entscheidung. Camping ja oder nein?«

»Ich würde gern. Nur leider ist das Wochenende schon verplant. Sorry.«

Aber Pway wollte sich nicht so schnell geschlagen geben. »Und wenn wir es vorverlegen?«

»Lass uns erst mal das Moped außer Sichtweite meiner Tante bringen.«

»In Ordnung.«

Er schob es zur Werkstatt und stellte es zwischen zwei alte Chopper.

»Also?«, fragte er, als wir zum Desert Spring zurückkehrten.

»Hä?«

»Der Ausflug«, erinnerte mich Pway. »Bist du sicher, dass du dir keine Gehirnerschütterung zugezogen hast?« Er klang besorgt.

»Alles okay«, versicherte ich. »Wer kommt denn alles mit?«

»Die üblichen Verdächtigen. Ira, Jack, du und ich.«

»Und was ist mit Linda?«

»Die steht nicht auf Camping.«

»Ich dachte, Ira und Jack sind gerade erst weggefahren. Kann mir nicht vorstellen, dass sie noch mal Lust drauf haben.« Der Gedanke, mit Pway allein zu sein, gefiel mir nicht.

»Die sind noch in den Bergen. Wir könnten zu ihnen stoßen.«

»Die wollten doch nur für ein paar Tage dort bleiben.«

»Ursprünglich ja. Sie haben aber eine Woche drangehängt. Scheint ihnen wohl besser zu gefallen als gedacht. Ich habe vorhin mit Ira telefoniert.«

Das klang zugegebenermaßen gar nicht so schlecht. Ich konnte etwas Abwechslung gebrauchen. Die Tage bis zu Rins Rückkehr würden sich sicherlich hinziehen. »Weißt du was? Wir machen das einfach«, entschied ich kurzerhand. Das war allemal besser, als die nächsten fünf Tage wie ein Trauerkloß herumzusitzen.

»Super!«

In dem Moment kam Roger mit gesenktem Kopf durch den Vorgarten. Er hatte es eilig, lüftete zur Begrüßung nur leicht seinen Schlapphut.

»Was ist dem denn über die Leber gelaufen?«, wunderte sich Pway, der genau wie ich einen etwas höflicheren und redseligeren Roger gewöhnt war.

»Da ist irgendwas passiert«, sagte ich. »Ich kümmere mich gleich um ihn.«

»Okay. Komm einfach heute Abend zu mir, dann besprechen wir alles Weitere.«

»Gut. Bis dann.«

Ich beeilte mich, Roger einzuholen, der hinter der Theke verschwand und sich eine Schürze umband. »Echt klasse, dass du meiner Tante hilfst«, begann ich das Gespräch.

»Ja, mache ich gern. Das weißt du doch.« Er griff nach einem Glas, ließ es versehentlich fallen und fing fürchterlich an zu fluchen. So kannte ich ihn nicht. Er war sonst immer die Ruhe in Person, selbst wenn ihm ein Missgeschick passierte.

»So ein Mist«, schimpfte er.

»Ich mach das.« Rasch griff ich nach Müllschippe und Handfeger und kehrte die Scherben zusammen.

»Danke, Jorani, du bist ein Engel.«

Ich schüttete das Glas in den Mülleimer. »Und warum bist du so niedergeschlagen?« Ich versuchte, ihm in die Augen zu sehen, aber er wandte den Blick ab.

»Ach … es gibt keinen Grund.«

»Das glaube ich nicht. Ich wette, es gibt sogar einen guten Grund. Heißt der zufällig Abigail?«

Roger zuckte sichtlich zusammen, schüttelte dann aber rasch den Kopf. »Nun ja, vielleicht doch«, gab er schließlich zu.

»Du hast sie sehr gern, stimmt's?«

Roger errötete, als hätte man ihn bei etwas Verbotenem ertappt.

»Ja … sie ist eine tolle Frau.«

Ein Kunde kam herein und bestellte ein Sandwich mit

Ei und Salat. Ich achtete auf Rogers Hände, als er dem Mann das Bestellte reichte. Sie zitterten leicht. Meine harmlose Frage hatte ihn offensichtlich aus der Fassung gebracht. Jetzt tat er mir noch mehr leid. Vor allem, da ich wusste, dass meine Tante nicht die geringste Ahnung von seinen Gefühlen hatte.

»Leider scheint sie in mir nur einen guten Freund zu sehen«, sagte er, nachdem der Kunde gegangen war. »Gestern bin ich bis zum späten Abend hiergeblieben, hab ihr beim Saubermachen geholfen, und dann hat sie mich einfach mit einem kräftigen Händedruck verabschiedet. Das hatte ich mir wahrlich anders vorgestellt.« Er klang unendlich enttäuscht.

»Du musst ihr zeigen, wie gern du sie hast.«

»Das tue ich doch die ganze Zeit.«

»Mach es deutlicher.«

»Aus dem Alter bin ich raus, Jorani.«

»Quatsch!«

Ich trat hinter die Theke und flüsterte ihm verschwörerisch ins Ohr: »Frauen lieben es, erobert zu werden. Das hat mit Alter nichts zu tun.«

»Früher hab ich die Frauen erobert«, fing er an und ging in die Küche, um den Salat zuzubereiten. Ich folgte ihm.

Mit beiden Händen fuhr er sich über die einzelne, aber breite Strähne auf seinem Kopf, als würde er sich eine Schmalztolle formen. »Rock'n'Roll und das alles. Jeden Abend hatte ich ein anderes Mädchen im Arm.«

Ich unterdrückte ein Grinsen und versuchte, mir ernsthaft vorzustellen, wie Roger früher ausgesehen hatte. Unwillkürlich kamen mir die Bilder von John Travolta und den T-Birds aus dem Film »Grease« in den Sinn.

»Lass doch mal den alten Roger raus.«

»Von dem ist leider nicht mehr viel übrig.« Er hielt sich den Rücken, um anzudeuten, dass er heute sicher nicht mehr das Tanzbein schwingen würde.

»Aber deinen Charme hast du bestimmt nicht verloren. Riskier was. Oder ist es dir mit meiner Tante nicht ernst?«

»Doch, doch!«, erwiderte er eilig und hob beschwichtigend die Hände. »Sie ist eine tolle Frau«, wiederholte er. »Aber was kann ich denn machen?«

Er wirkte hilflos.

»Zuerst einmal könntest du ihr deine Hilfe für den Rest der Woche anbieten. Ich fahre nämlich mit Freunden in die Berge. Gladice ist noch nicht wieder einsatzfähig, und es wäre gut, wenn meine Tante nicht gänzlich allein dastehen würde.«

»Oh … ja … ja, kann ich machen. Aber wird das nicht genauso enden wie die Schlappe gestern Abend?«

»Nicht, wenn du am Ball bleibst. Du musst natürlich auch aktiv werden. Schenk ihr eine kleine Aufmerksamkeit. Blumen zum Beispiel.«

Roger knetete nervös seine Hände. »Ich weiß doch gar nicht, welche Blumen sie mag.« Allmählich hatte ich Zweifel an seinen wilden Eroberungsgeschichten aus seiner Rock'n'Roll-Zeit.

»Rosen. Damit kann man nichts verkehrt machen.«

»Rosen. Ist notiert und abgespeichert.« Er tippte sich mit dem Zeigefinger gegen die Schläfe.

»Ein bisschen romantische Musik, vielleicht ein gemeinsames Dinner. Du weißt doch, wie das geht.«

»Ich hab eine Vorstellung davon.«

»Und kriegst du das auch hin?«

Er nickte. Erst zögerlich, dann immer entschlossener. Die einzelne, relativ breite Strähne, die seinen ansonsten kahlen Schädel bedeckte, wippte im Takt mit. Er hatte nicht genügend Haarspray benutzt, um sie zu befestigen.

»Ich verlasse mich auf dich.«

Roger hob den Daumen und widmete sich dem Salat und den Tomaten, die noch geschnitten werden mussten. Ich hoffte, dass er es nicht vermasselte.

Alles Weitere war schnell geklärt. Abigail hatte nichts dagegen, dass ich einige Tage mit Pway, Ira und Jack in den Black Hills verbrachte. Sie vertrat nach wie vor die Ansicht, dass ich zur Erholung und nicht zum Arbeiten nach South Dakota gekommen war.

Abends ging ich zu den Pwaytons rüber, um Ben auf den neuesten Stand der Dinge zu bringen. Der war sichtlich begeistert, so dass er sofort in den Keller ging, um Zelt und Schlafsäcke zu holen. Währenddessen saß ich auf der Couch und wartete.

»Heute fahren wir doch gar nicht mehr los. Nun mal immer langsam mit den jungen Pferden«, meinte ich, als er einen alten Karton vor mir abstellte.

»Nö, aber ich wollte dir meine Ausrüstung zeigen. Oder hast du einen Schlafsack?«

Natürlich hatte ich das nicht. Wie hätte ich ahnen sollen, dass ich in South Dakota zelten würde?

Pway rollte den Schlafsack auf dem Teppich aus. Ich bückte mich und befühlte den Stoff zwischen Daumen und Zeigefinger. Er schien für diese Jahreszeit zu dick gefüttert, würde aber seinen Dienst tun, und Pway überließ ihn mir gern. Für sich würde er ein älteres Modell mit einigen Flicken mitnehmen.

»Danke, ich weiß das wirklich zu schätzen.«

»Für dich gern.«

Er nahm mir den Schlafsack wieder ab, da berührten sich versehentlich unsere Hände. Ich zuckte zurück. Seine Haut war sehr rau.

»Nur ein Versehen«, versicherte Pway, aber er sah mich trotzdem merkwürdig an. Ich hielt seinem Blick nicht stand.

»Willst du noch mit uns essen? Meine Mom hat Kuchen gebacken. Der ist zwar nicht so gut wie der aus dem Desert Spring, aber man kann ihn essen.«

»Nein danke. Ist es in Ordnung, wenn ich den Schlafsack hierlasse?«

»Klar.«

Ich wollte gehen, aber Pway fiel ein, dass er mir unbedingt etwas erzählen musste. »Hast du schon das Neueste gehört?«

»Kommt drauf an, was es ist.«

»Der Sheriff hat rausgefunden, dass sein Sohn nicht nur ein Mitglied dieser Jugendbande, sondern sogar deren Anführer ist.«

»Wow!« So viel Cleverness hätte ich dem alten Hunter gar nicht zugetraut.

»Hunter ist ausgeflippt, als er davon Wind bekam.«

»Wie hat er denn überhaupt davon erfahren? Doch nicht etwa durch eigene Ermittlungen?«

»Wo denkst du hin? Die Bande hat versucht, bei Roy einzubrechen. Aber der hatte eine Kamera installiert. Die Beweise gingen direkt an den Sheriff.«

Halleluja, es gab doch einen Gott. »Und wie geht es mit den Jungs weiter?«

»Keine Ahnung.« Pway zuckte mit den Schultern.

»Ich werde dranbleiben und dich informieren, wenn ich mehr weiß«, versprach er.

»Das ist nett, danke, Pway.«

Ich machte mich auf den Weg zum Desert Spring. Kaum hatte ich das Haus der Pwaytons verlassen, verspürte ich eine starke Vertrautheit in mir, eine leise Stimme, die mich rief. Sie gehörte Rin. Aber wie konnte das sein? Er war doch in sein Dorf zurückgekehrt.

Ich erreichte die Mitte der Straße und entdeckte eine Gestalt, die am Zaun lehnte und auf mich wartete. Die breiten Schultern, die gerade Körperhaltung und die athletische Statur ließen keinen Zweifel zu. Es war Rin. Ich rannte zu ihm.

Sogleich nahm er mich in die Arme. Seine Lippen erstickten meine Worte, und seine Hände glitten über meine nackten Oberarme bis zu meiner Taille und hielten diese fest umschlossen.

»Ich dachte ... du wärst ... längst aufgebrochen«, stieß ich atemlos hervor. Ich war so glücklich, ihn zu sehen.

»Ich wollte, aber ich konnte nicht.«

»Soll das heißen, du bleibst in Calmwood?«

Er schüttelte den Kopf. Dabei flogen seine Haare durch die Luft. »Ich wollte dich noch einmal sehen. Dich spüren.«

»Aber was ist mit dem Ritual? Ich dachte, es beginnt heute Nacht?«

»Nein. Heute sitzen die Ti'tibrin am Lagerfeuer, singen alte Lieder und erzählen sich Geschichten aus früheren Zeiten. Es ist eine Einstimmung, und es wäre gut, dort zu sein, aber die erste Prüfung ist erst morgen früh. Der Siruwathi, der Älteste, wird ein Auge zudrücken, wie du weißt, ist er mein Vater.«

Seine Finger strichen zärtlich meine Arme hinauf. Ich bekam eine Gänsehaut. Diese Berührungen waren so sanft, so zärtlich, dass ich glaubte, wahnsinnig zu werden. Ich wollte mehr.

»Komm mit rein«, flüsterte ich.

»Deine Tante ist noch wach.« Rin deutete zu dem hell erleuchteten Fenster im zweiten Stock.

»Scheint so. Aber das macht nichts. Sie weiß von uns.«

»Ich wäre aber viel lieber mit dir allein. Ganz allein.«

Sein intensiver Blick jagte mir einen heißen Schauer über den Rücken. »Und was schlägst du vor?«

»Komm mit.«

Wir rannten nach Norden. Anfangs konnte ich kaum mit ihm Schritt halten. Er schien es sehr eilig zu haben. Ich fiel zurück. Dann aber packte er meine Hand, und es kam mir vor, als würden meine Füße kaum den Boden berühren, so, als würde ich schweben. Die Luft war angenehm frisch, sanft strich der Sommerwind über meine Arme. Die Sterne funkelten eindrucksvoll über uns. Es gab nichts, dass diesen Moment hätte trüben können. Schließlich hatten wir die Häuser hinter uns gelassen, und die weite Landschaft erstreckte sich in ihrer beeindruckenden Weite vor uns. In der Ferne sah ich die dunklen Umrisse der Felsen, dort begannen die Black Hills.

»Willst du es sehen?«, fragte er mich und hielt inne. Sein Atem ging ruhig. Er war kein bisschen aus der Puste. Ganz im Gegensatz zu mir.

»Was?« Ich wusste erst nicht, was er meinte. Rin lachte, und erst da begriff ich.

»Du meinst, wie du dich verwandelst?« Ich wurde aufgeregt. Die ganze Zeit über, seit ich sein Geheimnis kannte, fragte ich mich, wie es funktionierte. Es nun mit eigenen Augen mit ansehen zu dürfen wäre ein Traum.

»Nichts würde ich lieber sehen.«

»Dann komm.«

Er verließ die Straße und steuerte auf die weite Graslandschaft zu. Von hier aus konnte ich die ersten Ausläufer des Waldes sehen. Riesige Bäume, die weit in den Himmel ragten und mit ihren Kronen den Horizont zu berühren schienen. Rin war so unglaublich schnell, dass ich nicht länger mit ihm mithalten konnte und seine Hand loslassen musste. Sosehr ich auch kämpfte, ich konnte ihn nicht mehr einholen. Bald war er nur ein verschwommener Punkt in der Ferne, der auf einen anderen, viel größeren Punkt zusteuerte, der ihm entgegenkam. Und in einer Geschwindigkeit, die weit über seine hinausging. Keuchend schleppte ich mich weiter, bis ich zumindest seinen Körper wieder als solchen erkennen konnte. Ich hatte schreckliche Seitenstiche, bekam kaum noch Luft und musste mich hinsetzen.

Der zweite Punkt war ein Pferd. Je näher es Rin und somit auch mir kam, desto besser konnte ich es erkennen. Mit wehender Mähne und wehendem Schweif, eine Spur aus glitzerndem Staub hinter sich her ziehend, kam es auf Rin zugaloppiert, der plötzlich stehen blieb, seine Jeans abstreifte und die Arme ausbreitete, als wollte er davonfliegen. Er machte nicht die geringsten Anstalten, dem Tier auszuweichen.

»Zur Seite!«, rief ich, so laut ich trotz meiner Seitenstiche konnte. Aber er schien mich nicht zu hören.

Das Pferd setzte zum Sprung an. Jeden Augenblick würde es Rin zu Boden reißen. Ich kniff die Augen zusammen, wartete auf einen Schrei, aber es kam keiner.

Vorsichtig blickte ich auf und sah, wie die Vorderhufe geisterhaft in seinen Körper drangen, als würden sie von ihm absorbiert. Der Leib des Pferdes folgte, verschwand gänzlich in ihm, trat nicht auf der anderen Seite wieder hinaus.

Rins Rücken bog sich unnatürlich weit nach hinten. Fast schien es, als würde er sich gleich nicht länger auf den Beinen halten können. Eine Spirale aus glitzernden Teilchen umhüllte ihn, schloss ihn in sich ein wie in eine Seifenblase. Es war ein einziges Strahlen. Die Teilchen legten sich auf seine Haut, brachten auch diese zum Leuchten. Es sah aus, als ob ein Schwarm Glühwürmchen sich an seine Arme und Beine geheftet hatte. Kaum einen Zentimeter seines Körpers ließen sie aus. Das Licht drang aus seinen Augen und seinem Mund, überall aus ihm heraus. Dann fand er sein Gleichgewicht wieder.

Aus seinen Beinen formten sich starke Muskeln, und seine Haut nahm eine dunklere Farbe an. Ich wusste, dass es Fell war. Je näher ich ihm kam, desto mehr Einzelheiten konnte ich erkennen. Aus seinen Menschenbeinen entstanden die Läufe eines Pferdes. Auch ein gewaltiger Rumpf wuchs aus ihm empor, wodurch sein Kopf über einen Meter in die Höhe schoss, weil sich unter ihm ein neuer, weitaus stärkerer Körper bildete. Es war unglaublich. An der Stelle, wo eigentlich der Hals des Pferdes hätte sein müssen, befand sich Rins Oberkörper, der nun, da er sich mit dem Geist des Onpatok vereint hatte, noch kräftiger wirkte. Er glich den Darstellungen der Wesen aus der griechischen Mythologie.

Erhaben drehte er sich um und kam auf mich zu. Ich

verspürte keine Angst. Ich wusste, dass er mir nichts tun würde.

Der Sand unter seinen Hufen wirbelte auf und bildete eine im Licht des Mondes glitzernde Wolke. Dicht vor mir blieb er stehen. Er war so unglaublich groß, so wunderschön, ich musste den Kopf in den Nacken legen, um ihn in seiner Gänze bewundern zu können.

»Komm«, sagte er und reichte mir die Hand. Ich nahm sie an, und er zog mich auf seinen Rücken.

»Nicht«, hauchte ich. »Du weißt doch, ich kann nicht reiten.«

»Auf Larki hast du keine schlechte Figur gemacht«, erinnerte er mich. »Halt dich einfach gut fest, dann kann dir nichts passieren.«

Ich spürte das dichte Fell durch meine Jeans hindurch. Es war unglaublich, dass es Teil von ihm war. Meine Arme legten sich um seine Taille. Ein merkwürdiges und doch seltsam vertrautes Gefühl, auf ihm zu sitzen. Er kam mir größer als Larki vor. Der Boden schien unendlich weit entfernt.

»Bist du bereit?«

»Bereit«, antwortete ich zögerlich.

»Ich werde sehr vorsichtig sein«, versprach er und trabte los. Ich verlor vor Schreck fast das Gleichgewicht und rettete mich, indem ich mich eng an seinen warmen Rücken schmiegte.

Unter mir war alles in Bewegung, es schwankte wie auf einem Schiff bei Wellengang. Ich spürte jeden einzelnen seiner Muskeln. Kraftvoll drückten sich seine Hufe vom Boden ab.

Rin lief in den Wald hinein. Mir kam es vor, als hoben sich die tiefhängenden Zweige und Äste wie ein Vorhang, um uns den Weg frei zu machen. Krähen und andere Vögel flatterten über uns, so, als wollten sie uns begleiten. Die Natur schien uns willkommen zu heißen. Auch mich, die sich doch zuvor wie ein Fremdkörper in dieser beeindruckenden grünen Wald- und Berglandschaft gefühlt hatte. Doch mit Rin war alles anders. Ich hatte nun das Gefühl, ein Teil dieser Welt zu sein, fühlte mich zu Hause, geborgen, aufgehoben. Und ich entdeckte in dieser Pracht so viele wunderbare Dinge, die mir in meinem ganzen Leben nicht aufgefallen waren, weil ich mir nie die Zeit genommen hatte, darauf zu achten.

Das Licht des Mondes fiel durch die dichten Baumkronen und verlieh jedem Blatt einen silbern schimmernden Kranz, der erhaben leuchtete wie ein Juwel.

Die knorrigen Baumstämme, die sicherlich über hundert Jahre alt waren, hatten die Gesichter alter, weiser Männer. Alles war von dieser besonderen Lebendigkeit umhüllt, die auch Rin zu eigen war. Nur mir nicht. Ich blickte auf meine Arme, an mir herunter, sah meine Beine, die in ganz gewöhnlichen Jeans steckten.

Rin hielt an dem kleinen See inne, an dem ich sein Geheimnis entdeckt hatte. Er beugte sich vor, damit ich abspringen konnte, und ließ sich ins Gras sinken. Sein Anblick war so außergewöhnlich, dass ich mich kaum daran sattsehen konnte. Da lag er, der mächtige Kentaur. Ein Fabelwesen, das doch so real geworden war.

Ich setzte mich zwischen seine Vorderbeine und ließ mich mit dem Rücken an seinem Körper hinabgleiten. Vorsichtig strich ich ihm über das Fell. War fasziniert und erstaunt zugleich, wie hart es sich anfühlte. Die Härchen waren sehr kurz, erinnerten fast an Borsten. Seine Muskeln waren unglaublich heiß geworden nach dem schnellen Lauf. Ich hörte seinen mächtigen Atem, der jetzt noch stärker war als in seiner Menschengestalt.

Rin war ein Riese. Ein Gigant. Neben ihm fühlte ich mich klein, verletzlich, aber ich wusste auch, dass ich in seiner Nähe nichts zu befürchten hatte. Er würde mir nichts antun. Im Gegenteil. Er war mein dunkler Beschützer.

Der Mond spiegelte sich im See. Silbrige Wellen schlugen weich ans Ufer. Grillen zirpten. Ich konnte mich nicht erinnern, jemals bei Nacht an einem See gesessen zu haben, hatte nie Interesse dafür gehabt, es langweilig gefunden. Doch mit Rin wurde alles aufregend, alles bedeutsam.

»Danke, dass du mir diesen Ort zeigst.«

Ich blickte zu ihm auf. Seine Lippen waren weit entfernt, sie schienen unerreichbar.

Ein Lächeln formte sich auf ihnen, dann nahm er meine Hände und half mir auf. Jetzt, da ich stand, war ich ungefähr so groß wie er im Liegen. Er neigte den Oberkörper vor, bis seine Lippen sacht die meinen umschlossen. Ich spürte jede kleine Falte, jede noch so winzige Unebenheit, ja, konnte sogar die Form ertasten. Seine Unterlippe war kräftiger und voller, dafür aber besonders weich. Ich liebte es, wenn sie sanft über meinen Mund glitt.

»Du siehst im Licht des Mondes wunderschön aus«, sagte er und strich mir mit dem Finger übers Kinn.

Ich lachte, dachte ich doch genau dasselbe über ihn. Seine Gestalt, seine ganze Erscheinung war majestätisch.

Ein kühler Windhauch wehte über meine nackten Oberarme. Ich fing an zu zittern.

»Und du frierst mal wieder«, meinte Rin amüsiert und wollte sein Hemd ausziehen. »Aber wenn du erst länger mit mir zusammen bist, wird dich das abhärten.«

»Es geht schon«, versicherte ich.

»Komm doch trotzdem näher an mich heran.«

Ich legte ihm die Arme um den Hals und spürte, wie seine Wärme sich auf mich übertrug, sich vor allem in meiner Brust ausbreitete. Seine Hände strichen beruhigend über meinen Rücken. Da stand ich nun, ein kleines Mädchen mit einem riesigen Kentauren, der trotz aller Stärke so gefühlvoll sein konnte. Seine Arme legten sich wärmend und schützend um mich. Ich konnte seinen Herzschlag hören. Er war sehr stark, sehr ruhig.

»Ich habe großes Glück«, flüsterte Rin. Ich sah ihm fragend in die dunklen Augen. »Dass du bei mir geblieben bist«, fügte er hinzu und lächelte warm. Ich lächelte auch. Natürlich war ich bei ihm geblieben. Ich liebte ihn. Völlig gleich, wer oder was er war. Und das schien er nun zu verstehen. Er hauchte einen zärtlichen Kuss auf meine Stirn, der ein herrliches Prickeln auf meiner Haut zurückließ. Dann wandte ich mich um, lehnte mich an ihn und wurde zugleich von ihm gehalten, während ich auf das ruhige Wasser blickte. Wie friedlich es hier war. Ich konnte mir vorstellen, für immer hierzubleiben. In South Dakota, in Calmwood, bei Rin.

In diesem Moment hätte nichts die Stille stören können, die sich über den kleinen See gelegt hatte. Nichts, außer dem Ruf eines Horns, das in der Ferne ertönte.

Die Nachtvögel schreckten aus den Baumwipfeln, als wäre der Klang ein schreckliches Omen. Kreischend schossen sie wie eine dunkle Armada in die Höhe, kreisten weit über unseren Köpfen. Zwei Rehe huschten durch das Unterholz, auf der Flucht vor dem Schall.

Auch Rin horchte auf. Etwas schien ihn zu beunruhigen. Der Rhythmus seines Atems veränderte sich. Er wurde schneller. Das Horn erklang erneut. Rasch richtete er sich zu seiner vollen Größe auf. Ich machte einen Schritt zurück und war von neuem überwältigt von dieser prachtvollen hünenhaften Gestalt.

»Was ist los?«

»Wir müssen fort.« Er reichte mir die Hand.

»Aber ... warum denn so plötzlich?«

»Beeil dich.«

Seine Nervosität ging auf mich über. Ich griff nach seiner Hand und schwang mich auf seinen Rücken. Und schon stürmte er los, preschte wie ein Wahnsinniger durch das Dickicht. Er war viel schneller als vorhin. Pferde waren Fluchttiere. Das bekam ich nun am eigenen Leib zu spüren. Ich hatte Schwierigkeiten, mich an ihm festzuhalten und dabei nicht aus dem Gleichgewicht zu geraten. Geschmeidig duckte er sich unter Zweigen und niedrigen Ästen hindurch, die mir fast ins Gesicht schlugen, hätte ich nicht ebenso schnell reagiert.

»Rin, was ist denn passiert?«

Nicht nur Rin, der ganze Wald war in Aufruhr. Da ertönte es wieder. Das Signal des Horns. Bedrohlich hallte es durch die Nacht, schreckte die Tiere auf.

»Das ist Kronn.«

»Wer?«

»Ein Arou-newe. Er hasst die Menschen. Lange Zeit war er fort, hat die Wälder South Dakotas hinter sich gelassen, um seine Sinne und Fähigkeiten außerhalb zu trainieren. Wie es scheint, kehrt er zur Me'solbrem zurück. Wenn er dich in meiner Nähe sieht, kann ich für nichts garantieren. Sein Hass auf die Menschen ist tödlich.«

Sollte das heißen, dieser Kerl würde mich umbringen? Ich duckte mich gerade noch rechtzeitig vor einem niedrigen Ast und klammerte mich wie besessen an Rins Brust. Der setzte zum Sprung über eine riesige Baumwurzel an, die uns den Weg versperrte. Ich spürte, wie sein Körper sich in die Luft erhob, als wollte er davonfliegen. Für kurze Zeit schienen wir tatsächlich zu schweben. Dann setzte er wieder hart auf dem Boden auf, und ich wurde kräftig durchgeschüttelt.

Ich war froh, als wir endlich den Waldrand erreichten. Hier fühlte ich mich in Sicherheit. Es war ein kleines Wunder, dass ich nicht von seinem Rücken gefallen war und mir sämtliche Knochen gebrochen hatte. Vor Erleichterung musste ich lachen. Aber dann fiel mir etwas Schreckliches ein.

»Jack und Ira sind in den Black Hills, sie zelten dort. Was, wenn Kronn sie findet?«

Rin drosselte seine Geschwindigkeit. Er war außer Atem. Sein Körper zitterte, seine Haut fühlte sich feucht an. Nervös trappelten seine Vorderhufe.

»Kronn wagt sich nicht in die Nähe von euren Orten. Auch der Stadt wird er fernbleiben. Dafür fürchtet er eure Technologien viel zu sehr. Doch wenn er uns zusammen sähe, würde er das als Verrat an den alten Regeln der Ti'tibrin ansehen. Und diese besagen, dass sich die Ti'tibrin und die Menschen niemals einander zuwenden dürfen.«

Mir stockte der Atem. Diese Regel hatten wir ja wohl

gründlich gebrochen. Wieso hatte Rin sie niemals erwähnt? Wahrscheinlich wäre es uns ohnehin nicht gelungen, uns daran zu halten.

»Viele von uns finden die alten Gesetze überholt. Sie wurden in einer Zeit geschaffen, in der wir im Krieg mit den Siedlern standen. Wir wollten unser Volk durch feste Regeln vor Verrat durch die Menschen schützen. Einige nehmen sie auch heute noch sehr genau. Und Kronn ist einer von ihnen. Hätte ich gewusst, dass er durch die Black Hills streift, dann hätte ich dich niemals dieser Gefahr ausgesetzt. Es tut mir so leid, Jorani.« Er rieb sich mit beiden Händen die Schläfen.

»Du konntest es nicht wissen«, beruhigte ich ihn, stieg ab und setzte mich auf einen Stein. »Aber diese Regeln sind der Grund, warum du mich deiner Familie nicht vorstellen wolltest, stimmt's? Sie würden mich hassen.«

Rin kniete sich vor mich. »Nein, so ist es nicht. Sie sind gute Leute. Hevova mag dich. Und auch die anderen werden dir nichts tun«, versprach er. Zärtlich strich seine Hand über meine Wange. »Kronn hat ein kaltes Herz. Deswegen kann er nicht verstehen, was uns verbindet.«

Obwohl wir der drohenden Gefahr gerade erst entkommen waren, sehnte ich mich beim Anblick seiner Lippen nach einem Kuss. Völlig gleich, wie unvernünftig das war. Ich hoffte, er würde seinen Mund leidenschaftlich auf meinen pressen, aber das tat er nicht. Sein Gesicht blieb ernst, und das machte mir Sorgen.

»Ich werde niemals zulassen, dass dir etwas geschieht, Jorani. Doch in den nächsten Tagen kann ich nicht bei dir sein. Deswegen musst du besonders vorsichtig sein. Versprich mir, dass du auf dich aufpasst.«

Ich war unfähig, etwas zu sagen. Die Tatsache, dass

einige Ti'tibrin die Menschen so sehr hassten, dass sie sogar Jagd auf sie machten, erschütterte mich noch immer.

»Hast du verstanden, Jorani?«

»Ja«, hauchte ich.

»Gut«, sagte er und legte schützend die Arme um mich. Sein Kopf schmiegte sich an meinen. Ich merkte, dass seine Wange vor Aufregung glühte.

Unwillkürlich fing ich an zu zittern.

»Ganz ruhig«, flüsterte er mir ins Ohr. »Hier wird uns Kronn nicht finden. Er ist ein Narr, der noch vieles lernen muss.«

8. Kapitel

Ich hatte eine sehr unruhige Nacht, mich plagten schlimme Alpträume, in denen Kentauren mit Pfeil und Bogen hinter mir herjagten und mich wie ein Tier erlegten. Sie fesselten mich an einen Marterpfahl und tanzten zum Rhythmus der Trommeln um mich herum. Schweißgebadet wachte ich auf und hatte Angst, wieder einzuschlafen.

Schon um halb sechs ging ich in die Küche hinunter, um die Sandwiches, Bagel und Salate für den Verkauf vorzubereiten.

Gegen sieben kam meine Tante herunter. »Du bist ja schon wach?«, fragte sie erstaunt. Ich zuckte nur mit den Schultern und bestrich eine Bagelhälfte mit Butter. »Ja, ich konnte einfach nicht mehr einschlafen.«

»Das hat sicher mit diesem Jungen zu tun, für den du dich so interessierst.«

»Kann schon sein.«

Plötzlich knarrte die Treppe über uns und kündigte einen unverhofften Gast an, der augenscheinlich die Nacht hier verbracht hatte. Roger.

»Guten Morgen, die Damen«, sagte er und küsste meine Tante auf den Mund.

»Morgen, Darling.«

Du meine Güte. Der alte Schwerenöter hatte nicht übertrieben. Er musste zu seiner Rock'n'Roll-Zeit tatsächlich ein Mädchenschwarm gewesen sein. Anders war es kaum möglich, meine Tante in dieser Rekordzeit zu erobern.

Roger nahm sie zärtlich in den Arm, blickte über ihre Schulter und zwinkerte mir verschwörerisch zu.

»Roger und ich sind uns gestern Abend ein bisschen nähergekommen«, erklärte meine Tante und kicherte wie ein junges Mädchen, das frisch verliebt war.

»Ein bisschen ist gut«, erwiderte ich. Immerhin hatte Roger hier geschlafen. Ich verkniff mir ein Schmunzeln. Die beiden waren wirklich süß. Sie passten perfekt zusammen.

»Willst du dir nicht ein paar Sandwiches für unterwegs machen?«, fragte Abigail und spielte auf meinen Campingausflug an, der heute losgehen sollte. Es war eine willkommene Abwechslung. Hoffentlich würde mich das auf andere Gedanken bringen.

»Gladice kommt übrigens heute ins Café, um mir zu helfen. Sie ist ein Dickschädel. Ich sagte zu ihr, sie solle sich noch schonen, aber sie ist fest überzeugt, dass sie unsere Gäste auch mit links bedienen kann. Du kannst also ruhigen Gewissens in die Berge ziehen. Wir kommen hier gut zurecht. Genieße deine Ferien, dafür sind sie schließlich da.« Abigail grinste dabei wie ein Honigkuchenpferd. Ich hatte das unbestimmte Gefühl, sie wäre mich gern für einige Tage los, um mit Roger allein zu sein.

»Na schön, dann mache ich mir ein paar Snacks und packe anschließend meine Sachen.«

Nachdem ich eine Lunchbox mit belegten Brötchen und Gemüse gefüllt hatte, ging ich auf mein Zimmer und stopfte Kulturbeutel, Handtücher, Anziehsachen und frische Unterwäsche in meinen Rucksack. Hoffentlich hatte ich nichts vergessen. Pway würde mich heute Mittag abholen, um mit mir in die Black Hills zu fahren. Dort sollte es richtige Campingplätze für Touristen – und natürlich auch Einheimische – geben.

Als ich mich geduscht und zurechtgemacht hatte, kam Tante Abigail unerwartet in mein Zimmer. »Entschuldige, dass ich dich störe. Aber unten ist jemand, der dich gern sprechen würde.«

Wer konnte das sein?

Ich ging hinunter ins Café. Dort saß ein älterer Herr an der Theke, der einen alten Cowboyhut tief ins Gesicht gezogen hatte. Ich musterte ihn unauffällig. Die rauen Hände verrieten, dass er mal hart gearbeitet hatte.

»Hier ist sie, Roy«, sagte meine Tante und schob mich vor.

Das war also Roy. Ich hatte viel von ihm gehört, war ihm aber bisher nie persönlich begegnet.

Er hob den Kopf. Seine Augen waren so dunkel, dass ich sie unter dem Schatten des Hutes kaum erkennen konnte. Tiefe Furchen zeichneten seine Wangen. Die Haut war gebräunt, aber rau und faltig. Lange silbrige Haare fielen ihm über die Schultern. Er trug das obligatorische Holzfällerhemd und eine Latzhose, die Rins ähnelte.

»Guten Morgen, Mr Wright.« Ich reichte ihm die Hand, und er schüttelte sie kräftig. Oh ja, diese Hände hatten vor seiner Zeit als Souvenirshop-Verkäufer kräftig zugepackt.

»Wie kann ich Ihnen helfen?«

Meine Tante verschwand in der Küche. Ich wünschte, sie wäre da geblieben. Roy hatte etwas an sich, das mir irgendwie unangenehm war. Vielleicht lag es an seiner strengen Miene. Sie war kühl und emotionslos. Er sah aus wie ein Mann, der nicht viel redete und auch nicht viel für andere übrighatte, was jedoch gar nicht zu dem passte, was man mir über ihn erzählt hatte. Vielleicht gab es also einen guten Grund für seine schlechte Laune.

»Mein Sohn Isaac hat Rin und dich heute Nacht gesehen.« Eine leise Kritik schwang in seiner Stimme mit. Als missbilligte er diesen Umstand.

»Kann schon sein. Er hat mich nach Hause gebracht.« Ich wunderte mich über das Gesprächsthema. Eigentlich hatte ich damit gerechnet, dass er über Sid oder seinen Hund reden wollte. Alles andere ging ihn meiner Ansicht nach nichts an. Es war meine Sache, mit wem ich mich traf. Ich fühlte mich an Pway erinnert, der mir nachspioniert hatte. Aber was erwartete ich? In einem Ort wie Calmwood kannte jeder jeden, und Privatsphäre gab es so gut wie keine. Rin und ich sollten wirklich vorsichtiger werden.

Seine Miene verfinsterte sich.

»Worauf wollen Sie denn hinaus, Roy?«

Roy nahm seelenruhig seine Tasse und trank einen kräftigen Schluck Kaffee. »Wir kennen beide das Geheimnis«, sagte er dann und stellte die Tasse wieder auf den Tisch.

»Ich verstehe nicht.«

»Doch, das tust du.«

Er legte ein unordentlich gefaltetes Papier auf die Theke und strich es mit beiden Händen glatt. Es war ein

Zeitungsartikel. Vermutlich stammte er aus dem Rapid City News Journal. Das Journal druckte seine Überschriften immer in einer bestimmten Schriftart, die wie Western-Schrift aussah. Auch ein Foto war abgebildet, das die Gebeine eines Kriegers und dessen Grabbeigaben zeigte.

Roy schob mir den Artikel wortlos zu. Ich las ihn durch und merkte allmählich, worauf er hinauswollte. Er wusste ebenfalls, wer oder, besser gesagt, was Rin war. Und dieses Skelett, das sie gefunden hatten, war vermutlich ein Krieger seines Stammes. Auf der Bisonrobe des Verstorbenen hatten die Wissenschaftler Kentaurenmotive gefunden. Fälschlicherweise nahmen sie an, es handelte sich um Abbildungen uralter Götter. Wie sollten sie auch ahnen, dass es Kentauren wirklich gab?

Jemand ging dicht an uns vorbei zur Toilette. Rasch schnellte Roys Hand vor und griff nach dem Artikel, den er ebenso schnell wieder zusammenfaltete und in seiner Hosentasche verschwinden ließ.

»Wo immer sie und die Menschen zusammentreffen, endet es so«, sagte er im gedämpften Ton, darauf bedacht, dass niemand außer mir ihn hörte. »Der Tote, den sie ausgegraben haben, ist ein mächtiger Krieger gewesen. Er starb im Kampf gegen die Siedler und wurde von den Ti'tibrin in den Badlands, die sie Hokatriri nennen, beerdigt. Für sie ist das ein heiliger Ort, ein Ort der Ruhe, des Friedens. Ihn nun auszugraben und auszustellen wird ihren Zorn wecken. Sie werden es als Provokation ansehen, als Störung der Totenruhe.«

»Das war doch kein böswilliger Akt. Außerdem, was hat das Ganze mit Rin und mir zu tun?«

Ich hielt inne. Der Gast ging ein zweites Mal an uns vorbei und kehrte zu seinem Tisch im Vorgarten zurück.

»Ich werde das Geheimnis bewahren. Von mir erfährt niemand etwas«, versicherte ich ihm nachdrücklich und beugte mich dabei zu ihm vor. »Rin und mich verbindet viel mehr, als Sie denken.« Während ich das sagte, spürte ich Rins Wärme an und in mir. Mein Körper reagierte völlig unnatürlich, wenn ich nur an ihn dachte. So etwas hatte ich noch nie für jemanden empfunden. Das würde ich mir nicht kaputtmachen lassen.

»Ich bin nicht gekommen, um dir Vorwürfe zu machen. Im Gegenteil. Ich bin hier, weil ich mir Sorgen um dich mache«, sagte Roy. Ich war überrascht, hatte ich doch angenommen, es ginge ihm um Rin und dessen Sicherheit, die er durch mich gefährdet sah. Schließlich waren die beiden Männer befreundet. Zum ersten Mal, seit er das Café betreten hatte, wirkte sein Gesicht annähernd freundlich.

»Um mich? Das brauchen Sie nicht.«

»Ich habe durchgemacht, was ihr durchmachen werdet. Es wird nicht leicht werden. Nicht für ihn und erst recht nicht für dich.«

Woher wollte er das wissen? Ich schaute ihm tief in seine tiefschwarzen Augen, und in dem Moment ging mir ein Licht auf. Sie sahen aus wie Rins Augen. »Sie sind einer von denen, stimmt's?«

Roy wandte den Blick ab, doch sein Körper versteifte sich, und seine Hand spielte nervös mit dem Henkel seiner Tasse.

Ich wusste, dass ich recht hatte. Aber wie war das möglich? Roy lebte wie ein Mensch. Er hatte einen Souvenirshop, er war verheiratet und Familienvater.

»Komm mit mir, Jorani. Ich möchte dir etwas zeigen.«

Roy legte einige Münzen neben seine leere Tasse und stieg vom Hocker. Gemächlichen Schrittes verließ er das Café. Ich folgte ihm zu seinem Haus, das viel schlichter war als die anderen Häuser in dieser Gegend.

»Hier wohne ich«, sagte er und schloss die Tür auf. »Komm rein.«

Auch die Einrichtung war einfach, aber passend zum Ambiente. An den Wänden hingen Teppiche. Mit Sicherheit Handarbeiten. Ich entdeckte einen zersplitterten Spiegel über einer alten Kommode.

»Dad, was machst du denn hier? Ich dachte, du bist im Laden.« Isaac kam eine knarrende Treppe heruntergerannt und blieb überrascht vor mir stehen.

»Sag mir doch, dass du Besuch mitgebracht hast! Hi, Jorani«, begrüßte er mich und hob die Hand.

Ich nickte ihm zu.

Roy legte seinen Hut auf der Kommode ab. »Pete kümmert sich um das Geschäft. Ich möchte jetzt nicht gestört werden.«

»Okay.« Isaac klang enttäuscht. »Ciao, Jorani. Vielleicht sieht man sich mal wieder?« Und schon war er wieder verschwunden.

»Komm nur, komm«, sagte Roy und schob mich in ein kleines Zimmer, das er offensichtlich ganz nach seinem Geschmack eingerichtet hatte. Auf dem Boden lagen Felle. Vermutlich Bison. Schnitzereien hingen an den Wänden, Masken aus Holz, die ich aus Rins Hütte kannte.

Es gab keinen Sessel, keinen Stuhl. Wir nahmen auf den Fellen Platz. Roy setzte sich im Schneidersitz hin. Seine Hand strich über das Fell zu seinen Füßen.

»Diesen habe ich im Jahre 1579 erlegt«, erklärte er

andächtig. Bei diesen Jahreszahlen wurde mir ganz anders. »Es war ein guter Tag und eine gute Jagd.«

Sein Blick schweifte für einen Moment in die Ferne. Es schien, als durchlebte er ebendiesen Tag noch einmal. Dann wurde er wieder ernst.

»Ich wurde 187 Jahre vor dem Ausbruch der Blutkriege, wie wir sie nennen, geboren. Das waren andere Zeiten. Im Gegensatz zu vielen Ti'tibrin, die heute nur die Geschichten der Alten kennen, habe ich die Welt gesehen, wie sie war, bevor der Siedler seinen Fuß auf diese Erde setzte. Es war ein reiches Land. Niemand litt Hunger. Bisons gab es im Überfluss, doch man jagte sie nur, wenn man ihr Fleisch oder das Leder benötigte. Aber das alles wurde zerstört. Man raubte uns das Land, unsere Tiere, unsere Würde. Chapman war sein Name. Er führte die Männer an, die aus Europa gekommen waren, um unser Land für sich zu beanspruchen. Ich erinnere mich an den düsteren Tag zurück, als wäre es gestern gewesen. Sie hatten uns mit Handel und dubiosen Verträgen gelockt, unser Vertrauen gewonnen und es schamlos missbraucht. Danach bekämpften sie uns bis aufs Blut. Als wir geschwächt waren, bot uns Chapman Frieden an. Die Verluste auf Seiten der Ti'tibrin waren bereits sehr groß. Fast jede Frau hatte einen Sohn oder eine Tochter verloren. Der Schmerz war unerträglich. Wir hatten längst erkannt, dass unsere Waffen nutzlos gegen ihre waren. Wodank, der damalige Häuptling, sah keine andere Möglichkeit, als auf den Vorschlag Chapmans einzugehen.

Man traf sich an einem neutralen Ort. Chapman brachte seine Mannen mit und der Häuptling seine stärksten Krieger. ›Es soll Frieden zwischen uns herrschen, wenn ihr uns das Geheimnis eurer Macht verratet‹, sagte er.

Der Häuptling lachte und sprach: ›Welches Geheimnis meinst du? Es ist offensichtlich. Warum können es deine Augen nicht sehen?‹

›Halt mich nicht zum Narren, Alter. Sag mir, was ich wissen will, oder eure Frauen und Töchter werden mit ihrem Blut bezahlen.‹

Die Worte Chapmans versetzten die Krieger des Stammes in große Aufregung. ›Während wir hier sitzen, haben meine Männer euer Lager umstellt‹, verkündete Chapman siegesgewiss.

Die Frauen waren ins Lager mitgekommen, um die Verwundeten zu versorgen. Sie würden sich nicht wehren können. Einige von ihnen waren schwanger, die anderen hüteten kleine Kinder, die sie nicht im Dorf hatten zurücklassen können. Wie sollten sie sich gegen Chapmans Angriff verteidigen?

›Ich sagte dir die Wahrheit, Chapman‹, versicherte der Siruwathi. ›Es liegt allein an dir, mit den Zorwaya in Kontakt zu treten. Sie um die Gabe zu bitten.‹

›Jetzt fang nicht mit dieser Zorwaya-Scheiße an‹, erwiderte Chapman. ›Ich glaube nicht an Gespenster, alter Mann. Ich will jetzt Antworten, sonst gebe ich meinen Leuten das Zeichen zum Angriff.‹

Auf einem Hügel unweit entfernt hatte sich einer von Chapmans Helfern positioniert, um ein Rauchzeichen zu geben.

Die Krieger wurden nervös. Es waren ihre Frauen und Kinder und die harmlosen Handwerker, die sie zurückgelassen hatten. Sie hofften, der Häuptling würde einen Ausweg finden. Aber der konnte nicht mehr sagen als die Wahrheit. Es war an Chapman, sie anzunehmen, sie zu glauben.

›Ihr seid Narren‹, sagte er und schnipste mit dem Finger. Das Zeichen wurde gegeben. Rauchwolken zogen bedrohlich über den Himmel. Ein Teil der Männer verwandelte sich auf der Stelle und eilte zum Lager zurück, um die Angreifer in die Flucht zu schlagen. Ein anderer Teil ging auf Chapman und seine Männer los. Die griffen nach ihren Waffen und schossen den Häuptling und seine Krieger nieder. Zur selben Zeit wurden auch die Frauen regelrecht hingerichtet.

Nur wenige Ti'tibrin E'neya überlebten diesen grausamen Angriff. Sie zogen sich tief in den Wald zurück, gaben ihr Lager auf, um nur noch in ihrem Dorf zu leben.

Jeden Tag trauerten die Ti'tibrin um die Verstorbenen. Doch schon bald wurde aus dem Schmerz Zorn, eine Empfindung, die ihnen zuvor fremd oder zumindest nicht in solcher Intensität bekannt gewesen war.

Der Durst nach Rache erwachte in ihnen, aber der neue Häuptling rief zur Besonnenheit auf. Er wusste, dass die Ti'tibrin nichts gegen die Siedler ausrichten konnten, weil deren Waffen den unseren überlegen waren. Noch dazu hatten wir immense Verluste erlitten. Der Häuptling ahnte, dass uns der Hass zerstören und wir unseren eigenen Untergang heraufbeschwören würden, wenn wir ihm nachgaben. Also schworen wir von diesem Weg ab. Verließen uns stattdessen auf unsere Stärken, unsere Bräuche, unsere Magie und lebten fortan unter unseresgleichen, wie wir es früher getan hatten.

Die Natur schützte uns. Kein Mensch fand jemals unser Dorf, denn es war und ist gut verborgen für eure Augen.

Ich arbeitete als Handwerker. Die Ti'tibrin liebten meinen Schmuck aus Holz oder Steinen und die Statuen, die ich schuf. Ich wollte nur noch Schönes schaffen, die schrecklichen Bilder, die ich gesehen hatte, vergessen. Und so verging die Zeit, ein Kreislauf endete, ein neuer begann. Die Siedler, die uns überfallen hatten, waren längst tot. Mit der Zeit verblassten die Wunden, sie schlossen sich aber nie ganz.

Eines Tages ging ich durch den Wald, auf der Suche nach schönen Steinen, die ich für eine Halskette verwenden konnte, als ich einen Hilfeschrei vernahm.

Beunruhigt folgte ich der Richtung, aus der der Schrei gekommen war, und entdeckte eine Menschenfrau, die verzweifelt versuchte, sich im See über Wasser zu halten. Es schien, als hätte sie einen Krampf bekommen. Ihre Kräfte ließen nach. Immer wieder tauchte ihr Kopf unter.

Ich versteckte mich im Schilf, beobachtete ihren Kampf und dachte bei mir, dies sei der Ausgleich für den Tod unserer Frauen und Kinder. Doch während ich mich ganz meinen dunklen Gefühlen hingab, rührte sich etwas in meinem Inneren, in meinem Herzen. Dies war kein Siedler, diese Frau hatte nichts mit dem Verrat Chapmans zu tun. Sie war eine Unschuldige. Konnte ich sie wirklich für etwas büßen lassen, wofür sie nichts konnte? Die Frau versank im Wasser. Und dieses Mal kehrte sie nicht an die Oberfläche zurück.

Ohne länger darüber nachzudenken, stürzte ich in den See, tauchte unter und zog sie ans Ufer. Dort bettete ich sie ins Gras, legte meinen Kopf auf ihre nackte Brust und lauschte, ob ihr Herz noch schlug.

Es war ein kräftiger, kämpferischer Rhythmus, der mich erkennen ließ, dass das Menschenweib mehr Stärke in sich trug, als es den äußerlichen Anschein hatte.

Plötzlich riss sie die Augen auf. Ein Schwall Wasser

spritzte ihr aus dem Mund. Sie zitterte am ganzen Körper, der sehr schlank, beinahe zerbrechlich wirkte. Dann sah sie mich an. Das Blau ihrer Augen war außergewöhnlich hell und intensiv, wie der Himmel an einem wolkenlosen Sommertag. ›Danke‹, sagte sie.

Ich war sprachlos, wusste nicht, was ich antworten sollte, obwohl ich ihre Sprache beherrschte. Wir hatten sie von den ersten Siedlern gelernt, um Handel mit ihnen treiben zu können. Zum ersten Mal schien es mir wirklich von Nutzen, sie zu beherrschen. Und dennoch kam kein Laut über meine Lippen. Ich war wie erstarrt. Ein schöneres Wesen hatte ich nie zuvor gesehen.

›He, Indianer, lass sie in Ruhe!‹, erklang eine Männerstimme hinter mir.

In zwei Sätzen war er bei mir und baute sich vor mir auf, in dem Wahn, das Weib vor mir schützen zu müssen. Ich erwartete keine Hilfe von ihr. Menschen konnte man nicht trauen, diese Lektion hatte mein Volk schmerzlich gelernt. Also wich ich zurück. Ich wollte keinen Streit. Und dennoch griff ich instinktiv nach meinem Dolch.

›Nicht, John, er hat mich gerettet‹, sagte die Frau plötzlich.

›Ist das wahr?‹ Sein Gesicht veränderte sich, wurde freundlicher, heller. Ich war überrascht von der Wandlung.

›Sie sagt … die Wahrheit‹, entgegnete ich, froh darüber, dass mir endlich die rechten Worte einfielen.

Der Mann reichte mir die Hand. ›Ich bin Cathleens Bruder. Vielen Dank. Wir stehen tief in Ihrer Schuld.‹

Das war der Beginn einer tiefen Freundschaft. In mir erwachte eine Neugier auf die Menschen und ihre Welt, die ich nie für möglich gehalten hätte. Ich folgte ihnen in ihre Stadt, lernte ihre Sitten und Gebräuche kennen, war erstaunt, wie sehr sie sich verändert hatten. Ja, das waren andere Menschen als die, gegen die wir gekämpft hatten.

Sie waren voller Neugier, voller Forscherdrang, sie achteten Dinge, die ihre Vorfahren als unwichtig gewähnt hatten.

Cathleen wich nie von meiner Seite. Und ich genoss es, sie in meiner Nähe zu haben, obwohl ich wusste, wie unvernünftig es war. Weder der Häuptling noch die anderen kannten mein Geheimnis, das ich hütete wie einen kostbaren Schatz. Immer öfter gab ich mich Tagträumen hin, vernachlässigte meine Arbeit und sehnte mich nach ihr. Die Ti'tibrin spürten, dass etwas mit mir nicht stimmte, doch es war nur ein vager Verdacht.

Als ich mich mit Cathleen an unserem See traf, wie wir es oft taten, gestand sie mir, dass sie sich in mich verliebt hätte. Mein Herz flatterte vor Freude und Aufregung. Und als sie mich scheu küsste, fühlte ich mich lebendiger denn je.

Ich ahnte nicht, dass mir ein Krieger gefolgt war, der herausfinden wollte, warum ich mich jeden Abend davonstahl, anstatt mit der Familie zu essen. So wurde er Zeuge ausgerechnet jenes ersten unschuldigen Kusses. Empört trat er aus seinem Versteck, um mich zur Rechenschaft zu ziehen.

›Du bist ein Verräter‹, schrie er mich an, forderte mich auf, das Weib davonzujagen, mich von Menschen fernzuhalten.

›Cathleen ist anders‹, versuchte ich, ihm zu erklären, aber er glaubte mir nicht.

›Sie wird unser Untergang sein! Ich werde dafür sorgen, dass du sie niemals wiedersiehst!‹

Ich wusste, was seine Worte bedeuteten. Er wollte sie töten. Aber das konnte ich nicht zulassen! Er stürzte sich auf mich, und ein wilder Kampf entbrannte. Doch es war ein Unfall, der über meinen Sieg entschied.

Ich stieß meinen Gegner nieder, und er fiel unglücklich mit dem Hinterkopf auf einen Stein. Von da an regte er sich nicht mehr. Seine Augen blickten starr ins Leere. In ihnen war kein Leben mehr. Er hatte die große Reise zu den Sternen angetreten.

Als die Ti'tibrin E'neya erfuhren, was geschehen war, herrschte großes Entsetzen unter ihnen. Ich musste vor den Ältestenrat treten, um mich für meine Tat zu verantworten. Sie hörten mich an und sprachen ihr Urteil. Man glaubte mir, dass ich den jungen Krieger nicht hatte töten wollen. Dennoch hatte ich die wichtigste Regel der Ti'tibrin gebrochen, niemals ein Mitglied unseres Stammes zu töten. Sie schickten mich fort, in ein neues Leben, das ich mit Cathleen begann. Trotz ihrer Liebe und Zuneigung waren es schwere Zeiten, denn für die Ti'tibrin E'neya ist die Gemeinschaft das wichtigste Gut und von ihr ausgeschlossen zu werden das schlimmste Urteil, das gefällt werden kann. Es ist schlimmer als der Tod.«

Er wurde schwermütig. »Ich muss meine Natur verleugnen, meinen Drang nach Freiheit. Eingeschlossen bin ich. In diesem Haus, in diesem Körper. Die Entbehrungen sind manchmal so groß, dass sie meine ganze Kraft kosten.«

Er strich ein weiteres Mal gedankenverloren über das Bisonfell zu seinen Füßen.

»Manchmal verachte ich sie.«

»Cathleen?«

Er nickte beschämt. »Ich weiß, sie kann nichts für mein Schicksal, und ich liebe sie aus tiefstem Herzen. Wenn ich die Wahl hätte, würde ich wieder so entscheiden. Dennoch ist in mir auch eine dunkle Kraft, die mit den Jahren stärker geworden ist und mich ängstigt. Manchmal werde ich aggressiv. Der Spiegel im Flur, hast du den gesehen? Ich habe ihn zerschlagen, weil ich diese Existenz nicht ausgehalten habe. Es ist wie ein Anfall, der mich bisweilen überfällt. Der Mann, den du heute vor dir siehst, ist nicht derselbe, der ich einst war. Ich hatte Freude in den Augen, ein Lächeln im Gesicht. Ich sah jung aus, war voller Lebensfreude. Aber mir fehlt das weite Land. Ich versuche, so oft wie möglich mit Larki auszureiten, doch Pflichten erdrücken mich. Und selbst wenn ich auf seinem Rücken sitze, ist es nicht dasselbe Gefühl wie damals, als ich durch die Prärie ritt, die Bäume und Gräser an mir vorbeiziehen ließ und den Wolken folgte.«

Allmählich verstand ich, warum er mir das alles erzählte. Er fürchtete, Rin würde dasselbe Schicksal erleiden wie er. Genauso abstumpfen.

»Ich will nicht, dass Rin alles aufgibt.« Ich wusste, wie sehr er seine Freiheit liebte. Die konnte und wollte ich ihm nicht nehmen. In Ketten würde er vergehen wie eine Blume, der niemand Wasser gab.

»Das wird er tun, wenn er sich für dich entscheidet.« Die Vorstellung schmerzte so sehr, dass sich ein dicker Kloß in meinem Hals bildete.

»Sie machen sich unnötig Sorgen, Roy«, sagte ich mit erstickter Stimme. »Ich kehre bald nach Berlin zurück. Dann stehe ich Rin nicht mehr im Weg.«

Ich spürte, wie Tränen in meine Augen traten. Rasch wandte ich den Blick ab, er sollte das nicht sehen. Ich hatte mit dem Gedanken gespielt, mich für ein Studium in den USA zu bewerben, um bei Rin sein zu können. Es hätte bedeutet, meine Familie nur in den Semesterferien zu sehen, aber das hätte ich für ihn in Kauf genommen.

Nun war alles anders. Mir wurde klar, dass ich ihm schadete. Die Ti'tibrin würden mich nicht dulden, wir konnten nur in meiner Welt zusammen sein. Aber diese Welt war so anders als seine, engte ihn ein. Ich wollte nicht zulassen, dass Rin diesen schmerzhaften Weg ging, den Roy gegangen war.

Roy sah mich lange und nachdenklich an. »Ist es das, was du willst?«

Ich zuckte mit den Schultern. »Es ist das Beste.«

»Wer entscheidet, was das Beste ist? Ich will euch nur warnen, vor dem, was euch bevorsteht, wenn ihr euren Weg fortsetzt. Ihr werdet Kraft und Mut brauchen.«

Der Besuch bei Roy hatte mich sehr aufgewühlt, und seine Worte hatten mich nachdenklich gestimmt. Ich war froh, als mich Ben Pwayton am Nachmittag abholte. Ich hoffte, in den Bergen auf andere Gedanken zu kommen.

»Hast du auch nichts vergessen?«, fragte mich Pway, als ich mit meinem Rucksack zu ihm in den Wagen stieg. Ich schnallte mich an und schüttelte den Kopf. Wenn das meine einzige Sorge wäre.

»Alles okay? Du siehst bedrückt aus«, stellte er fest.

»Das täuscht. Ich habe nicht besonders gut geschlafen.«

»Dann ruh dich jetzt auf der Fahrt aus.« Er schaltete das Radio an. »Killing me softly« ertönte aus den Boxen. Wie passend.

Die Fahrt war insgesamt recht angenehm. Pway nervte mich nicht mit unnötigen Fragen, und mir gelang es tatsächlich, mich ein bisschen zu entspannen. Als Pway schließlich auf einem Campingplatz in der Nähe von Hill City anhielt, fühlte ich mich ausgeruht, hatte neue Kraft getankt. Vor uns parkten drei Wohnwagen, tiefer im Wald entdeckte ich Zelte.

»Wie sieht es mit den Gebühren aus?«, wollte ich wissen, stieg aus und warf mir den Rucksack über den Rücken.

»Lass mal, das hab ich bereits erledigt. Ich war gestern schon mal hier.«

Er lud unsere Sachen aus. Ira und Jack kamen zwischen den Bäumen hervor und winkten uns zu.

»Da seid ihr ja endlich!« Die beiden hielten Händchen und sahen sehr verliebt aus. Mir wurde erst jetzt, da ich sie in solch inniger Zweisamkeit sah, klar, was das für die Aufteilung der Zelte bedeutete.

Natürlich würde das Pärchen in einem eigenen Zelt schlafen wollen. So blieb das zweite Zelt nur für Pway und mich übrig. Der machte sich auch gleich daran, die Gestänge ineinanderzuschieben. Jack half ihm, während Ira und ich unsere Taschen in ihr Zelt brachten.

»Ich habe gehört, du bist hellauf begeistert vom Campen?«

Ira lachte. »Eigentlich bin ich von Jacks Küssen begeistert. Hier sind wir ziemlich ungestört. Du verstehst?«

Die Erwähnung von Jacks Kussfertigkeiten ließ mich an Rins Lippen denken, die so weich und wunderbar waren, dass ich am liebsten gar nicht mehr von ihnen gelassen hätte. Ich vermisste ihn. Schon jetzt. Wie würde es erst sein, wenn ich wieder in Berlin war? Im Augenblick war ich überzeugt, es würde mich umbringen.

»Jack ist der Beste«, sagte Ira und wirkte so unendlich glücklich, dass ich neidisch auf sie wurde. Neidisch, weil sie ihren Jack haben durfte, weil sie beide in Calmwood lebten und sich jederzeit, wann immer sie Sehnsucht nacheinander hatten, sehen konnten. Und wie sah es bei mir aus?

Ich würde nach Hause fliegen und Rin nie wiedersehen. Das war das Beste. Für ihn und wahrscheinlich auch für mich. Nur warum tat es dann so schrecklich weh?

»Süße, du weinst ja!«

Ira nahm mich in die Arme. Das tat gut. »Was ist denn passiert?«

»Schon okay, alles in Ordnung«, erwiderte ich und wischte mir mit dem Handrücken die Tränen aus den Augen.

»Danach sieht das aber nicht aus.«

Ich setzte mich und spürte den Waldboden unter der dünnen Plastikplane hindurch. Kleine Kiesel bohrten sich in meine Jeans.

Was sollte ich Ira erzählen? Dass ich in Rin verliebt war, aber nicht mit ihm zusammen sein konnte, weil er ein Kentaur war? Sie würde mich für verrückt halten. Und das völlig zu Recht.

»Es ist wegen Rin, hab ich recht?«

Oh Gott, ich war so durchschaubar wie eine blanke Fensterscheibe!

»Ja«, sagte ich und seufzte.

»Muss hart sein, wenn man sich frisch verliebt hat und dann nicht zusammen sein kann. Aber schau mal, du kannst uns doch jederzeit in Calmwood besuchen. Wir würden uns alle freuen, dich wiederzusehen.« Sie drückte mich, und ich musste lachen. Das war ja überhaupt nicht das Problem. Aber mehr durfte ich nicht sagen.

Pway kam zu uns. »Es steht!«, verkündete er voller Stolz.

Zum Glück hatte ich genau in dem Moment die letzten Tränen runtergeschluckt. Auf eine Frage- und Tröstrunde hatte ich jetzt keine große Lust. Ich nahm meine Sachen und brachte sie in unser Zelt.

»Gute Arbeit«, sagte ich anerkennend zu Pway, der mir gefolgt war. »Sieht stabil aus.«

»Sieht nicht nur so aus, ist auch so.«

Nachdem ich mich eingerichtet hatte, wollten Jack und Pway zum Sheridan Lake runter, um unser Abendbrot zu organisieren. Ich wollte mit. Mich ablenken. Und Ira aus dem Weg gehen. Sie hatte im Augenblick eine mütterliche Phase, in der sie mich mit noch mehr Fragen über Rin bombardieren würde. Auf die meisten konnte und durfte ich nicht antworten. Also war die Flucht nach vorn die einzige Option.

»Du willst auch angeln?«, fragte Ira verblüfft.

»Wieso nicht? Das macht sicher Spaß«, log ich. Ich war einmal mit Dad angeln gewesen, und das war das Langweiligste, was ich jemals unternommen hatte. Aber jetzt kam es mir gelegen.

»Ich find's gut«, meinte Pway und reichte mir eine Angel. Wir gingen zu dritt los. Ira blieb zurück und passte auf die Sachen auf.

Der Sheridan Lake war beeindruckend groß und das Wasser so klar, dass man vom Ufer aus mehrere Meter weit auf den Grund sehen konnte.

Jack öffnete eine kleine Blechbox mit Ködern und gab mir einen, den ich nur widerwillig entgegennahm und an den Haken meiner Angel steckte.

Das Angeln mit Pway und Jack war nicht halb so einschläfernd wie mit Dad. Pway stand neben mir und erklärte mir in aller Ausführlichkeit, in welchem Winkel ich die Angel am besten auswarf, woran ich merkte, dass ein Fisch angebissen hatte, und wie ich diesen aus dem Wasser bekam.

»Nein, du musst sie so halten«, korrigierte er mich und rückte die Angel in meinen Händen zurecht. Dabei kam er mir so nahe, dass ich seinen Atem an meinem Hals spürte. Ich versuchte, auf Abstand zu gehen, aber Pway blieb eisern. Jack schien von alldem nichts mitzukriegen. Wahrscheinlich war er in Gedanken bei Ira.

Unser Fang konnte sich letztlich sehen lassen. Jeder von uns hatte eine Forelle gefangen, die wir im Lager ausnahmen, aufspießten und über dem Feuer grillten. Sie schmeckten vortrefflich. Pway ließ keine Gelegenheit aus, Ira von meinen fantastischen Fangkünsten zu berichten. Dabei legte er immer wieder den Arm um meine Schultern. Natürlich nur rein freundschaftlich, wie er betonte, als er meinen missbilligenden Gesichtsausdruck bemerkte.

»Hier sind aber nicht viele Leute«, stellte ich fest und deutete zu den Wohnwagen und einem dritten Zelt in der Nähe. Ich hatte mit mehr Gästen gerechnet. Von unseren Campingnachbarn hatte ich bisher keinen einzigen zu Gesicht bekommen.

»Ja, da findet heute auf der anderen Seite des Lakes irgendeine Veranstaltung für Touristen statt«, meinte Ira und knabberte an ihrem Fisch.

»Weißt du, was das genau ist?«, hakte ich nach.

»Nein, leider nicht. Aber ich bin ehrlich gesagt viel zu müde, um das herauszufinden.«

Tatsächlich zogen sich Ira und Jack früh in ihr Zelt zurück. Beide waren nach dem langen Tag sehr erschöpft. Mir ging es nicht gerade besser. »Lass uns schlafen gehen«, schlug Pway vor und löschte das Feuer.

»Na schön«, sagte ich und räumte die Abfälle weg, damit wir nachts keinen ungewollten Besuch von wilden Tieren bekamen. Mir behagte es nicht, dass ich mit Pway allein in einem Zelt würde schlafen müssen. Ich hatte das Gefühl, er würde was bei mir versuchen. Doch vielleicht tat ich ihm unrecht.

Kurz nachdem ich die Fischreste beseitigt hatte, kroch ich ins Zelt und schlüpfte in meinen Schlafsack. Meine Befürchtung bewahrheitete sich schneller, als mir lieb war. Pway rückte dicht an mich heran. Zu dicht.

»Stört dich das?«, fragte er leise. »Es ist so kalt. Ich will mich nur wärmen.«

»Ja, es stört, Pway!« Himmel! Mir war doch auch nicht kalt. Die Schlafsäcke waren für diese Jahreszeit sogar viel zu dick.

»Mach dich mal locker«, knurrte er und rückte von mir ab. Gott sei Dank.

»Ich will nichts von dir, kapiert?« Ich drehte mich um, entschlossen, die Sache endlich aus der Welt zu schaffen. Es war sehr dunkel im Zelt, dennoch konnte ich seine Umrisse ausmachen. Er hatte die Arme hinter dem Kopf verschränkt und blickte zum Zeltdach hoch. »Ja, ist ja gut.« Er klang gereizt. Erst nach einer Weile beteuerte er: »Tut mir leid, wenn ich dir auf den Wecker gehe.«

»Tust du nicht«, lenkte ich ein. Na ja, das war nicht ganz die Wahrheit, aber ich wollte ihn nicht kränken.

»Ich mag dich halt«, kam es zurück.

»Ich mag dich auch, aber nur als ... Freund, verstehst du?«

Er seufzte gequält. »Klar. Ich weiß auch nicht, was mit mir los ist.«

Er stützte den Kopf in die Hand. Obwohl ich sicher war, dass er im Dunkeln genauso wenig wie ich erkennen konnte, hatte ich doch das Gefühl, dass er mich direkt ansah.

»Dass mit meiner Freundin ist noch nicht lange her.«

»Was ist denn passiert?«

»Keine Ahnung. Sie hat einfach Schluss gemacht. Von heute auf morgen. Vielleicht will ich mich davon nur erholen?«

»Eine neue Beziehung anfangen«, ergänzte ich nachdenklich und überlegte, ob ich diesen Schritt nachvollziehen konnte.

»Jein. Ich habe ja nicht absichtlich nach einer neuen Freundin gesucht. Aber als ich dich sah, fand ich dich sofort gut. Du bist hübsch, nett, und ich bin gern mit dir zusammen.«

Nun war ich es, die seufzte.

»Jorani, ich habe es wirklich kapiert. Das war mehr als deutlich. Du hast von mir nichts mehr zu befürchten«, versicherte Pway eilig und drehte mir den Rücken zu. Wie symbolisch. Ich war mir sicher, er war trotzdem verletzt. Und das tat mir leid. An und für sich war er ja ein netter Kerl.

»Lass uns einfach schlafen«, sagte er, und das Gespräch war beendet, was mich nicht unbedingt traurig stimmte.

Ich rollte mich auf die andere Seite. Leider war meine Müdigkeit durch die ganze Aufregung verflogen. Aber Pway fing schon nach kurzer Zeit leise zu schnarchen an. Auch das noch. Ich suchte nach einem Papiertaschentuch, riss zwei kleine Stücke davon ab, knüllte sie zusammen und stopfte sie mir in die Ohren. Ruhe fand ich trotzdem nicht. Im Gegenteil. Das Schnarchen wurde lauter. Und seltsamerweise rhythmischer, bis ich merkte, dass es gar kein Schnarchen war, sondern ein Trommeln. Ich zog die Taschentuchfetzen aus den Ohren und lauschte in die Ferne. Das Trommeln wurde lauter. Was war das? Der Ruf eines Horns hallte durch die Nacht.

Abrupt richtete ich mich auf.

»Was ist los?«, fragte Pway, der durch meine hektische Bewegung aufgewacht war.

»Hörst du das auch?«, flüsterte ich aufgeregt.

»Was?«

»Das Trommeln. Das Horn.«

Wir schwiegen, und er lauschte in die Stille hinein. Doch da war nichts. Vom Zirpen der Grillen und dem gelegentlichen Rufen eines Käuzchens abgesehen.

»Du hast sicher schlecht geträumt«, beruhigte er mich.

»Ich habe ja noch gar nicht geschlafen.«

»Dann hast du vielleicht eine blühende Fantasie? Ich höre jedenfalls nichts.«

Wir legten uns wieder hin. Möglicherweise hatte er recht. Meine Nerven waren so angespannt, dass ich sicherlich schon Dinge hörte, die gar nicht da waren.

Ich versuchte weiterhin vergeblich einzuschlafen. Es war zu warm in meinem Schlafsack, also ließ ich meine Arme draußen. Von wegen, sich aneinander wärmen.

Wenigstens hatte Pway seine Versuche, mich anzumachen, eingestellt. Ich hoffte, dass es dabei blieb. Kurz bevor mich endlich die Müdigkeit übermannte, erklang es erneut. Nun war ich mir sicher, das gleichmäßige Trommeln konnte keine Einbildung sein.

»Da ist es wieder.«

»Jetzt höre ich es auch«, sagte Pway zu meiner Erleichterung. Ich war also nicht verrückt.

Plötzlich machte sich jemand am Reißverschluss unseres Zeltes zu schaffen. Ich knipste rasch eine kleine Taschenlampe an und richtete ihren Strahl auf den Eingang. Ira schaute durch den Spalt. Geblendet kniff sie die Augen zusammen. »Autsch.«

»Sorry.« Ich richtete den Strahl der Taschenlampe nach unten.

»Dürfen wir zu euch rein?«

»Natürlich.«

Sie krabbelten herein, Ira setzte sich zu meinen Füßen, Jack neben mich. Beide wirkten unendlich müde, ihre Augen waren leicht geschwollen, vermutlich hatten sie bereits geschlafen. Im Gegensatz zu mir.

»Was ist denn los?«, fragte Pway gereizt. »Hat man denn hier nie seine Ruhe!«

»Wir haben plötzlich diese Trommeln gehört«, erklärte Ira. »Weiß jemand von euch, was das zu bedeuten hat?«

»Vielleicht hat das was mit dem Geistertanz zu tun?«, warf Pway ein und richtete sich schließlich auch auf. Er sah ziemlich fertig aus. Seine blonden Haare standen nach allen Seiten ab.

»Geister?« Ira wurde blass. Ihre Hand tastete nach Jacks.

»Das sind doch keine echten Geister«, meinte er.

»Woher willst du das wissen?«

»Jetzt sagt mir nicht, ihr habt damals im Schulunterricht nicht aufgepasst, was es mit dem Geistertanz auf sich hat«, unterbrach Pway die beiden. Ich wusch meine Hände in Unschuld. Den Geistertanz hatten wir im Unterricht nicht durchgenommen.

»Klärt ihr eine Unwissende auf?«, bat ich.

»Der Geistertanz wurde als friedliches Mittel von den Ureinwohnern eingesetzt, um gegen die Zerstörung ihrer Lebensgrundlagen zu demonstrieren. Männer und Frauen verschiedener Stämme versammelten sich, bildeten Kreise und tanzten zum Klang der Trommeln«, erzählte Pway, und alle lauschten ihm gespannt. »Sie hofften, die Eroberer würden verschwinden, damit sie zu ihren alten Lebensweisen zurückkehren könnten.«

»Soweit ich weiß, waren die Tänze aber nicht in den Black Hills«, sagte Jack.

Pway zuckte nur mit den Schultern.

»Wann war das denn überhaupt?«, wollte ich wissen.

»Um 1860 herum.«

»So etwas in der Art hatte ich mir gedacht. Und wer tanzt nun dort draußen?«

»Wahrscheinlich sind es die Geister der Ureinwohner.« Pway machte eine Spukgeste. Aber keiner von uns konnte darüber lachen.

»So ein Unsinn«, meinte Jack schließlich, doch auch er klang nicht vollends überzeugt.

»Du hältst das also für Unsinn? Wir können ja mal nachsehen, was sich dahinter verbirgt«, schlug Pway vor. Ich hielt nichts von dieser Idee. Vielleicht waren es die Kentauren, die ihre Me'solbrem feierten. Wenn die anderen sie sahen, wäre das äußerst fatal! Aber Pway und Jack gerieten zusehends mehr in Abenteuerlaune.

»Okay. Ich bin dabei. Was ist mit dir, Ira?« Jack schaute sie aufmunternd an, aber Ira schüttelte so heftig den Kopf, dass ihre blonden Haare durch die Luft flogen. »Niemals! Ich bin doch nicht von allen guten Geistern verlassen.«

»Geister, das ist das richtige Stichwort«, neckte Pway. »Ihr Mädels könnt ja gerne hierbleiben.«

»Gut«, mischte ich mich ein. Irgendwer dort draußen hatte in sein Horn geblasen, und ich konnte nur hoffen, dass es nicht Kronn war. Sonst säßen wir alle in der Klemme.

Pway schien mit meiner Antwort alles andere als zufrieden. Er machte eine beleidigte Miene und zuckte mit den Schultern. »Na schön. Aber was passiert, wenn die Geister zum Lager kommen, und ihr seid allein?«

Ira sah mich ängstlich an.

»Aua«, zischte Jack. »Du drückst mir ja fast die Hand ab.«

»Entschuldige!«

»Unsinn, hier kommt niemand her«, sagte ich.

»Woher weißt du das?«

»Eben, woher weißt du das?«, machte Pway Ira nach. »Ernsthaft, ich fände es besser, wenn wir zusammenblieben.«

»Das sehe ich genauso. Ira bleibt bei mir.« Jack nahm sie besitzergreifend in den Arm und lachte.

»Ganz meine Meinung. Nur sollten wir hier auf dem Campingplatz bleiben, wo wir in Sicherheit sind.«

»Vor Geistern ist man nirgends sicher.« Jack und Pway krochen aus dem Zelt. Ira folgte ihnen. Ich war plötzlich allein, was mir nicht sonderlich behagte. Also ging ich auch nach draußen, gezwungenermaßen. Falls es tatsächlich die Kentauren waren, die wir hörten, würde ich zumindest Schadensbegrenzung betreiben können.

»Wahrscheinlich sind das nur ein paar Kinder, die Musik machen«, versuchte Ira, alle zu beruhigen, doch der Versuch misslang.

»Um diese Uhrzeit?« Ich war nicht die Einzige, die echte Zweifel an dieser Theorie hatte.

Wir kramten unsere Sachen zusammen, schnallten die Rucksäcke auf und folgten den Klängen. Pway und ich nahmen je eine Taschenlampe mit. Die beiden Jungen gingen voran. Ira fasste nach meiner Hand. Sie zitterte. Ich versuchte, ihr ruhig zuzureden, aber es hatte kaum einen Sinn. Je lauter das Trommeln wurde, desto nervöser wurde sie.

Es klang gespenstisch. Ein monotoner, gleichmäßiger Rhythmus. Dumpf. Pochend.

»Vielleicht sollten wir doch lieber umkehren?«

»Spinnst du, Ira? Doch nicht so kurz vor dem Ziel!«, erwiderte Pway.

»Es wird sich gleich aufklären. Alles ist ganz harmlos«, versprach ich und hoffte, dass ich recht hatte.

Wir folgten dem Weg um den Sheridan Lake herum. An einer Kreuzung blieben wir stehen. Ira trat nervös von einem Fuß auf den anderen, während Jack und Pway versuchten, sich zu orientieren. In Richtung Norden wurde das Trommeln lauter.

»Dort entlang.«

Wir folgten Pway, der mutig voranschritt. Plötzlich kreischte Ira auf und sprang in die Luft. »Da ist etwas! Nehmt es weg! Schnell!«

Sofort brach Panik aus. Jack stürzte zu ihr, hob sie auf den Arm, und Pway hatte plötzlich ein Taschenmesser in der Hand. Auch ich war einige Schritte zurückgewichen und suchte den Waldboden mit meiner Taschenlampe ab. In Iras Nähe entdeckte ich einen zusammengerollten Igel, der sich genauso erschreckt hatte wie sie.

»Mann, das ist doch nur ein Stachelschwein«, schimpfte Pway. »Reißt euch mal zusammen.«

»Ein Igel«, verbesserte ich ihn.

»Völlig gleich. Habt euch nicht so.«

Wir gingen weiter. Die Anspannung wuchs mit der Lautstärke der Trommeln. Jetzt waren auch Stimmen zu hören. Laute, leise, hauchende, murmelnde Stimmen. Ich verstand nicht, was sie sagten.

Jack legte schützend den Arm um Ira, und ich wünschte inständig, Rin wäre bei mir gewesen, um mich ebenfalls zu beruhigen. Stattdessen stand plötzlich Pway neben mir.

»Keine Sorge«, sagte er leise. »Ich werde uns verteidigen. Wenn nötig.« Lässig wirbelte er mit seinem Messer herum.

»Steck das lieber weg, sonst verletzt du noch jemanden.« Er zog eine Grimasse, tat es aber dennoch.

Langsam erklommen wir den Hügel. Die Bäume sahen wie riesige spindeldürre Schattengestalten mit langen Armen und Fingern aus, die wiederum tausende Verzweigungen hatten. Als das Horn erneut erklang, zuckte ich vor Schreck zusammen. Pway nutzte die Gelegenheit, um meine Hand zu ergreifen.

»Nur ein Horn«, sagte er, weil er offenbar glaubte, ich hätte das nicht erkannt. Ich löste mich aus seinem Griff und brachte Abstand zwischen uns.

Endlich gelangten wir auf den Gipfel des Hügels. Von hier aus hatten wir einen guten Blick. Am Fuße des Felsens brannte ein riesiges Feuer auf einem freien Platz, der von mehreren Ständen umgeben war. Und tatsächlich tanzten einige Männer und Frauen in Kostümen zum Rhythmus der Trommeln. Sie sahen allerdings nicht wie Geister aus, sondern viel mehr wie Animateure, die zu viel Bier getrunken hatten.

»Was zum Geier ist hier los?«, fragte sich nicht nur Pway, doch er war der Einzige, der es aussprach.

»Jetzt erinnere ich mich, was auf den Plakaten am Schwarzen Brett des Campingbüros stand.« Ira schlug sich die Hand gegen die Stirn. »Das ist gar keine Veranstaltung für Touristen. Die feiern hier ihr 20-jähriges Jubiläum!«

»Das hätte dir früher einfallen sollen«, sagte Pway gereizt.

Nacheinander gingen wir den Hügel hinunter und mischten uns unter die Camper, die ausgelassen feierten.

Junge Männer mit freien Oberkörpern sprangen in akrobatischen Posen über die meterhohen Flammen des Lagerfeuers. Um sie herum hatte sich eine Traube aus Schaulustigen gebildet, welche die Jungen anfeuerten und kräftig applaudierten. Ich geriet zufällig in die Nähe eines Tänzers, der mich mit einem feurigen Blick bedachte, ehe auch er einen gewagten Sprung hinlegte.

Er erhielt stürmischen Applaus und tanzte sich förmlich die Seele aus dem Leib. Ein paar hübsche Mädchen klatschten im Takt und jubelten, als er ein zweites Mal durch das Feuer sprang, ohne die Flammen berührt zu haben.

Am Rande des Geschehens entdeckte ich einige Musiker, die kräftig ihre Trommeln schlugen. Auch ein Hornbläser befand sich unter ihnen. In der Nähe machte ich einen Stand mit Getränken aus. Meine Kehle fühlte sich nach der ganzen Aufregung so trocken an, dass ich unbedingt etwas trinken musste.

»Ich bin gleich wieder da«, sagte ich zu Ira und lief um das Feuer herum.

Eine nette Dame drückte mir einen Becher Limonade in die Hand.

»Wohl bekomm's«, sagte sie freundlich.

»Danke.«

Als ich zum Feuer zurückging, waren Ira, Jack und Pway verschwunden. Ich sah mich nach ihnen um, konnte sie aber nirgends in der Menge entdecken. Wahrscheinlich trieben sie sich bei den Ständen herum.

Es war überraschend, wie viele Camper sich hier eingefunden hatten. Nicht alle stammten von unserem Platz.

Da huschte plötzlich ein Schatten an mir vorbei. Es war der junge Tänzer, der die Hände über den Kopf hob und die Menschen zum Klatschen animierte. Seine dunklen Haare waren mit Federn geschmückt. Um seinen Hals hing eine Holzperlenkette, die ihm bis zur Hüfte reichte. Ein tolles, sehr körperbetontes Kostüm.

Ich nippte an meinem Becher und spülte das prickelnde Fruchtgetränk meine schmerzende Kehle hinunter.

»Für Sie, schöne Frau«, sagte er zu mir und nahm Anlauf. Mit der Grazie eines jungen Gottes sprang er über die Flammen und blieb direkt vor mir stehen, als hätte er es nur auf mich abgesehen. All die anderen hübschen Mädchen, die ihm Liebesschwüre zuriefen und Kusshände sandten, beachtete er nicht.

Seine dunklen Augen zogen mich förmlich in ihren Bann. Mir wurde ganz schwach. Der Becher mit der kühlen Limonade glitt mir aus der Hand und fiel zu Boden. Ich verspürte den Drang, den Fremden zu küssen. Seine Lippen kamen meinem Mund verdächtig nah. Doch im letzten Moment wich er zurück und tanzte weiter, als wäre nichts geschehen.

Ich fühlte mich eigenartig leer, weil er mir den Kuss verweigert hatte, und suchte meinen Becher. Als ich ihn zu meinen Füßen fand, hob ich ihn auf. Und ich kam viel zu schnell wieder hoch. Schwindel befiel mich, ich drohte hinzufallen. Jemand hinter mir fing mich auf. Die Stimmen wurden lauter. Der Tänzer stellte sich vor mich und ließ anzüglich seine Hüften kreisen. Dann kräuselte er die Lippen. Allmählich verstand ich. Er wollte mich reizen. Ein freches Zwinkern, und er wandte sich wieder dem Feuerspiel zu.

Leute klatschten und jubelten, spornten ihn durch Zurufe an. Zusammen mit seinem Partner sprang er über die Flammen.

»Kann ich Ihnen helfen?«, fragte mich der ältere Herr besorgt, der mich stützte. Ich löste mich von ihm.

»Nein, nein. Alles in Ordnung.« Mein Magen rumorte. Ich wollte lieber zurück zu den Zelten. Da entdeckte ich Pway auf der anderen Seite des Feuers. Ich winkte ihm zu. Er merkte, dass etwas nicht mit mir stimmte.

»Was ist los, Jorani?«

»Ich weiß es nicht … ich habe Bauchschmerzen.«

»Hoffentlich kommt das nicht vom Fisch.«

»Keine Ahnung. Ich möchte nur noch schlafen.«

»Okay, wir machen Folgendes. Ich sage Ira und Jack

Bescheid, und dann bringe ich dich zu den Zelten zurück. In diesem Zustand läufst du mir nicht allein durch den Wald.«

Ich war ihm unendlich dankbar. Dafür, dass er so schnell einsichtig war, und dafür, dass er mir helfen wollte.

»Du bist ein echter Freund.«

In dem Moment kamen Jack und Ira auf uns zu. Beide hatten sich Maiskolben von einem der Stände organisiert.

»Jorani fühlt sich nicht gut«, klärte Pway die beiden auf. Ira musterte mich besorgt von oben bis unten. »Du siehst wirklich nicht besonders gesund aus, hoffentlich brütest du nichts Ernstes aus«, meinte sie und drückte mich. »Leg dich hin.«

»Mach ich.«

Der Weg zum Lager war nicht sonderlich beschwerlich. Ich hatte sogar das Gefühl, wir kämen nun schneller vorwärts als auf dem Hinweg. Schon bald konnten wir unsere Zelte sehen. Die Bauchschmerzen wurden schlimmer. Ich kroch in meinen Schlafsack, während Pway seinen Rucksack durchwühlte. »Ich finde das blöde Schmerzmittel nicht. Hoffentlich habe ich es nicht zu Hause vergessen.«

»Es geht schon«, murmelte ich.

Pway legte mir die Hand auf die Stirn und erschrak. »Du hast ja Fieber!«

Ich hatte davon nichts gemerkt. Mir war nur eisig kalt.

»Vielleicht ist es besser, wenn ich dich ins Krankenhaus bringe.«

»Nein. Wird schon wieder. Ehrlich.«

»Na schön«, gab Pway nach. »Aber wenn es dir schlechter geht, sagst du Bescheid, versprochen?«

Ich nickte und schloss kurz die Augen. Als ich sie wieder öffnete, züngelten die Flammen des Lagerfeuers vor mir auf. Wollte Pway mich nicht zu den Zelten zurückbringen? Warum stand ich dann noch immer auf dem Festplatz nördlich des Sheridan Lakes?

Der Tänzer suchte meine Aufmerksamkeit, indem er demonstrativ auf mich deutete. Seine Bewegungen waren so kraftvoll, so geschmeidig und präzise, dass ich ihn für seine unglaubliche Körperbeherrschung nur bewundern konnte. Die Flammen schossen immer höher, und es gelang ihm dennoch jedes Mal von neuem, über sie zu fliegen. Seine schwarzen Haare wehten. Mädchen jubelten.

Dann stand er dicht vor mir. Fast berührten sich unsere Lippen. Mir war unendlich heiß. Ich spürte die Flammen auf meiner Haut. Es brannte nicht, aber die Hitze war unerträglich. Alles wiederholte sich. Er tanzte immer weiter und weiter. Und die Leute jubelten ohne Unterlass.

Ich schrak aus dem Schlaf hoch.

»Alles in Ordnung?«, fragte Pway. Und schon war ich wieder auf der Feier, und der Tänzer verführte mich mit seinen feurigen Augen. Ich spürte instinktiv, dass etwas nicht stimmte, aber ich konnte es nicht greifen.

»Was machen wir nur?«, hörte ich Ira. Aber ich konnte sie nirgends sehen.

»Sie fiebert schon die ganze Nacht.«

»Fass mal ihre Stirn an.«

»Die ist immer noch heiß.«

»Wir sollten einen Krankenwagen rufen.«

Der Tänzer fuhr sacht meine Taille hinauf, ließ sein Becken kreisen, bewegte es anzüglich vor meinen Augen, als wollte er mich verführen. Oh, diese Hitze. Mein Blut kochte bereits. Schweiß rann mir über die Stirn.

Seine Lippen. Ich konnte sie fast schmecken. Nur ein winziges Stück fehlte, und unsere Münder würden ineinanderfließen. Süß, sinnlich, herb. Er roch nach Wald und Pferd.

Plötzlich stieß er einen Schrei aus, der mich zusammenzucken ließ. Keuchend sank er vor mir auf die Knie. Ein Tomahawk steckte in seinem Rücken. Erschüttert wich ich zurück. Blut quoll aus der Wunde, floss über seinen zuckenden Körper. Ein roter See bildete sich unter ihm.

Niemand tat etwas, alle standen nur um das Feuer herum und starrten den jungen Mann an. Der brach zu meinen Füßen zusammen, rollte sich zur Seite und versuchte mit beiden Händen, den Tomahawk zu erreichen, ihn aus seinem Rücken zu ziehen, doch sie reichten nicht heran.

»Helft ihm doch«, rief ich.

»Jorani, bist du wach?«

Er drehte den Kopf zur Seite. Jetzt erkannte ich sein Gesicht. Es war Rin! Erschrocken taumelte ich zurück.

»Nein!«, schrie ich auf und schlug die Hände auf die Brust. Das konnte nicht sein! Rin war nicht auf dem Fest, er war in seinem Dorf, in Sicherheit. Aber wieso lag er dann zu meinen Füßen?

Seine Augen waren weit aufgerissen. Blut rann aus seinem Mund und sickerte in die Erde. Hinter ihm sprang ein weiterer Tänzer über das Feuer. Er beachtete den Sterbenden nicht.

»Jorani, wach auf, du träumst!«

Jemand griff nach meinen Schultern und rüttelte mich.

»Jorani?«, rief Pway.

Mir war schlecht. Ich stieß ihn zur Seite und taumelte aus dem Zelt. Pway und die anderen folgten mir. Ich konnte mich nicht länger auf den Beinen halten, sank auf die Knie und übergab mich in ein Gebüsch.

Was für ein Alptraum! Das alles war so echt gewesen! Der Tänzer hatte wie Rin ausgesehen. Doch nur für den Moment, in dem er am Boden gelegen hatte. Mein Herz raste. Ein zweiter Schwall Übelkeit stieg in mir hoch.

Was hatte das nur zu bedeuten?

Rin, am Boden, in einer Blutlache. Ein Tomahawk, der in seinem Rücken steckte. Seine starren Augen, die in die Ferne blickten, mich nicht mehr erkannten. Oh Gott.

Pway stand neben mir und half mir auf. Erst jetzt merkte ich, dass bereits helllichter Tag war. Ira und Jack standen dicht hinter ihm. Sie waren vor Sorge um mich kreidebleich.

»Mir geht es schon besser«, versicherte ich. Zumindest, was meinen Kreislauf anbetraf. Die anderen schienen nicht ganz so überzeugt wie ich.

»Ich kümmere mich um sie«, versicherte Pway, nahm mich zur Seite und lief mit mir ein Stück in den Wald. Die frische Luft kühlte mein erhitztes Gemüt ab. Meine Stirn, die eben noch geglüht hatte, wurde langsam wieder kalt. Das Fieber war weg.

Aber meine Beine waren noch schwach, so dass ich eine Pause einlegen musste. Vorsichtig setzte ich mich auf einen Baumstumpf. Allmählich ging es meinem Magen besser. Er rumorte zwar leise, aber das Gefühl, sich noch einmal übergeben zu müssen, war verschwunden.

Pway hockte sich vor mich. Behutsam legte er mir eine Hand aufs Knie. Dieses Mal wehrte ich ihn nicht ab. Im Gegenteil. Ich war dankbar, dass er bei mir war, sich um mich kümmerte. Auch wenn er mir nicht wirklich helfen konnte. Ich versuchte, mich zu beruhigen. So einen intensiven Traum hatte ich noch nie gehabt. Er war so greifbar gewesen.

»Wir machen uns große Sorgen, Jorani«, gestand er. »Wir denken alle drei, es wäre das Beste, wenn wir dich ins Krankenhaus bringen.«

»Was?«

»Sieh mal, die haben viele Möglichkeiten und …«

»Nein, ich … ich gehe nicht ins Krankenhaus. Mir geht's schon viel besser.« Ich fasste meine Stirn an, die wieder kühl war. »Überzeug dich selbst«, sagte ich. Pway tat es und nickte. »Fühlt sich tatsächlich besser an. Trotzdem. Du wirkst nicht gerade so, als könntest du Bäume ausreißen.«

Er hatte ja recht. Und ich konnte seine und die Sorge der anderen sehr wohl verstehen. Trotzdem wollte ich unter keinen Umständen ins Krankenhaus. Ich ahnte, dass mich die Ärzte gleich dort behalten würden, und das wollte ich auf keinen Fall.

»Ich möchte einfach nur nach Calmwood«, sagte ich ruhig.

»Okay. Ich fahr dich zum Desert Spring.«

Ich war erleichtert, dass Pway so schnell aufgab. Wahrscheinlich war er selbst unsicher, was das Richtige war.

Wir gingen zurück zu den Zelten. Ich nahm meinen Rucksack und stieg in Pways Wagen. Jack und Ira schauten durch das offene Fenster zu mir herein.

»Du machst ja vielleicht Sachen. Gute Besserung, Süße«, wünschte mir Ira.

Dann startete Pway den Motor und fuhr los. Wir nahmen den breiten Waldweg, der für Fahrzeuge vorgesehen war. Der frische Wind, der zu uns hereinwehte, tat mir gut. Ich atmete tief durch, versuchte, mein Herz und meinen Kreislauf zu beruhigen. Aber den Traum konnte ich nicht vergessen. Er war so echt gewesen, dass ich selbst jetzt noch eine Gänsehaut bekam.

»Soll ich Musik anmachen?«

»Ja, bitte.«

Ich merkte, wie umsichtig er das Auto lenkte, damit mir nicht übel wurde. Er verzichtete auf abruptes Bremsen und fuhr in einer angenehmen Geschwindigkeit, die meinen Magen schonte.

Als wir das Ortsschild von Calmwood endlich passierten, atmete nicht nur ich, sondern auch Pway erleichtert auf.

»Vielen Dank, du hast was gut bei mir«, sagte ich, nachdem er den Wagen vor dem Café geparkt hatte.

»Nein, nicht dafür.«

Ich schnallte mich ab und stieg aus. Vorsichtig schlug ich die Wagentür zu und schaute durch das offene Fenster zu ihm hinein. »Und was machst du jetzt? Fährst du wieder zurück?«

Er zuckte mit den Schultern. »Ich denke schon.«

»Tut mir wirklich leid, dass ich euch den Spaß verdorben habe.«

»Hast du nicht. Außerdem kannst du doch nichts dafür. Leg dich am besten gleich hin. Und gute Besserung.«

»Danke. Mach ich.«

Tante Abigail erschrak, dass ich schon wieder zurück

war. Natürlich fiel ihr auf, wie blass ich war. Rasch machte sie mir einen Kamillentee und schickte mich sofort ins Bett. Ich war dankbar für ihre Fürsorge. Auch Pway hatte sich erstklassig verhalten. Ich bekam sogar ein schlechtes Gewissen, weil ich zuvor nicht unbedingt positiv von ihm gedacht hatte.

Jetzt, da ich wieder in meinem Bett lag, ging es mir schon viel besser.

»Was ist denn nur passiert?«, fragte Tante Abigail besorgt und stellte den Tee auf dem kleinen Tischchen neben dem Bett ab.

»Der Fisch war schuld«, vermutete ich, ohne einen echten Beweis dafür zu haben. Schließlich hatten die anderen ja auch Fisch gegessen.

»Mein armes Mäuschen. Kann ich irgendwas für dich tun?«

»Im Moment nicht. Danke.« Sie war so lieb zu mir.

»Wenn etwas ist, ruf mich sofort!«

»Natürlich.«

Sie verließ mein Zimmer, und ich schlief erstaunlich schnell ein. Mein Schlaf blieb unruhig. Immer wieder wachte ich auf, schreckte aus einem Traum, in dem der Tänzer eine Hauptrolle spielte. Jedes Mal verwandelte er sich in Rin, der vor meinen Augen zusammenbrach. Nur das Fieber blieb aus.

»Verdammt, was soll das?«, schrie ich den Fremden an, als ich ihm wieder gegenüberstand. Aber der Ablauf veränderte sich nicht. Ich konnte ihn nicht beeinflussen. Das brachte mich so in Rage, dass ich vor Wut schrie. Nicht nur im Traum. Auch in der Wirklichkeit hallte mein Schrei durch das ganze Haus.

»Jorani, was ist denn los?«, fragte Abigail aufgelöst,

die schnell zu mir hochgekommen war. Ich weinte. Die Haare klebten mir schweißnass am Kopf. Es dauerte nicht lange, da hatte auch ein Zittern meinen ganzen Körper erfasst.

»Ich träume andauernd dasselbe«, sagte ich und schluchzte. Ich fühlte mich hilflos, fast ohnmächtig, weil ich diese Träume nicht abschalten konnte.

Meine Tante setzte sich zu mir ans Bett und nahm mich in den Arm. »Sssht, ganz ruhig. Ist doch nur ein Traum, Kleines.«

Vielleicht war es aber mehr als das?

Es fühlte sich echt an. Verdammt echt.

Nachdem ich mich beruhigt hatte, begleitete ich meine Tante ins Café hinunter und versuchte, mich durch ein Kartenspiel mit Roger abzulenken. Inzwischen war ich so weit bei Kräften, dass ich mir das zutraute.

»Du bist unkonzentriert«, stellte Roger fest, als er zum fünften Mal hintereinander gewann. Doch es ging mir gar nicht darum zu gewinnen. Ich wollte nur nicht allein sein, fürchtete mich vor den Träumen und davor einzuschlafen.

Das war auch der Grund, warum ich das Zubettgehen so lange wie möglich hinauszögerte. Ich spürte instinktiv, dass der Traum zurückkehren würde.

Es ist doch nur ein Traum, hallten Abigails Worte in meinen Ohren nach. Aber tief in meinem Innersten wusste ich, dass es mehr war als das. Es war eine Botschaft. Eine Vision. Ich weiß nicht, wie ich diese Nacht überstand, doch am nächsten Morgen fühlte ich mich wie gerädert. Ich lag den ganzen Tag im Bett, döste immer wieder ein und wachte schließlich schweißgebadet am Abend auf. Erneut hatten mich schlimme Alpträume geplagt. Das war nicht mehr normal! Ich musste irgendetwas unternehmen. So konnte es nicht weitergehen. Ich merkte, dass sich meine Tante schrecklich sorgte. Meine schlechte Verfassung gab zugegebenermaßen allen Anlass dafür.

»Möchtest du nicht doch zum Arzt gehen?«, fragte sie mich und stellte Tee und Kuchen auf meinen Tisch.

»Der kann mir auch nicht helfen.«

»Und woher willst du das wissen?«

Ich zuckte mit den Schultern. Was sollte der schon tun? Mir Beruhigungspillen verschreiben? Danke, darauf konnte ich verzichten. Es gab nur eine Person, die mir in dieser Situation wirklich helfen konnte. Die wusste, was zu tun war. Und ich beschloss, ebendiese Person aufzusuchen und um Rat zu fragen. Nachdem das Café geschlossen und meine Tante zu Bett gegangen war, schlüpfte ich in Jeans und T-Shirt und schlich mich hinaus. Ganz leise, damit ich Abigail nicht aufweckte. Sie würde es mir verbieten, in meinem Zustand jetzt noch rauszugehen.

Ich wusste, dass es eigentlich viel zu spät war, um bei ihm zu klingeln, aber ich hatte keine andere Wahl. Ich musste ihn unbedingt sprechen. Wenn es jemanden gab, der mir helfen konnte, dann war es Roy.

Leise öffnete ich das Gartentor, das er glücklicherweise nicht abgeschlossen hatte, und ging den Sandweg zum Haus hinauf. Ich klingelte. Ein schriller Signalton ließ mich zusammenschrecken. Trotz der Lautstärke reagierte niemand. Nur ein Hund bellte auf der anderen Seite der Tür. Seufzend klingelte ich ein zweites und sogar ein drittes Mal. Dann vernahm ich Schritte, die sich rasch näherten.

Abrupt wurde die Tür aufgerissen, und Roy im Schlafanzug starrte mich mürrisch an.

Ich wich instinktiv zurück.

»Jorani?«, fragte er ungläubig.

»Bitte entschuldigen Sie die späte Störung. Ich wollte Sie nicht wecken.«

»Das hättest du dir überlegen müssen, bevor du hier Sturm klingelst.«

»Was ist denn los, Darling?«, war von oben zu hören.

»Meine Frau«, warf Roy erklärend ein.

»Ich muss Sie sprechen. Es geht um Rin, und es ist dringend.«

»Ich hätte mich nicht in eure Angelegenheiten einmischen sollen. Jetzt hab ich den Salat«, sagte er verärgert. Dann verdrehte er die Augen, als hätte er genau das kommen sehen.

»Alles in Ordnung, Liebling«, rief er zurück und schloss die Tür hinter sich.

»Setzen wir uns in den Garten.«

Drinnen tobte noch immer der Hund, als wir uns vom Haus entfernten. Roy bot mir einen Platz auf der alten Hollywoodschaukel an, die mit Federn und Traumfängern geschmückt war.

»Was ist passiert?«

»Ich glaube, ich hatte so etwas wie eine Vision.«

»Langsam, langsam … wie meinst du das?«

»Na ja, ich hatte einen Traum, der immer wiederkehrt. Verstehen Sie? Es passiert immer wieder dasselbe.«

»Ein Déjà-vu?«

Ich setzte mich. Die Schaukel quietschte. Durch den Regen musste sie über die Jahre hinweg eingerostet sein.

»Ja und nein. Es war mehr als das. Ich hatte wirklich das Gefühl, dass Rin Gefahr droht.«

Nachdenklich fuhr er sich mit der Hand über das kantige Kinn. »Was hast du genau gesehen?«

»Er lag am Boden. Blut rann aus seinem Mund, und ein Tomahawk steckte in seinem Rücken. Ich ... sah ihn sterben.« Die Erinnerung an diese Bilder versetzte mich erneut in Aufruhr, und mein Magen meldete sich. Ich drückte eine Hand auf den schmerzenden Bauch, in der Hoffnung, Schlimmeres zu verhindern.

»So etwas ist mir noch nie passiert. Ich meine, ich besitze keine besonderen Fähigkeiten. Ich bin ein ganz normales Mädchen. Wo kamen diese Bilder plötzlich her?«

Roy schwieg beharrlich. Ich war nicht sicher, ob er mir überhaupt zugehört hatte. Er nahm neben mir Platz und schlug ein Bein über das andere. Gedankenverloren zupfte er Gräser und Halme von seinen nackten Fußsohlen.

»Roy?«

»Verstehe«, sagte er schließlich, nachdem er seine meditative Reinigungsprozedur beendet hatte. »Alles kommt, wie ich es befürchtet habe.«

»Roy, wenn Sie etwas wissen, dann müssen Sie es mir sagen«, flehte ich ihn an.

»Ich weiß nicht, was es mit deiner Vision auf sich hat. Vermutlich hast du recht, und er wird in Schwierigkeiten geraten«, sagte er sachlich. Ich war entsetzt, wie er dabei so ruhig bleiben konnte.

»Was deine andere Frage angeht, so kann ich sie beantworten. Ich befürchte, die Verschmelzung hat bereits stattgefunden.«

»Die was?«

Er verdrehte die Augen angesichts meiner Unwissenheit.

»Für die Ti'tibrin E'neya ist die Gemeinschaft das höchste Gut. Sie leben in Familienverbänden, in Clans, die wiederum einem Stamm angehören. Doch es ist selten, dass sie eine Paarverbindung eingehen, die tief genug für eine Verschmelzung ist. Das liegt zum einen daran, dass nicht viele von uns übrig sind. Zum anderen haben wir mehr Zeit als ihr, um die richtige Gefährtin oder den richtigen Gefährten zu finden. Doch wenn sie Verbindungen dieser Art eingehen, sind sie sehr stark. Sehr intensiv. Es kann so weit gehen, dass ihre Seelen miteinander verschmelzen. Sie werden Malhamoti und Malhamota. Eins. Und das ist ziemlich wörtlich zu verstehen. Wenn ich recht habe, dann ist ein Teil von ihm in dir. Dieser Teil hat dir die Bilder geschickt, die du gesehen hast.«

Ich erinnerte mich an die traurige Geschichte von Malhamoti und Malhamota, die Rin mir erzählt hatte. Als er mich Malhamota genannt hatte, hatte ich mir gewünscht, dass wir uns tatsächlich auf ähnliche Weise miteinander verbinden würden. Dass es nun allem Anschein nach genau so war, überraschte mich dann doch. Hatte er womöglich bereits zu dem Zeitpunkt gespürt, dass ich seine Seelengefährtin war? Das konnte nicht sein. Nicht nach so kurzer Zeit. Roy schien meine Gedanken erraten zu haben.

»Manches ist nicht mit Sachverstand zu erklären. Wenn ihr füreinander bestimmt seid, dann spielt Zeit keine Rolle.« Ja, das würde erklären, wieso ich seine Gegenwart spüren konnte, obwohl er nicht bei mir war.

Vielleicht hatte ich doch mehr von meiner Großmutter geerbt, als ich dachte. Dad hatte mir oft von ihr erzählt. Sie war eine Lakota gewesen, die, ähnlich wie Rin, gut mit Tieren umgehen konnte und an Geister glaubte. War ich deswegen empfänglicher für solche Dinge als andere?

»Aber … wann und … wie … ist das passiert?«

»In einem Moment der Innigkeit, in dem du bewusst oder unbewusst entschieden hast, Malhamota zu werden.« Er klang ungeduldig. Ich hatte das Gefühl, er wollte schnell wieder ins Haus. Aber noch würde ich ihn nicht entlassen.

»Was soll ich nur tun? Ich spüre, dass er in Gefahr ist, dass jemand ihn bedroht. Ich muss ihn irgendwie warnen.« Jetzt war ich mir noch viel sicherer, dass es sich wirklich um eine Vision handelte.

»Eine gute Idee, Mädchen. Aber nun lass mich wieder ins Bett gehen.«

Er wandte sich ab, doch ich holte ihn rasch ein und stellte mich ihm in den Weg. »Das ist nicht so einfach, Roy. Ich brauche Ihre Hilfe dafür. Ich kann nicht zu ihm, weil ich nicht weiß, wo dieses Dorf ist. Aber Sie wissen es. Sie waren dort, haben dort gelebt. Sie kennen den Weg. Zeigen Sie ihn mir. Bitte.«

Roy brach in heiseres, ächzendes Gelächter aus. »Das kann nicht dein Ernst sein, Mädchen. Du erwartest, dass ich dich nach Ven'Callas bringe?«

In der Tat, genau das erwartete ich.

»Das ist unsere einzige Chance.«

Das Lachen verklang. Roys Gesicht wurde sehr ernst, die Falten auf seiner Stirn noch tiefer. »Nein. Nev, nev, nev.«

»Bitte, Roy.«

Er schob mich zur Seite und ging zur Tür. Aber ich ließ mich nicht abwimmeln.

»Roy, Sie sind meine letzte Hoffnung.«

Er hielt inne und atmete tief durch. Starr blickte er zur Tür. Er hatte nicht einmal den Mut, mich anzusehen. »Es geht nicht. Tut mir leid.«

»Warum nicht?«, fuhr ich ihn in meiner Verzweiflung an.

»Du weißt nichts«, sagte er fatalistisch.

»Wenn Sie es nicht für mich tun wollen, dann tun Sie es für Rin. Er ist Ihr Freund.«

»Es liegt nicht daran, dass ich ihm oder dir nicht helfen möchte. Ich kann es einfach nicht tun.«

»Warum nicht, verdammt noch mal?« Ich war so laut geworden, dass meine Stimme durch die ganze Straße hallte. Aber das war mir egal.

Roy ließ gequält die Schultern hängen. Sein Anblick erschreckte mich. Ich hatte damit gerechnet, dass sich die Fronten noch mehr verhärten würden. Dass er mich zum Teufel schicken, mich angehen, vielleicht sogar beleidigen würde. Schließlich nahm ich auch kein Blatt vor den Mund. Stattdessen fingen seine zu Fäusten geballten Hände zu zittern an.

»Ich wünschte, ich könnte es. Verzeih mir, dass ich ein Feigling bin.« Er drehte sich zu mir um, und ich sah Tränen in seinen Augen.

Meine Wut kühlte ab, so rasch, als kippte jemand einen Eimer kalten Wassers über eine Feuerstelle, die ohnehin nicht mehr richtig brannte.

»Ich kann nicht mehr zu meinesgleichen zurück. Der Weg ist für immer versperrt.« Seine Stimme war nur noch ein Hauchen. »Akzeptier das bitte.«

9. Kapitel

Der Weg zum Desert Spring kam mir unendlich lang vor. Tränen verschleierten meine Sicht. Das Licht eines vorbeifahrenden Autos blendete mich. Ich hob schützend die Hand vor meine Augen und wich zur Seite. Was sollte ich jetzt tun? Ich war enttäuscht und wütend auf Roy, weil er mir seine Hilfe verweigert hatte, aber zugleich konnte ich ihn verstehen, empfand sogar Mitleid. Wenn die Gemeinschaft für die Ti'tibrin alles war, musste er als Verbannter Höllenqualen leiden, und jede Erinnerung an alte Zeiten machte es wahrscheinlich sogar noch schlimmer. Mehr durfte ich vermutlich nicht von ihm erwarten. Er hatte mir bereits sehr geholfen, indem er mich in Dinge eingeweiht hatte, die ich eigentlich gar nicht wissen durfte.

Ich überlegte, wie ich nun am besten vorgehen sollte. Da ich keine Ahnung hatte, wo sich Ven'Callas befand, würde ich die Black Hills Meter für Meter durchkämmen müssen. Eine schier unlösbare Aufgabe, denn die Black Hills erstreckten sich bis nach Wyoming.

»Jorani, warte!«

Ich hatte das Desert Spring fast erreicht, als Isaac neben mir auftauchte.

»Warte«, sagte er und hielt mich an der Schulter fest.

»Isaac, was machst du denn hier?«

»Ich will … dir helfen, Ven'Callas zu finden.«

»Du? Aber …«

»Ich habe alles mitbekommen. Gehört, wie mein Vater dich im Stich ließ. Aber ich tue das nicht.«

»Du weißt, wo Ven'Callas ist? Warst du schon mal dort?«

»Nicht direkt. Aber als ich vor einigen Jahren mit Dad die Black Hills erkundete, hat er mir gesagt, wo es sich befindet. Ich musste versprechen, es niemals zu verraten, aber dich würde ich hinführen, Jorani.«

»Du würdest für mich dein Wort brechen?«, fragte ich erstaunt.

Isaac scharrte verlegen mit dem Turnschuh im Kiesboden. »Es ist doch ein Notfall, oder nicht?«

Ich erkannte meine Chance und nickte eilig. »Isaac, wenn du mir den Weg zeigst … dann … wäre ich dir ewig dankbar.«

Er lachte heiser. »Warte hier. Ich hole Dads Truck.« Dann rannte er los. Ich konnte mein Glück kaum fassen.

Wenige Augenblicke später saß ich auf der Beifahrerseite von Roys Pick-up-Truck. »Es ist schon verdammt spät«, sagte ich. Die Digitalanzeige des Radios zeigte 0.30 Uhr an.

»Ein Grund mehr, aufs Gas zu treten.« Und Isaac tat es. Wir bretterten über den Highway, der um diese Uhrzeit fast völlig leer war. Das erlaubte es uns, bis ans Limit zu gehen. Sheriff Hunter wäre nicht begeistert gewesen. Schließlich bog Isaac in eine Landstraße ein, die in den Wald führte. Er sah offenbar keinen Grund, die Geschwindigkeit zu drosseln, und so rauschten die Bäume als verschwommene, surreale Gebilde an uns vorbei.

»Kannst du es spüren?«, fragte er plötzlich.

»Spüren?«

Er schaltete das Radio aus und nahm den Fuß vom Gas. Es fühlte sich merkwürdig an, plötzlich so langsam zu fahren. Als bewegte man sich im Schneckentempo fort.

»Die Magie des Waldes. Sie ist überall. In den Black Hills spürt man sie besonders stark, als wäre hier ein Knotenpunkt, ein Ballungsort. Ich schätze, das ist der Grund, warum er ihnen heilig ist.«

Ich spürte nichts, außer mein heftig pochendes Herz. Und das hatte weniger mit Magie als vielmehr mit der Aufregung zu tun, die mich seit unserem Aufbruch erfasst hatte.

»Kannst du das wirklich spüren?«, fragte ich erstaunt. Ich wusste, dass Rin es konnte. Aber der war im Gegensatz zu Isaac ein Kentaur, der naturgemäß stärker mit seiner Umgebung im Kontakt stand als ein Mensch. Ich beneidete Isaac um die Gabe, die er mir offensichtlich voraushatte.

»Natürlich. Das Blut der Ti'tibrin fließt durch meine Adern. Auch wenn es schwächer ist als das ihre. Die Magie ist überall, sie haucht allem Leben ein. Jedem Baum, jedem Berg, jedem Tal.«

Er kurbelte das Fenster herunter und atmete die kühle Luft ein, dann lenkte er den Truck auf einen Sandweg, der uns noch tiefer in das waldige Gebiet führte. Schon bald wuchsen die Büsche und Bäume so dicht, dass wir mit dem Truck nicht weiterkamen. Wir stiegen aus und gingen zu Fuß weiter.

»Nur nicht schlappmachen«, sagte Isaac und nahm meine Hand, um mich einen Hügel hinaufzuziehen. Ich merkte schnell, dass es mit meiner Kondition nicht zum Besten bestellt war. Als wir endlich den Gipfel erreichten, musste ich mich hinsetzen, weil mein Kreislauf völlig durcheinander war. Mein Herz raste, und ich musste nach Luft schnappen.

Isaac hockte sich neben mich. »Alles okay?«

»Ja, ich muss nur wieder zu Atem kommen.« Verflucht. Ich war zwar nie eine Sportskanone gewesen, aber so schlimm kannte ich das nicht von mir. Sicherlich war ich noch vom Fieber geschwächt.

»Ich bin oft hier, um meinen Körper zu trainieren. Das solltest du vielleicht auch tun«, meinte Isaac. »Bestimmt habt ihr auch in Berlin Möglichkeiten zum Trainieren.«

Ich musterte ihn. Der Bursche sah tatsächlich wie ein Athlet aus. Er hatte auffällig breite Schultern. Die nackten Arme, die unter seinem kurzärmeligen T-Shirt hervorragten, wirkten ausgesprochen muskulös. Kein Wunder, dass es ihn nicht die geringste Anstrengung kostete, einen Hügel wie diesen im Eiltempo hinaufzusteigen.

»Die Black Hills sind riesig«, sagte ich, nachdem ich mich erholt hatte. Wir blickten über ein grünes, sich im Wind wiegendes Blättermeer. Die meisten Bäume waren Ponderosakiefern und Fichten. Es gab aber auch vereinzelte Eichen. Wir befanden uns längst nicht am höchsten Punkt. Bei weitem nicht. Über uns türmten sich gewaltige, mit Bäumen bewachsene Berge, und einzelne Felsblöcke ragten imposant aus dem Baumwipfeln hervor wie Eisblöcke aus dem Meer.

»Sie reichen bis Wyoming. Dort drüben ist der Harney Peak. Von hier aus kannst du ihn sehen.« Er drehte mich in die entsprechende Richtung und deutete zu dem Gipfel. »Das ist der höchste Berg der Black Hills.«

Der riesige Felsen überragte alles andere. Auf seiner Spitze stand ein kleiner Turm, den ich trotz der Dunkelheit erkannte. Er musterte mich prüfend. Mein Atem hatte sich beruhigt, und auch meinem Herz ging es besser.

»Geht's wieder?«

»Ja. Wir können weiter.«

Er riss mich mit sich. Schon bald fühlten sich meine Beine wie Blei an. Ich kam kaum hinterher und brauchte eine zweite Pause, als wir unten ankamen. Isaac gönnte mir jedoch nur ein paar Minuten.

»Es ist nicht mehr weit«, versprach er und drang mit mir immer tiefer in das Dickicht vor. Hier gab es kaum Trampelpfade, was darauf hindeutete, dass sich nur äußerst selten Menschen hierher verirrten. Dieser Teil des Waldes schien weitestgehend unberührt. Gräser und Büsche wuchsen wild durcheinander.

»Dort vorne ist es. Ich erinnere mich genau an Dads Worte. ›Hier liegen deine Wurzeln‹, hatte er gesagt.«

Die Bäume lichteten sich, gaben den Blick frei auf ein Gebirge. »Aber wo ist das Dorf?« Ich konnte es nicht sehen. Der Berg war im Weg. Und in dem Moment fielen mir Roys Worte ein. Ven'Callas ist für menschliche Augen nicht sichtbar. Das bedeutete, es musste sich hinter der Felswand befinden.

»Siehst du die Sträucher dort?«

Ich nickte.

»Sie wachsen nur aus einem Grund genau an dieser Stelle. Um den Eingang Ven'Callas' zu bewachen.«

Wir näherten uns dem Fuße des Berges. Vorsichtig tastete ich den kalten Stein ab, versuchte, die Äste und

Zweige auseinanderzuschieben und hindurchzugucken. Dahinter lag tiefe Dunkelheit.

»Das ist eine Höhle.«

»Nein, ein Tunnel.«

»Es wird schwierig, hier durchzukommen.« Ich hatte keine Idee, wie ich mich da vorbeizwängen sollte, ohne das Geäst und somit den Sichtschutz, den es bot, zu zerstören. Und das wollte ich keinesfalls, brachte ich doch damit die Kentauren in Gefahr, von Menschen entdeckt zu werden.

»Schau nur, Jorani.« Isaac hatte eine Lücke in den Sträuchern gefunden. Vorsichtig schob er die Zweige, die förmlich ineinanderverhakt waren und so einen natürlichen Vorhang bildeten, auseinander. Ich steckte den Kopf hindurch und spähte in die Dunkelheit. Es war tatsächlich ein Tunnel. An seinem Ende strahlte Licht.

Ich zwängte mich durch die Sträucher in den Gang. Zweige blieben an meiner Jeans hängen, brachen ab, aber schließlich hatte ich es geschafft, ohne einen einzigen Kratzer davonzutragen.

»Komm«, sagte ich und hielt die Öffnung für Isaac auf, aber er blieb vor dem Eingang stehen und schüttelte den Kopf.

»Was ist denn?«

»Tut mir leid, Jorani, ich kann dich nicht begleiten. Ab hier musst du allein weiter.«

Ich schluckte. Die ganze Zeit war ich davon ausgegangen, dass wir gemeinsam das Dorf betreten würden. Das hatte mir ein Gefühl von Sicherheit gegeben. Nun war ich plötzlich auf mich allein gestellt, was mich jedoch nicht von meinem Plan abbringen konnte.

»Ich bin ihnen nicht willkommen«, erklärte er und

senkte den Blick. »Und ich hasse es, dich allein gehen zu lassen.«

»Nein, das ist in Ordnung. Du hast bereits viel für mich getan«, erwiderte ich, denn mir wurde klar, dies war meine Aufgabe. Nicht seine. Es ging um meinen Freund. Isaac hatte nichts mit dem Ganzen zu tun. Ich konnte also auch nicht erwarten, dass er eine weitere Regel für mich brach.

Er nickte dankbar. »Ich warte hier auf dich.«

»Gut.«

Ich ließ die Zweige los, und sie legten sich wie ein grünes Vlies über den Eingang. Ich war überrascht, wie elastisch sie nachgaben.

»Jorani.«

»Ja?« Ich spähte durch die Zweige zur anderen Seite.

»Pass auf dich auf. Mein Vater sagt, sie sind Fremden nicht sonderlich wohlgesinnt.«

»Ich weiß.« Das machte mir auch Sorgen. Aber meine Sorge um Rin war um einiges größer.

Entschlossen tastete ich mich an der Wand entlang, die im Gegensatz zum Boden sehr eben war. Der Stein fühlte sich beinahe glatt an. Ich fand kaum Risse oder Spalten und fragte mich, ob dieser Gang auf natürlichem Weg entstanden oder in den Stein gehauen worden war. Kälte durchströmte mich. Der Wind, der an den Wänden widerhallte, trieb sie zu mir. Sie ergriff Besitz von meinen Füßen, meinen Händen, kroch meine Beine hinauf und kühlte mich aus. Ich glaubte, das Blut würde in meinen Adern gefrieren. Auch das würde mich nicht aufhalten. Ich biss die Zähne zusammen und versuchte, die Kälte zu ignorieren. Über mir vernahm ich das leise Fiepen von Fledermäusen. Schließlich wurde die Luft wärmer, und ich erreichte den Ausgang. Er war gewölbt und erhob sich in Form eines Tropfens. Erneut kamen mir Zweifel, ob dieses Gebilde natürlichen Ursprungs war. Die Form erinnerte mehr an ein Kunstwerk. Vielleicht hatten es die Ti'tibrin vor langer Zeit in den Stein geschlagen, um einen Weg nach draußen zu schaffen. Mir würde er nun Zugang zu ihrem Reich sein.

Ich brauchte all meinen Mut, um den Schutz des Tunnels und seiner sanften Dunkelheit zu verlassen. Meine Beine fühlten sich schwach an. Ich kam mir wie eine Zweijährige vor, die ihre ersten Schritte machte.

Leicht gab das feuchte Gras unter meinen Sohlen nach. Ich war in einem Talkessel gelandet, in dem unzählige Nadelbäume wuchsen, die viel größer waren als jene außerhalb des Tunnels. Sie standen eng beieinander, bildeten eine Art Mauer, die verhinderte, dass ich hinter sie blicken konnte. Ringsherum befanden sich Felsen und Berge, die dem Dorf ein Schutzwall waren, es umschlossen und einhüllten wie in einen Kokon.

Aus dem kleinen Wäldchen vor mir drangen die Laute von Nachttieren. Vögel flatterten durch die Luft, setzten sich auf die Äste. Der Wind, der hier draußen viel wärmer war als im Tunnel, wirbelte winzige Staubkörnchen auf, die silbern glitzernd durch die Luft tanzten.

Alles wirkte unendlich friedlich. Dies war ein eigenes kleines Reich, das sich, vom Rest der Welt abgeschottet, entwickelt hatte. Der Geruch von Wald und Wiese lag in der Luft. Und es roch nach Rin. Besser gesagt, nach Kentauren. Ein Duft, der mein Herz höherschlagen ließ.

Ich hielt meine Augen nach den Ti'tibrin offen. Aber der Wald war zu dicht bewachsen, um irgendetwas zu erkennen. Ich musste näher heran. Vorsichtig kletterte ich über eine riesige Wurzel und blieb vor dem gewaltigen Stamm eines Baumes stehen, der Teil jener natürlichen Mauer war, die das Dorf umgab. Wie alt mochte er sein? Wie alt dieses Tal? Es fühlte sich an, als wäre die Zeit an diesem Ort stehengeblieben. Leise bewegten sich Zweige und Äste im Wind. Ein Schwarm Glühwürmchen flirrte an mir vorbei. Das Gefühl von Frieden breitete sich in meinem Herzen aus. Kein Mensch außer mir hatte diesen Ort jemals betreten. Er war unberührt. Friedlich. In Einklang mit sich selbst. Schmerzlich wurde mir bewusst, dass ich nie ein Teil dieser Welt sein würde, sondern immer ein Fremdkörper blieb. Und doch verspürte ich eine Sehnsucht in mir, die ich nicht beim Namen nennen konnte.

Langsam ging ich um das Gebilde herum, passierte einen Baum nach dem anderen, tastete die knorrigen Rinden ab, spürte jede Unebenheit, jeden Riss, jede Vertiefung. Irgendwo musste es einen Eingang geben. Ich blinzelte durch eine Lücke, presste mein Gesicht gegen zwei Stämme und entdeckte eine Reihe von Wigwams, die mit Leder, Fellen und Gräsern abgedeckt waren. Zwei Männer saßen am Lagerfeuer, das in der Mitte der Behausungen brannte. Merkwürdig. War die Me'solbrem für heute schon beendet? Das Dorf wirkte wie ausgestorben. War Rin überhaupt hier?

Just in dem Moment huschte ein Schatten auf der Innenseite der Mauer an mir vorbei. Ich ließ mich rasch auf den Boden fallen und kroch hinter einen Baumstamm, der mir Deckung bot. Das Knirschen von Sand unter leisen, aber hörbaren Schritten brachte meinen Blutdruck auf Hochtouren. Ich drückte mich enger an den Stamm, roch einen animalischen Duft, der mich an Rin denken ließ. Doch dieser war herber. Die eigenwillige süße Note fehlte, die ihm zu eigen war. Ich hielt den Atem an und schaute nach oben. Ein kantiges Männergesicht tauchte zwischen den Bäumen auf und spähte nach draußen, unter den Augen hatte der Mann weiße Streifen.

»Tiitiin? Zu'g ti.« Es war ein Hauchen, ein Flüstern, das so rau und kalt klang, dass ich eine Gänsehaut und einen Schweißausbruch zugleich bekam.

»Tiitiin?«, rief der Fremde lauter. Mein Herz schlug so heftig, dass ich sicher war, er konnte es hören. Ich biss mir auf die Unterlippe, nur um keinen unbedachten Laut von mir zu geben, und wartete, hoffte, dass er meinen Geruch nicht wahrnahm. Zu meiner Erleichterung schien er tatsächlich keinen Verdacht zu schöpfen und kehrte zu seinem Wachposten zurück. Gott sei Dank.

Ich ließ einige Minuten verstreichen, ehe ich mich an der Rinde des Baumes hochzog. Vorsichtig spähte ich an dem Stamm vorbei ins Dorfinnere, als jemand hinter mich trat. »Zlono!«

Erschrocken fuhr ich herum. Dunkle Augen funkelten mich zornig an. Die Spitze eines Speers war auf mich gerichtet. Reflexartig hob ich die Hände schützend vor meine Brust.

»Jorani?«, fragte die Frau erstaunt.

Ein Schatten lag über ihrem Gesicht. Ich konnte es nicht erkennen. Doch ihre Stimme war mir vertraut. Hevova.

»Bist du ... verrückt?«, fuhr sie mich plötzlich heiser an. Ihre Stimme blieb gedämpft, doch ihr Körper bebte. Ich spürte ihren Zorn.

»Ich suche Rin«, flüsterte ich aufgelöst.

»Dummes Ding!« Sie packte mich am Arm und zog

mich hinter sich her, leise fluchend. Ich leistete keinen Widerstand, war ich doch zu überrascht von ihrem plötzlichen Überfall und zugleich erleichtert, sie zu sehen. Als wir den Tunnel erreichten, drückte sie mich gegen die Felswand. Ich war erstaunt, wie viel Kraft in diesen dünnen Armen steckte. Der Druck schmerzte. Ich konnte mich nicht bewegen.

»Au«, zischte ich. »Musst du so grob sein?«

Ein plötzliches Rascheln in den Bäumen ließ sie herumfahren.

»Sssht! Da ist … etwas.« Sie ließ von mir ab, wich einige Schritte zurück und lauschte in die Dunkelheit.

Ich konnte nichts hören, sosehr ich mich auch anstrengte. Doch ich hatte auch nicht die feinen Ohren eines Kentauren. Hevova schlich wie eine Raubkatze durch das hohe Gras. Ihr Körper, jeder einzelne Muskel, war zum Zerreißen angespannt.

Plötzlich schoss ein Vogelschwarm aus dem Gras, direkt vor ihr, in die Luft empor. Ich zuckte vor Schreck zusammen. Auch Hevova machte einen Satz nach hinten. Kreischend zogen die Krähen über den Talkessel hinweg.

»Nur Tshirpen.« Hevova entspannte sich sichtlich und kehrte zu mir zurück. Sie baute sich vor mir auf und versperrte mir dadurch den Weg zum Dorf. Gelassen stützte sie sich auf ihrem Speer ab.

»Nie zuvor … waren Menschen hier. Wie du … uns … hast gefunden? Wer … dir den Weg gezeigt?«

»Ich habe ihn allein gefunden«, stammelte ich, denn ich wollte weder Isaac noch Roy in Schwierigkeiten bringen. Aber Hevovas Blick verriet, dass sie mir kein Wort glaubte. Ich war eine verdammt schlechte Lügnerin.

Nicht umsonst behaupteten meine Mitmenschen, sie könnten in mir wie in einem offenen Buch lesen.

»Wenn … Ti'tibrin dich gesehen, ich dir nicht … helfen können. Sehr unvorsichtig und sehr unklug hierherkommen, Jorani.«

Sie strich sich die langen Haare aus dem Gesicht. Ihre Augen leuchteten so intensiv wie das Gefieder eines Raben. »Sag mir, warum du hier sein?« Hevova erinnerte mich ungemein an Rin. Nur war sie viel drahtiger als er. Dicke Sehnen zeichneten sich auf ihren Armen ab. Und doch rief ihr Anblick eine starke Sehnsucht in mir hervor.

»Ich suche Rin.«

»Warum? Er dir gesagt, dass er bei Me'solbrem ist. Du ihn nicht stören darfst.«

»Aber er ist in Gefahr.«

Ihre Augen weiteten sich. Das Funkeln wurde intensiver.

»Bitte, ich muss ihn sprechen. Bring mich zu ihm. Wir haben keine Zeit zu verlieren.«

»Er nicht hier.«

»Was?«

Ihr Blick blieb hart.

»Sag mir, von welche Gefahr du sprechen.« Der Griff um den Stab ihres Speers wurde fester, so dass ihre Fingerknöchel weiß hervortraten.

»Ich … hatte einen Traum. Er war so echt, dass mein Körper darauf Reaktionen zeigte. Ich bekam sogar Fieber. Rin lag am Boden, blutüberströmt. Seine Augen … oh Gott. Ich will nicht daran denken. Bitte, Hevova, ich bin sicher, dass ihm etwas zustoßen wird.«

»Wegen schlechte Traum du kommst her? Du noch verrückter, als ich gedacht.«

»Nein, es war kein normaler Traum. Es war eine Vision. Ich bin … eine Malhamota.«

Knurrend stieß sie das stumpfe Ende des Speers in den Boden und funkelte mich garstig an, als wäre es ein Sakrileg, dass ich mich so bezeichnet hatte. Ich fühlte mich mickrig neben ihr. Zuvor war mir nicht aufgefallen, wie riesig sie war. Ich hingegen schrumpfte vor Ehrfurcht vor ihr zusammen.

»Weißt du, welche Bedeutung Malhamota hat?« Ihre Stimme überschlug sich fast vor Zorn.

»Ja«, antwortete ich eingeschüchtert.

Ihr Brustkorb hob und senkte sich im raschen Rhythmus ihres Atmens. »Niemals, nie, war eine Menschenfrau eine Malhamota. Selbst von den Frauen des Dorfes es nur sehr wenige gibt, die Malhamota sich nennen dürfen. Man anderen fühlen muss, Empathie, ihn in sich hineinlassen. Das ist großer Moment, eine Ehre. Nur wenigen Ti'tibrin jemals zuteil gewesen. Du nicht sein kannst Malhamota.«

»Aber ich spüre, dass Rin in Gefahr ist.«

Sie schüttelte den Kopf. »Geh, geh fort. Komm nicht zurück. Los! Verrücktes Gaienmädchen.«

»Hevova, bitte.« Tränen stiegen mir in die Augen. Wie konnte ich sie nur überzeugen? Sie musste mir einfach glauben, mich zu Rin führen.

»Du nichts weißt von meinem Volk, nichts von Bräuche, von Geschichten. Was Rin dir erzählt, war nur kleiner Teil. Du arrogant, wenn du glauben, du wissen besser als jene, die vor vielen Kreisläufen gelebt und heute noch leben.«

»Nein, du verstehst das alles falsch. Bitte. Ich würde doch niemals hierherkommen, wenn ich keinen Grund dafür hätte.« Ich wollte ihre Hand nehmen, aber sie stieß mich zurück.

Ihr kühler Blick wanderte an mir herunter. »Ich dir sagen, wo Rin ist. Er mit den anderen nach Hokatriri gegangen. Zu Hand des Himmels. Fuga'a-tata-Skilarg. Ist heiliger Ort. Niemand darf betreten außer Ti'tibrin E'neya.«

»Dann musst du ihn für mich warnen, Hevova.«

Sie starrte mich ungerührt an. Nicht einmal ihre Mundwinkel zuckten. Sie nahm mich einfach nicht ernst, wahrscheinlich hielt sie mich sogar für hysterisch. Na schön, wenn sie mir nicht helfen wollte, vielleicht hatte ein anderer Kentaur ein Ohr für mich. Ich schob mich an ihr vorbei und hielt zielstrebig auf Ven'Callas zu. Doch Hevova holte mich sofort ein.

»Du deinen Verstand verloren hast?«, fuhr sie mich an.

»Wenn du mir nicht zuhörst, vielleicht tut es der Häuptling.«

Sie hielt mich fest. »Nein, das zu gefährlich für dich ist.«

»Mir egal.« Ich versuchte, mich aus ihrem Griff zu befreien, doch sie war zu stark.

»Ich mir besser nicht vorstellen, was sie mit dir machen.«

»Das Risiko muss ich wohl eingehen«, erwiderte ich entschlossen.

Ein tiefes Seufzen drang aus ihrer Kehle. »Du bist …« Sie suchte nach dem richtigen Wort, und als sie es fand, sagte sie es mit voller Überzeugung: »Nervensäge.«

»Ich weiß.«

»Also gut«, gab sie nach. »Ich dich nur so von große

Dummheit abhalten kann. Wir gehen nach Hokatriri. Es besser ist, es zu tun, als es später zu bereuen.«

Ich atmete auf. Endlich! Ich hätte sie am liebsten umarmt.

»Geh zu Sylvan Lake, warte auf mich dort. Ich nicht sofort mitkommen, sonst schöpfen andere Verdacht. Ich mir etwas einfallen lasse.«

»Aber wie soll ich dich finden, wenn …?«

»Ich dich finden. Vertrauen.«

Ich nickte.

»Danke, Hevova. Das … werde ich dir nie vergessen.«

»Es auch gehen um meinen Bruder, Jorani. Du das nicht vergessen. Nun geh.«

Das ließ ich mir nicht zweimal sagen. Ich lief, so schnell ich konnte, durch den Tunnel, ignorierte die eisige Kälte der Steinwände und zwängte mich durch das Gestrüpp am Eingang. Auf der anderen Seite des Berges wartete wie versprochen Isaac auf mich. Ich fiel ihm unendlich erleichtert in die Arme.

»Jorani! Was ist geschehen? Du zitterst ja.«

»Weißt du, wo der Sylvan Lake ist?«

»Na klar. Der ist sechs Meilen südlich vom Harney Peak. Aber … wieso?«

»Das erkläre ich dir unterwegs. Bring mich bitte schnell dorthin.«

Isaac verstand sofort, stellte keine unnötigen Fragen und rannte los. Ich folgte ihm zum Truck. Das Adrenalin pumpte so stark durch meine Adern, dass mich selbst Seitenstiche nicht aufhalten konnten. Völlig verschwitzt stiegen wir ein und fuhren los. Ich hatte das Gefühl, förmlich am Sitzpolster festzukleben, so schweißnass fühlten sich meine nackten Beine an. Während ich allmählich wieder zu Atem kam, erzählte ich Isaac die ganze Geschichte, der mir aufmerksam und fasziniert zuhörte.

Wir erreichten den See wider Erwarten sehr schnell und waren lange vor Hevova da. Nervös lief ich am Ufer auf und ab und fragte mich, was ich machen sollte, falls sie nicht kam. Falls sie meine Geschichte doch als Hirngespinst abtat.

»Ganz ruhig, sie wird schon kommen«, versicherte mir Isaac.

»Hoffentlich.«

Ich hatte mich nur einen Moment von ihm abgewandt, da stürzte etwas aus einem Gebüsch auf ihn zu. Er stieß einen leisen Schrei aus, der mich herumfahren ließ. Wie aus dem Nichts war Hevova vor ihm aufgetaucht. Die Spitze ihres Speers lag an seiner Kehle.

Isaac hob geschockt beide Hände und wich zurück. »Ganz ruhig, die Dame«, sagte er und deutete zu mir. »Ich bin ein Freund von Jorani. Ein Freund.«

»Wer ist das?«, zischte Hevova.

»Isaac Wright.«

»Und was der hier sucht?«

Obwohl Hevova mehr als einen Kopf kleiner als Isaac war, wirkte sie sehr bedrohlich. Ihre Haltung war geduckt. Die Hände umklammerten fest ihren Speer.

»Er wird uns helfen. Nimm bitte deine Waffe runter.«

Isaac setzte sein freundlichstes Lächeln auf, doch Hevova war nicht so leicht zu überzeugen. »Er uns in Schwierigkeiten bringen. Was du dir dabei gedacht, Jorani?«

»Er hat einen Truck. Mit dem kommen wir schnell in die Badlands.«

»Wir auch andere Möglichkeiten haben.«

Ich wusste, worauf sie anspielte. Wenn sie sich verwandelte, würde sie ebenfalls sehr schnell sein. Aber nicht schneller als der Truck.

Sie sog die Luft durch die Nase. »Er von seltsames Geruch umgeben. Irgendetwas nicht mit ihm stimmen.«

»Wir können ihm vertrauen.«

»Das ist richtig, was sie sagt«, mischte sich Isaac hastig ein. »Ihr könnt mir vertrauen.« Er versuchte, locker zu bleiben, doch ich sah eine Schweißperle an seiner Schläfe herunterlaufen.

»In Ordnung«, sagte Hevova und senkte den Speer. Isaac und ich atmeten gleichzeitig auf. »Wenn er zurück sich hält, er darf mitkommen.«

»Ja, das mache ich natürlich. Ihr werdet gar nicht merken, dass ich da bin«, versprach er und fuhr sich mit zitternder Hand über die Kehle.

Isaac führte uns zum Truck. Hevova untersuchte ihn genau. Sie schlich um den Wagen herum, berührte ihn vorsichtig, und nachdem sie sicher war, dass keine Gefahr drohte, war sie bereit einzusteigen. Isaac nahm auf dem Fahrersitz Platz, während Hevova und ich uns den breiten Beifahrersitz teilten. Ich half ihr, sich anzuschnallen.

Isaac trat aufs Gas, und Hevova wurde so stark in ihren Sitz gepresst, dass sie aufschrie. Im nächsten Moment hielt sie einen Dolch in der Hand, der auf Isaacs Kehle gerichtet war. Der hielt den Wagen genauso abrupt an, wie er ihn gestartet hatte.

»Verdammt, so kommen wir nie dort an.«

»Ich setze mich besser in die Mitte«, schlug ich vor.

Damit waren alle einverstanden.

»Er anders ist«, flüsterte Hevova. »Er dich zu uns führte, ja?«

Ich war nicht sicher, ob Isaac sie hören konnte. Das Radio war auf laut gestellt, und Hevova gab sich redlich Mühe, leise zu sprechen. Ich warf einen Blick zur Seite, um seine Reaktion zu sehen, doch seine Augen waren starr auf die Fahrbahn gerichtet.

»Was meinst du mit anders?«, flüsterte ich zurück.

Sie zuckte mit den Schultern. »Ich nicht wissen. Aber herausfinden ich werde.«

Während der Fahrt blieb Hevova sehr angespannt. Sie konnte sich nur schwer an die »fahrende Kiste« gewöhnen. Ihre Hände hielten verkrampft den Speer fest, und ihre Beine zitterten merklich. Ich versuchte, ihr zu erklären, dass eine Fahrt in einem Truck normalerweise eine sehr ungefährliche Angelegenheit war, doch es gelang mir nicht, sie vollends davon zu überzeugen.

Die Landschaft veränderte sich, wurde karg und trocken, erinnerte an eine Kraterlandschaft. Es hieß nicht umsonst, die Badlands seien für die Landwirtschaft gänzlich ungeeignet. Nur die wenigsten Pflanzen kamen mit der Trockenheit zurecht. Die meisten von ihnen waren ausgedörrt und verwelkt. »Land der Steine«, hatte Rin sie genannt. Der Name war mehr als passend.

»Er anhalten soll«, forderte Hevova plötzlich.

Isaac trat auf die Bremse.

»Wir aussteigen. Aber er nicht mitkommen«, entschied sie unerbittlich.

Ich wollte mich bei Isaac entschuldigen, schließlich half er mir völlig uneigennützig, aber ehe ich etwas sagen konnte, winkte er ab. »Ist schon okay, Jorani. Ich warte hier auf dich.«

»Danke. Du bist ein echter Schatz.«

»Ich weiß.«

»Komm, komm«, drängte Hevova und verließ die Straße in Richtung Süden.

»Beeil dich besser, sonst verlierst du sie aus den Augen.«

Ich umarmte Isaac und bemerkte zum ersten Mal, dass sein Geruch tatsächlich anders war. Eine Mischung aus dem, was Rin normalerweise anhaftete, und etwas anderem, das ich noch nicht zuordnen konnte. Ich rannte Hevova durch die karge Landschaft hinterher.

»Nicht langsam, du schneller, schnell, schnell«, mahnte sie und lief voran. »Prüfung in Hand des Himmels sehr wichtig für junge Männer. Hier müssen beweisen ihre Stärke und Geschicklichkeit im Zweikampf«, erklärte sie. Dann blickte sie hinauf zu den Sternen, um sich zu orientieren.

»Du sehen großen Stern, der heller als andere?« Sie deutete auf ein außergewöhnlich helles Gestirn, das alle anderen überstrahlte.

»Er ist weit weg.«

»Ja. Dort, wo Licht am hellsten, ist Hand des Himmels, Fuga'a-tata-Skilarg. Doch du so langsam, wir kaum von Fleck gekommen, erst morgen früh werden ankommen. Das geht nicht. Du tritt zurück.«

Ich tat, was sie von mir verlangte. Hevova warf den Kopf in den Nacken und streckte die Arme zu beiden Seiten aus. Konzentriert schloss sie die Augen. Ihre Lippen bewegten sich. Aber ich verstand nicht, was sie sagte. Sie flüsterte etwas, hob ihre Stimme leicht an, ließ sie immer lauter werden, bis auch ich die Worte vernahm.

»Calla-mii Zorwaya de Onpatok.« Das Flüstern wandelte sich in ein Sprechen und das Sprechen in ein Rufen. »San-mii Zorwaya de Onpatok!«

Der Boden unter unseren Füßen erzitterte. Es fühlte sich an, als hielte eine Bisonherde direkt auf uns zu. Aber es war nichts zu sehen außer dem Staub, der glitzernd durch die Ebene flog. Der Erdboden brach plötzlich auf, und ein schillerndes geisterhaftes Wesen erhob sich aus ihm, erwachte zum Leben wie der Phönix aus der Asche. Es war umgeben von kleinsten Partikeln aus Staub und Erde. Wind kam auf, Sand trieb mir in die Augen. Ich musste sie zusammenkneifen. Schützend hielt ich die Hände vor mein Gesicht. Zwischen meinen Fingern sah ich kräftige Beine, ein imposantes Haupt mit bebenden Nüstern und einen geschmeidigen Körper, die sich allesamt aus dem Nichts heraus formten.

Es war ein beeindruckendes Schauspiel. Instinktiv wich ich ein paar Schritte zurück.

Der Zorwaya umschmiegte Hevovas Körper wie ein dünner Schleier, strich um sie und floss schließlich in sie ein, um sich mit ihr zu einem Wesen zu verbinden. Aus dem Stand heraus wuchs die junge Frau einen Meter in die Höhe. Noch mehr Sand wirbelte auf, ich war gezwungen, den Kopf zu senken. Unter Hevovas Rock formte sich der Leib eines kräftigen Pferdes.

Trotz ihrer enormen Größe war sie noch immer deutlich kleiner als Rin, ihre Beine schmaler und der Körper drahtiger. Sie reichte mir einladend die Hand. Ich nahm sie an und saß auf.

»Du halten gut fest.«

Sie stürmte los wie der Blitz. Ihre Hufe hoben sich kraftvoll vom festen Untergrund ab. Ich hatte Mühe, das Gleichgewicht zu halten. Doch nach einer Weile hatte ich den Dreh raus. Hevova war schneller als Rin. Viel schneller.

Wir preschten vorbei an surrealen Steingebilden und folgten dem Leuchten des Sterns. Die Gebeine von Bisons pflasterten unseren Weg. Jetzt wusste ich, warum sie dieses Gebiet Bisonfriedhof nannten.

In der Ferne erkannte ich vier schmale Felsenfinger, die über das steinerne Tal aufragten. Es sah aus, als gehörten sie zu einer Hand, die in den Himmel greifen wollte. Inmitten dieses Gebildes brannte ein großes Lagerfeuer, das mit den Sternen um die Wette leuchtete.

Die meterhohen Flammen loderten so hell, dass sie die steinernen Finger in grelles Licht tauchten. Das war wohl der Grund, warum sie diesen Ort Hand des Himmels nannten. Jeder Finger deutete in eine andere Himmelsrichtung. Es schien, als würden sie den Horizont streifen.

Ich hörte Stimmen von Männern. Gesang. Sie standen in einem Halbkreis um das Feuer herum. Ein Szenario, das mir vertraut vorkam. Es erinnerte mich an den Tänzer aus meinem Traum.

Hevova hielt hinter der Felswand des südlichsten Felsfingers inne und ging auf die Knie, so dass ich absteigen konnte.

»Du hier warten, der Ort nicht darf entweiht werden«, wies sie mich an. »Ich holen Rin. Du ihm dann alles erzählen.«

»In Ordnung.«

Ich war nervös. Die Anfeuerungsrufe wurden lauter, arteten in Schreie, Gelächter und Jubel aus. Es war verrückt. Eben diese Atmosphäre hatte ich in meinem Traum verspürt. Alles schien sich zu wiederholen.

Über mir trieb ein starker Luftzug hinweg. Ich hob den Blick und entdeckte einen Geier, der sich auf einem kleinen Felsvorsprung niederließ. Interessiert beobachtete er mich.

Mir war nicht ganz wohl zumute. Geier waren eigentlich Aasfresser. Aber hier gab es kein Aas. Noch nicht.

Vorsichtig spähte ich hinter dem Felsen hervor. Hevova hatte sich in ihre menschliche Gestalt zurückverwandelt und unterhielt sich mit einem Mann, der am Rande des Geschehens stand.

Dann lenkten die beiden Krieger in der Mitte des Halbkreises meine Aufmerksamkeit auf sich. Sie standen sich gegenüber, bedrohten sich mit Rufen und nahmen verschiedene Posen ein, um einander ihre Kraft zu demonstrieren. Hinter ihnen glühte das Feuer, und zwischen ihnen stand ein Mann in einer Fellrobe. Der aufwendige Federschmuck ließ mich vermuten, dass es sich bei ihm um den Siruwathi, den Häuptling des Stammes, handelte. Kein anderer Mann trug so viele Federn oder ein edleres Gewand als er.

»Fu' E'neya!«, rief er aus, riss seinen Stab in die Höhe und machte zugleich einen Schritt zurück.

Als wäre dies ihr Startsignal gewesen, umkreisten sich die Männer in geduckter Haltung wie zwei Raubtiere. In der jeweils rechten Hand hielten sie einen Tomahawk. Die Flammen beschienen ihre Körper, die mit farbigen Motiven verziert waren. Der eine trug blaue Streifen, der andere rote Kriegsbemalung.

Der größere der beiden Männer schoss wie ein Puma

auf den kleineren zu. Der wich mit einem lauten Aufschrei aus und hob drohend den Tomahawk über seinen Kopf. Dann attackierte er seinerseits. Er war wendiger, schneller und geschickter. Schon hatte er den Hünen an der Wade verletzt. Die Krieger schlossen den Kreis enger um die beiden Kämpfer, und es wurde schwieriger für mich, etwas zu erkennen. Alles war in Bewegung. Ein blauer Arm blitzte aus den Schatten auf. Jubel erklang. Hände flogen in die Höhe.

Der größere Krieger sprang über die Köpfe der anderen hinweg, stieß dabei einen grollenden Kampfesschrei aus und sauste mit gesenktem Tomahawk auf seinen Rivalen herab.

Wieder schrien die Männer auf. Applaudierten. Aber dann verstummten sie mit einem Mal, versteinerten förmlich. Es herrschte Totenstille. Nur mein Herz hämmerte laut bis in meinen Schädel. Was war geschehen? Die blaue Gestalt lag am Boden. Sie regte sich nicht mehr. Alle hielten den Atem an.

Plötzlich reichte der rote Kämpfer dem Verlierer die Hand, und der nahm sie an, ließ sich von ihm hochziehen. Erneut brachen die Männer in Jubel aus. Mir fiel ein zentnerschwerer Stein vom Herzen. Für einen Moment hatte ich geglaubt, der Mann wäre tödlich verletzt worden. Erleichtert, dass es ihm allem Anschein nach gutging, ließ ich mich auf den Boden sinken und wartete auf Hevova und Rin. Doch sie kamen nicht. Eine halbe Ewigkeit verging, bevor ich endlich nahende Schritte hörte.

»Ich habe mit Männern gesprochen«, sagte Hevova und hockte sich zu mir. »Rin in der … wie sage ich es … Schwitzhütte sein.«

»Wo?«

»Das ist Ort von Reinigung, wo Zeremonien abgehalten, aber auch Kranke geheilt.«

»Was ist mit ihm geschehen?« Ich stand sofort auf.

»Kronn ihn beim Kampf verletzt haben.«

Kronn? Ausgerechnet der?

»Alles in Ordnung ist. Kronn ihn unglücklich an Schulter getroffen mit Tomahawk. Aber es ihm gutgeht.«

Ich versuchte, mich zu beruhigen. Das war alles andere als einfach. Zumindest schien es keine schwere Verletzung zu sein.

»Ich ihn zu dir bringen, doch erst die Kämpfe müssen vorbei sein und die Männer sich zur Ruhe legen. Du so lange warten, beweisen deine Geduld.«

»Okay«, sagte ich aufgelöst und setzte mich hin. Es würde mir schwerfallen. Diese Nachricht hatte mich so sehr schockiert, dass ich noch immer ganz durcheinander war.

»Ich muss zurück. Bleib hier. Du nichts tun, was Schwierigkeiten bringt. Rin zu dir kommt, wenn Luft rein ist.«

Ich nickte nur, und Hevova ließ mich allein.

Es wurde eine sehr lange, sehr kalte und sehr unruhige Nacht. Die Kämpfe in der Hand des Himmels hielten an, und der rote Krieger stellte sich als Favorit heraus. Er besiegte noch viele weitere Gegner. Sein Kampfstil beeindruckte mich. Er war sehr wendig, sehr kraftvoll und setzte mehr als einmal auf den Überraschungseffekt.

Nachdem die Kämpfe beendet waren, saßen die Männer noch am Feuer und feierten die Sieger. Es wurde gelacht, getanzt und musiziert. Trommeln erklangen. Sie ließen mich schmerzhaft an meinen Traum denken. Und an das, was er bedeutete.

Irgendwann schlief ich trotz aller Aufregung ein. Schuld daran war meine Erschöpfung, aber gewiss auch der monotone Rhythmus, der durch die Nacht hallte.

Ich kam erst wieder zu mir, als ich eine sanfte Stimme an meinem Ohr vernahm. »Du aufstehen, Jorani«, flüsterte sie.

Langsam kam ich wieder zu mir und blickte in Hevovas Gesicht. Meine Beine waren vor Kälte steif geworden. Ich musste mich an dem Felsen hochziehen und festhalten, um nicht gleich wieder umzufallen. Der Geier über mir krächzte aufgeregt und schlug mit den Flügeln.

»Du in Ordnung?«, fragte mich Hevova besorgt. Ich sah zu dem riesigen Raubvogel hinauf. Es schien, als wartete er nur darauf, dass mir etwas zustieß.

»Ja, alles okay.«

»Gut. Hier jemand ist, der sehen dich will.«

Sie winkte jemandem zu, und kurz darauf tauchte Rin hinter der Felswand auf. Die grüne Bemalung in seinem Gesicht war zerlaufen, und der Verband an seiner Schulter verriet, dass die Wunde sehr tief war. Der weiße Stoff hatte sich rötlich verfärbt.

»Oh, Rin, Gott sei Dank.« Ich machte einen Schritt auf ihn zu, hielt dann aber inne, weil ich ihm nicht durch eine unbedachte Bewegung weh tun wollte.

»Ihr nicht viel Zeit habt«, erklärte Hevova und ließ uns allein.

Ich war ihr so dankbar für alles, was sie für mich und

Rin getan hatte. Rin schloss mich überschwenglich in die Arme. Ich konnte seine Sehnsucht nach mir deutlich spüren.

»Es ist nicht so schlimm, wie es aussieht«, sagte er tapfer. Seine Augen schimmerten glasig, und sein Kopf fühlte sich heiß an. Ich machte mir große Sorgen, aber es gelang ihm, sie mit einem einzigen Kuss zu lindern. Seine heißen Lippen verschlossen meinen Mund.

Wir sanken gemeinsam auf den Boden, lehnten uns an die Felswand, hielten einander fest. Eng umschlungen. Wie ein Pärchen, das sich seit Jahren nicht mehr gesehen hatte. Dabei waren wir nur wenige Tage getrennt gewesen.

Vorsichtig strich ich ihm das schweißnasse Haar aus dem Gesicht. Grüne Farbe blieb an meinen Fingern zurück. Versehentlich berührte ich meine Wangen und malte mich ungewollt selbst an. Auch mein T-Shirt hatte sich durch die innige Umarmung verfärbt. Wir sahen einfach schrecklich, aber unglaublich lustig aus. Ich musste mir ein Lachen verkneifen.

»Jorani, meine stolze Kriegerin«, hauchte er in Anspielung auf meine unfreiwillige Kriegsbemalung und küsste mich. »Was tust du nur hier? Du verrücktes Stadtkind.«

Ich erzählte ihm alles, aber ich war nicht sicher, ob er meinen Ausführungen folgen konnte, denn ich redete sehr schnell, um keine kostbare Zeit zu verlieren.

»Es war sehr unvernünftig hierherzukommen, um mich zu warnen.«

»Ich konnte nicht anders.«

»Ich weiß.« Seine Lippen lagen auf meinen. Wie sehr hatte ich mich danach gesehnt, sie noch einmal zu spüren. Ich schlang ihm die Arme um den Hals, kraulte sein Haar und wollte seine Lippen nicht mehr freigeben. Seine Zunge fuhr über meine Unterlippe und verschwand gierig in meinem Mund.

Ich streichelte seine nackte Brust, die sich herrlich warm anfühlte. Die Hitze seiner Haut ließ die grüne Farbe zerfließen. Ungewollt verschmierte ich die Symbole, die sich in Schlangenlinien über seinen Körper zogen. Auch mein T-Shirt bekam eine weitere Portion ab. Die Farbe ließ es nass und schwer werden.

»Du bist wahrlich eine Malhamota«, flüsterte er zärtlich. Etwas Schöneres hätte er mir jetzt nicht sagen können.

»Ich bin so froh, dass sich meine Vision nicht bewahrheitet hat!« Sonst wärst du jetzt tot, dachte ich bei mir. Das hätte ich nicht ausgehalten.

Rins Lippen wanderten über meinen Mund, mein Kinn und meinen Hals. Er saugte an meiner Kehle, wie ein Vampir. Es prickelte herrlich. Meine Haut fühlte sich empfindsam, sehr sensibel an.

Da spürte ich seine Hand an dem Reißverschluss meiner Jeans. Er zerrte daran, bis er ihn endlich aufbekam. Eilig verschwand eine Hand in meiner Hose. Und mich nannte er unvernünftig?

»Ihr euch beeilen«, unterbrach Hevova resolut das Spiel. Ich erschrak so sehr, dass ich mir auf die Zunge beißen musste, um nicht aufzuschreien. Rasch schob ich Rins Finger aus meiner Jeans. Ich war nicht sicher, ob Hevova etwas davon mitbekommen hatte. Sie sah immer wieder unruhig zum Lager hinüber.

»Kronn fortgegangen ist. Er seine Schlafstätte verlassen hat. Vorsichtig solltet ihr sein.«

»Oje.« Ich wurde nervös, doch Rin ließ sich nicht aus der Ruhe bringen.

»Gib uns noch zwei Minuten«, bat er.

»In Ordnung.«

Hevova ließ uns allein. Aber ich konnte mich jetzt nicht mehr entspannen, da ich wusste, dass Kronn in der Nähe war. Rin merkte, dass etwas mit mir nicht stimmte.

»Hab keine Angst, meine Malhamota. Ich lass nicht zu, dass dir etwas passiert.«

Er legte seinen Kopf an meine Schulter. Ich konnte seinen Atem an meinem Nacken spüren. Langsam beruhigte ich mich. Ja, wenn Rin bei mir war, konnte mir nichts passieren. Er hatte mich schon einmal gerettet. Vorsichtig nahm ich seine Hand, spielte mit seinen Fingern und betrachtete die grüne Farbe, die sehr kunstvoll über seinen Arm verlief und mich an das Laub der Nadelwälder erinnerte. »Das ist ein richtiges Kunstwerk«, sagte ich beeindruckt.

»Die Farbe Grün wird aus der Rikamiahpflanze gewonnen.«

Ich erinnerte mich an das Pulver, das Rin in ein Wasserglas gegeben und mir eingeflößt hatte.

»Haben diese Zeichen eine Bedeutung?« Ich zeigte auf ein kreisförmiges Gebilde, das auf seinen Handrücken gemalt war.

»Ja. Das steht für Einheit. Und auf der linken Hand siehst du das Symbol für Mut.« Ich betrachtete den Pfeil, der nach oben deutete, er erinnerte mich an das Symbol für Männlichkeit. Unsere Finger verschränkten sich ineinander. Ich wollte ihn nicht mehr loslassen, und ich sah in seinem Blick, dass es ihm genauso ging. Da machte er eine falsche Bewegung, als er mich näher an sich heranziehen wollte, und stöhnte vor Schmerz auf.

»Deine Schulter. Es ist wohl doch schlimmer.«

Seine Augen glänzten. »Nein. Alles in Ordnung. Du weißt doch, dass ich einiges aushalte.« Ich glaubte ihm kein Wort. Dieses Monster hatte ihn schwer verwundet. Offenbar half auch seine bessere Regeneration nicht. Ich hätte es besser gefunden, er würde die Me'solbrem abbrechen und mit mir nach Calmwood zurückkehren. Aber ich wusste, dass er das niemals tun würde. Meine Wut auf Kronn steigerte sich ins Unermessliche.

Plötzlich waren in unmittelbarer Nähe Schritte zu hören. Ich hielt erschrocken den Atem an, verkrampfte mich am ganzen Körper. Rin hielt mich fest. Ich spürte, dass auch er angespannt war.

»Tsi'me'a Utee, tsi'me'a Hevova«, sagte eine fremde, sehr tiefe Stimme. Sie klang gefährlich.

»Das ist Kronn«, flüsterte Rin mir ins Ohr. Sofort war mein Puls auf 180. Kronn, der die Menschen hasste, vor dem ich durch den Wald geflohen war, der Rin verletzt hatte. Jetzt trennten uns nur wenige Schritte voneinander. Ich konnte sogar seinen riesigen Schatten sehen, wenn ich mich leicht vorbeugte. Er war ungewöhnlich langgezogen, was erahnen ließ, welch Hüne Kronn war.

»Quo farn-tii sol'i i?«

Zum ersten Mal empfand ich es als beunruhigend, die Sprache der Kentauren nicht zu verstehen.

»Sie wird ihn ablenken«, raunte Rin und lauschte weiter den kehligen, dennoch melodischen Lauten, die durch die Stille der Nacht hallten. Ich konnte nur hoffen, dass es Hevova tatsächlich gelang und Kronn keinen Verdacht schöpfte.

»Tsiff-ti ole? Tsiff-e to Gaien.« Seine Stimme war gepresst, verriet Anspannung. Hatte er etwas gemerkt?

»Nev. Ko-tii. Rutiwat-wii tsi'me'a Utee ol.«

»Gol.«

Sie schwiegen. Das machte mich nur noch nervöser. Kronn brauchte nur zwei oder drei Schritte zu tun, und er würde mich entdecken. Ich konnte nicht weg von hier, ohne dass er mich sah, und zitterte ohne Unterlass. Die Anspannung war mit Händen zu greifen. Rins Hand schloss sich fest um meine. Es tat beinahe weh. Aber dann entfernten sich ihre Schritte endlich, und ich atmete auf. Vorsichtig spähte ich hinter dem Felsen hervor und sah, wie sich Hevova bei dem roten Krieger einhakte. Ein Horn hing an seinem Gürtel. Sie gingen auf das Lager zu. Er war wirklich ein Riese. Hevova reichte ihm nicht einmal bis zur Schulter. Wer in die Gewalt dieses Mannes gelangte, der überlebte nicht lange, da war ich mir sicher.

»Die Luft ist rein«, flüsterte ich, als ich die beiden kaum noch erkennen konnte.

»Aber da stimmt was nicht. Er hat sie gefragt, ob sie das auch riecht«, meinte Rin nachdenklich.

»Was riecht?«

»Den Menschengeruch.«

Er schaute mich besorgt an. »Mir wäre es wirklich lieber gewesen, du wärst in Calmwood geblieben.« Das klang so halbherzig, wie es gemeint war, denn ich wusste, dass er sich in Wahrheit genauso nach mir gesehnt hatte wie ich mich nach ihm.

Zärtlich fuhr seine Hand durch meine Locken. »Geh in deine Stadt zurück, Jorani. Dort bist du sicher. Ich weiß nicht, ob Kronn etwas ahnt.«

Ich seufzte. Durch dieses kurze Wiedersehen war mir klargeworden, wie sehr ich seine Gegenwart genoss, mich danach sehnte. Und jetzt, da sich unsere Wege wieder trennen sollten, fiel es mir unendlich schwer, mich von ihm zu lösen. Aber die Vernunft siegte.

Rin erhob sich, half mir auf und gab mir einen langen, tiefen Abschiedskuss.

»Sei auf der Hut«, warnte er mich.

»Ich gebe mir Mühe.« Rin lächelte mich zärtlich an, dann wandte er sich ab und kehrte zum Lager zurück.

Auch ich machte mich auf den Weg, versteckte mich hinter den Felsen und in ihren Schatten, um nicht vom Lager aus gesehen zu werden. Der Geier folgte mir. Wahrscheinlich hoffte er immer noch auf einen Mitternachtsbissen. Aber den Gefallen würde ich ihm nicht tun. Heute gab es kein Aas.

Ich irrte durch die Badlands und versuchte, mich an den richtigen Weg zu erinnern. Glücklicherweise holte mich Hevova bald ein und brachte mich auf ihrem Rücken bis zum Truck. Isaac war hinter seinem Steuer eingeschlafen. Er tat mir leid. Meinetwegen hatte er eine ziemlich unruhige Nacht. Und es sah nicht danach aus, als würde sie allzu bald zu Ende sein. Behutsam weckte ich ihn.

»Wo bin ich?« Es dauerte einen Moment, ehe er sich orientiert hatte. Dann starrte er mich ungläubig an. »Du bist ja grün! Von oben bis unten.«

Ich lachte und schnallte mich an. Isaac fuhr sich mit beiden Händen über die Stirn, öffnete eine Coladose und trank sie in einem Zug leer. »Das macht wach«, sagte er und startete den Motor.

»Du hast etwas gut bei mir«, versprach ich.

10. Kapitel

Leise klopfte es an meine Zimmertür. Ich drehte mich müde im Bett herum und vergrub mein Gesicht im Kissen. Ich wollte niemanden sehen, einfach nur schlafen. Wann war ich ins Bett gekommen? Ich wusste es nicht so genau. Doch die ersten Strahlen der Morgensonne hatten den Himmel bereits gefärbt, als Isaac den Pick-up-Truck vor dem Desert Spring geparkt hatte. Es klopfte erneut.

»Wer ist da?«, murmelte ich in mein Kissen.

»Deine Tante. Bist du wach?«

Was für eine Frage.

»Ja, sonst würde ich doch nicht antworten«, brummelte ich und gähnte.

»Wie bitte?«

Ich hob den Kopf, und meine wilde Lockenmähne fiel mir ins Gesicht. Ich konnte nichts sehen, schob sie mir mit einer Hand aus der Stirn und warf einen Blick auf den Wecker. Mich traf fast der Schlag. 15 Uhr! Ich hatte den halben Tag verschlafen, fühlte mich aber immer noch wie gerädert.

Kein Wunder, dass sich meine Tante Sorgen machte.

»Alles okay, ich komme gleich runter«, rief ich.

»In Ordnung.«

Ihre Schritte entfernten sich. Ich massierte meine Schläfen, musste erst einmal zu mir kommen. Ich hatte wie ein Stein geschlafen. Und erst jetzt kehrte die Erinnerung an die letzte Nacht zurück. Ich war erleichtert, wie gut alles geklappt hatte und dass es Rin gutging. Zumindest den Umständen entsprechend. Ohne Isaac und Hevova hätte ich das nicht geschafft.

Ich schleppte mich unter die Dusche. Herrlich warmes Wasser prasselte auf mich nieder. Während ich mein Haar wusch, überlegte ich, ob ich heute mit meiner Tante zum Mount Rushmore fahren sollte. Der Berg stand auf meiner Liste mit den Sehenswürdigkeiten, die ich unbedingt besichtigen wollte.

Als ich nach unten kam, standen Tante Abigail und Roger in der Küche. Gespannt beobachteten sie, wie der Kuchen im Ofen aufging. Der wahre Grund, warum sie sich hierhin zurückgezogen hatten, lag auf der Hand. Hier unten fühlten sie sich unbeobachtet. Meine Tante achtete sehr darauf, was die Leute über sie sagten. Und noch war ihre Verbindung zu Roger nicht offiziell. Ein schüchternes Küsschen fand den Weg auf seine Wange. Sie waren wirklich süß, erinnerten an Teenager, wie sie so erfolglos versuchten, ihre Beziehung vor mir geheim zu halten.

»Habt ihr vielleicht Lust auf einen Ausflug zum Mount Rushmore?«, fragte ich.

»Oh ... hast du mich erschreckt«, sagte Tante Abigail und klopfte sich mit der flachen Hand gegen die Brust. »Das ist ... aber lieb, dass du fragst. Leider haben wir viel zu tun. Die Arbeit macht sich nicht von allein.«

Sie setzte ein Verlegenheitsgrinsen auf. Ich verstand.

Die beiden wollten lieber Zeit für sich allein haben. Unter diesen Umständen konnte ich ihnen nicht böse sein.

»Der Kuchen scheint übrigens fertig zu sein«, stellte ich fest, nachdem ich einen kurzen Blick in den Ofen geworfen hatte, und zwinkerte meiner Tante zu. Dann zog ich mich ins Café zurück. Zu schade, dass mein Moped noch bei den Pwaytons in der Werkstatt stand. Ich wäre sonst allein zum Rushmore gefahren.

»He, Jorani!«, rief plötzlich jemand hinter mir. Isaac saß an dem kleinen Tisch, an dem Rin und ich Pizza gegessen hatten.

»He, Isaac!«, begrüßte ich ihn und setzte mich zu ihm. »Danke nochmals für deine Hilfe.« Ich wusste gar nicht, wo ich mit dem Danken anfangen sollte, nach allem, was er für mich getan hatte. Vor allem bekam ich ein schlechtes Gewissen, wenn ich daran dachte, dass er die ganze Nacht auf dem unbequemen Sitz des Pick-up-Trucks verbracht hatte. Ein echtes Wunder, dass er jetzt schon wieder so frisch aussah.

»Kein Problem.« Er lächelte. »Auch für mich war das ein kleines Abenteuer. Selbst wenn ich das meiste nur indirekt, durch deine Erzählung, mitbekommen habe.«

»Schön, dass du dem Ganzen etwas Positives abgewinnen kannst. Schmeckt's?«

»Ja, deine Tante kocht einen erstklassigen Eintopf.«

Ich lachte. »Freut mich.«

Er nahm einen Löffel und pustete darauf. »Und was hast du heute vor?«, wollte er wissen. »Noch ein Abenteuer erleben?«

»Ich weiß nicht. Wollte eigentlich zum Mount Rushmore.«

»Den hast du noch nicht gesehen, obwohl du schon fast zwei Wochen hier bist?«

»Na ja, es gab immer viel zu tun.«

»Verstehe. Was hältst du davon, wenn ich für dich den Fremdenführer spiele?«

»Ja, wieso nicht?« Mir gefiel die Idee. Isaac kannte sich gut in der Gegend aus. Und zu zweit machte es mehr Spaß als allein.

»Cool. Wann wollen wir los?«

»Iss deine Suppe auf, dann können wir meinetwegen sofort aufbrechen. Es sei denn, du hast heute etwas anderes vor?«

»Nein, das passt ausgezeichnet.«

Er begann, schneller zu essen. »Pass auf, dass du dir nicht die Zunge verbrennst.«

»Keine Sorge, so heiß ist es gar nicht mehr.«

Nachdem er aufgegessen hatte, lief Isaac zum Haus seines Vaters, um sich dessen Wagen auszuleihen. Ich wartete am Gartenzaun vom Desert Spring und beobachtete Bob Pwayton, der die Dellen eines Choppers ausbeulte. Irgendwann würde ich meiner Tante noch beibringen müssen, was mit ihrem Moped passiert war. Gott sei Dank hatte sie im Moment völlig andere Dinge im Kopf. Ihr fiel gar nicht auf, dass es nicht mehr in der Garage stand.

Der Pick-up-Truck hielt neben mir.

»Komm, steig ein«, rief Isaac mir zu.

Ich lief um den Wagen herum, öffnete die Beifahrertür und hätte mich fast auf einen Faltplan gesetzt, der auf dem Sitz lag. Ich nahm ihn und versuchte, ihn zusammenzulegen, was sich alles andere als einfach gestaltete.

»Na, dann mal los«, sagte ich, legte die Landkarte auf meinen Schoß und schnallte mich an.

Isaac startete den Motor, als er jedoch sah, dass ich mit dem Faltplan nicht zurechtkam, nahm er ihn mir ab und hatte ihn im Nu zusammengelegt. »Die Dinger sind kompliziert«, meinte er und fuhr los.

»Sah aber nicht kompliziert bei dir aus.«

»Reine Übungssache. Ich habe mir noch mal die Strecke angesehen. Zur Not fahren wir den Touristen hinterher, die wissen genau, wo sie lang müssen.«

Tatsächlich herrschte heute reger Verkehr auf den Straßen. Es war ein ungewohnter Anblick. Andererseits war ich sonst meistens zu einer Uhrzeit unterwegs, zu der andere bereits schliefen.

»Ich beneide dich wirklich, Jorani«, sagte Isaac. Ich spürte die Melancholie in seinen Worten.

»Mich? Wieso denn?«

»Sie vertrauen dir.« Er steckte sich einen Pfefferminzbonbon in den Mund und bot mir auch einen an. Ich lehnte ab.

»Du meinst die Ti'tibrin?«

Er sog die Luft tief in die Lungen, so dass sich sein Brustkorb blähte. Die Luft im Wagen fühlte sich frischer an. »Ja.«

»Das halte ich für eine gewagte These.«

»Immerhin hat Hevova dich zur Hand des Himmels mitgenommen. Neben mir wollte sie nicht mal sitzen.«

»Denkst du, sie hat gemerkt, wer du bist?«

Isaac zuckte mit den Schultern. Die kleine Bonbondose verschwand in seiner Hosentasche. »Vielleicht. Das könnte zumindest ihre Abneigung erklären. Ich bin die Verkörperung des Verrats, den mein Vater beging.«

»Aber du fühlst dich mit ihnen verbunden. Hab ich recht?«

»Vielleicht. Ich weiß es nicht.« Er schaltete das Radio ein, nur um es kurz darauf wieder auszuschalten. »Ich habe immer gespürt, dass ich nicht hierhergehöre, in diese Stadt. Aber ich gehöre auch nicht zu ihnen. Es ist … kompliziert.«

Er tat mir leid. Wie zerrissen er sich fühlen musste.

»Entschuldige, ich will dich damit eigentlich gar nicht belasten.«

»Tust du nicht.«

Er schaltete das Radio wieder ein. Dieses Mal ließ er es einige Minuten an, ehe er an dem Lautstärkeregler drehte.

»Ehrlich gesagt, hatte ich nie jemanden, mit dem ich darüber reden konnte. All die Jahre musste ich Dads Geheimnis hüten, durfte es keinem erzählen. Am Anfang war es gar nicht so schwer, aber irgendwann kam ich in das Alter, in dem man sich fragt, woher man kommt, wo die eigenen Wurzeln liegen.«

Er nahm eine Hand vom Lenkrad und strich über seine Jeans. Ein leises Lachen drang aus seiner Kehle. »Es ist so unglaublich, nicht wahr? Hast du es jemals gesehen?«

»Wovon sprichst du?« Mein Blick lag auf seinem kräftigen Oberschenkel, dessen Muskeln sich durch den festen Jeansstoff abzeichneten.

»Wie sie sich verwandeln. Wie aus diesen Beinen die kräftigen Läufe eines Pferdes werden.«

Das war in der Tat ein unglaubliches Schauspiel.

»Ja. Ich habe es gesehen«, gab ich zu.

»Das würde ich gern selbst erleben.« Seine Augen leuchteten förmlich.

»Hat es dir dein Vater nie gezeigt?«

»Nein. Das würde zu viele schmerzhafte Erinnerungen hervorrufen.«

»Verstehe.«

»Und wie ist es? Ich meine, wie genau ...«

»Ich bin nicht sicher, wie es funktioniert. Sie verschmelzen mit Pferden, aber es sind keine richtigen Pferde.«

Er schüttelte ungläubig den Kopf.

»Na ja, sie stammen aus der Erde, bilden sich aus ihr heraus, wie Geister. Sie nennen sie Zorwaya.«

»Wow. Das klingt magisch.«

»Ja, ich denke, magisch wäre der richtige Ausdruck.«

Er drosselte die Geschwindigkeit. »Ich will es auch können«, offenbarte er mir.

»Du?«

»Ja, ihr Blut fließt in meinen Adern. Mein Vater kann es, auch wenn er es unterdrückt.«

»Ich weiß nicht, ob das so einfach geht. Du hast ja auch menschliche Anteile.«

»Ja ... leider.«

Er biss sich auf die Unterlippe und schüttelte den Kopf. »Sorry, das wollte ich nicht sagen. Ich meine ...«

»Schon gut, das kränkt mich nicht, falls du das denken solltest. Ich wollte eigentlich nur vermeiden, dass du dir zu große Hoffnungen machst. Wie alt bist du?«

»Wie bitte?«

»Wie alt bist du?«

»Einundzwanzig.«

»Siehst du, genau das habe ich mir gedacht. Du alterst genauso wie ich. Sie aber werden steinalt. Ihre Körper funktionieren ganz anders als unsere, auch wenn sie uns zum Verwechseln ähnlich sehen.«

»Ja, ich weiß. Du wirst nicht glauben, wie alt mein Dad ist.« Er lachte leise. Dann fuhr er sich nachdenklich über das Kinn. »Ich bräuchte jemanden, der mir zeigt, wie es geht. Mein Vater weigert sich beharrlich. Ich habe ihn schon so oft gefragt. Aber er ist stur. Er sagt, ich soll akzeptieren, dass ich ein Mensch bin. Aber das kann ich nicht, denn das bin ich nicht. Nicht nur. Kannst du nicht mit Rin sprechen? Ihn fragen, ob er es mir zeigen kann? Du würdest mir damit sehr helfen, Jorani.«

Wie hätte ich ihm diesen Wunsch abschlagen sollen? Nach allem, was er für mich getan hatte. »Mal sehen, was ich tun kann.«

Er strahlte mich unwillkürlich an. »Danke.«

»Keine Ursache.«

Ich wünschte wirklich, ich hätte ihm helfen können.

Zwanzig Minuten später standen wir auf einer Aussichtsplattform vor dem Mount Rushmore. Der Berg war beeindruckend, eine Verbindung aus Natur und menschlicher Kreativität. Ein grauer Fleck in einer grünen Oase. Die Gesichter der Präsidenten waren ausgesprochen plastisch und deutlich größer, als ich erwartet hatte.

»Washington, Jefferson, Roosevelt und Lincoln«, las ich aus meinem Reiseführer vor. »Wie sie die wohl in den Stein bekommen haben?«

»Wenn du dich für solche Monumente interessierst, südwestlich von hier steht das Crazy Horse Monumental.«

Ich hob überrascht die Augenbraue. »Wirklich? Das ist auch in der Nähe?«

»Wir können hinfahren.«

Ich nickte. Ja, wieso nicht. Soweit ich wusste, war das Monument noch nicht fertig. Wir verließen die Plattform und gingen zu den Parkplätzen, wo Isaac den Truck abgestellt hatte und man uns Eintrittsgebühren für die Plattform abgeknöpft hatte, die jenseits von Gut und Böse lagen. Wir fuhren los. Rechts und links von uns erhoben sich felsige Hügel und Berge, die dicht mit Bäumen bewachsen waren. Schon von weitem konnte ich Crazy Horse sehen. Der Berg ragte wie eine Insel aus einem grünen Baummeer hervor und war deutlich größer als Mount Rushmore.

Isaac hielt in einiger Entfernung auf der Straße an, und wir stiegen aus.

»Wenn er mal fertig ist, wird er auf einem Pferd sitzen«, erklärte er mir. Bis jetzt sah man allerdings nur das Gesicht von Crazy Horse.

»Sieht schön aus.«

»Ja, wenn man auf Steine steht.«

Ich musste lachen. Isaac blickte mich von der Seite an und grinste von einem Ohr bis zum anderen.

»Ja, wenn man auf Steine steht«, bestätigte ich. »Wann wird das Monument fertig sein?«

»Das dauert. Sie sind schon eine ganze Weile damit beschäftigt. Die Bauarbeiten haben 1948 begonnen.«

»Was? Das ist ein Witz, oder?«

»Nein. Ich meine das ernst. Bisher wurden zehn Millionen Tonnen Granit aus dem Felsen gesprengt.«

»Wow. Ich bin beeindruckt.«

»Von zehn Millionen Tonnen Granit?« Er lachte.

»Nein, von deinem Wissen. Du bist ja ein wandelndes Lexikon.« Ich nahm meinen Prospekt heraus und las alles nach. Isaac hatte völlig recht.

»Das bringt mein Job mit sich. Wenn Touristen bei uns Souvenirs kaufen, wollen sie meist auch etwas über Rushmore oder Crazy Horse wissen. Ich habe das alles abrufbereit hier drin.« Er tippte mit dem Zeigefinger gegen seine Schläfe.

»Wollen wir näher an das Monument ran?«

Ich überlegte einen Moment und schüttelte den Kopf. »Ich habe alles gesehen.« Ich wollte mich gerade umdrehen, als plötzlich ein unheilvoller Schatten über uns hinwegschoss und mir den Prospekt aus den Händen riss. Instinktiv duckte ich mich und zerrte Isaac an seinem T-Shirt mit herunter. Ungewollt landete ich auf ihm. Ich spürte seine Muskeln unter dem T-Shirt. Sie waren hart wie Stein. Wie unangenehm, dass es sich so angenehm anfühlte. Das war ganz und gar nicht das, was ich beabsichtigt hatte! Isaac fing plötzlich zu lachen an. »Keine Angst, das war nur ein Geier«, sagte er.

Ich blickte auf und entdeckte den Vogel auf einem Ast in der Nähe. Mein Prospekt hatte er noch immer zwischen den Klauen. Der kahle Hals des Tieres ließ keinen Zweifel daran, dass es sich tatsächlich um einen Geier handelte. Etwas Warmes tropfte über meine Schläfe. Ich fuhr mit der Hand darüber und hatte Blut an meinen Fingern.

»Dieses Mistvieh hat mich angegriffen.« Entrüstet erhob ich mich und suchte in meiner Hosentasche nach einem Taschentuch, das ich auf die Wunde pressen konnte. »Ich dachte, Geier seien Aasfresser.«

»Normalerweise greifen sie Menschen nicht an. Lass

mal sehen.« Isaac nahm mir das Taschentuch ab und untersuchte meine Wunde. »Das ist nur ein kleiner Kratzer«, meinte er. Das war beruhigend. »Soll ich dich nach Calmwood zurückbringen?«

»Nein, doch nicht wegen so was.« Ich wollte mir den Tag nicht davon verderben lassen und hatte eine Idee. »Vielleicht fahren wir nach Rapid City. Dort gibt es die besten Shakes weit und breit.«

»Sehr gerne.«

Wir stiegen wieder ein und fanden uns wenig später in einem typisch amerikanischen Diner wieder. Der Kratzer hatte aufgehört zu bluten, und die Sache war schnell wieder vergessen.

Isaac bestellte sich einen Cheeseburger und einen Schokoshake. Der Eintopf hatte nicht lange vorgehalten.

Ich wählte Chicken Wings und einen Erdbeershake.

»Macht wirklich Spaß, mit dir unterwegs zu sein. Das sollten wir vielleicht öfter machen?«, meinte Isaac und lächelte mich zärtlich an.

Die Kellnerin brachte unsere Bestellung, und ich begann, an meinem mit Chili gewürzten Hühnerflügel herumzuknabbern. Die Dinger waren so scharf, dass ich einen kräftigen Schluck Erdbeermilch trinken musste. Selbst danach brannte es noch in meinem Rachen.

»Ja, solange ich noch da bin, sollten wir das ausnutzen«, gab ich ihm recht.

»Von jetzt an kommst du doch sicher öfter nach Calmwood, oder?«

»Ja, ganz bestimmt.« Dafür gab es einen guten Grund. Und der hieß Rin.

Isaac nickte sichtlich zufrieden und steckte seinen

Strohhalm in den Mund. Zäh floss die dicke Creme nach oben. Als schließlich nur noch ein kleiner Rest übrig war, verursachte der Strohhalm im Shake seltsame Geräusche, die uns zum Lachen brachten. Es klang wie ein Blubbern oder Gurgeln.

Ich winkte der Kellnerin und wollte bezahlen, aber Isaac erklärte: »Das geht auf mich. Ich hatte heute einen wirklich tollen Tag, und das ist mein kleines Dankeschön.«

»Och, Isaac. Eigentlich wollte ich mich doch bei dir bedanken.«

»Deine Gesellschaft ist mir Dank genug.« Er zückte seine Geldbörse.

»Du bist ein echter Schatz, weißt du das?« Isaac wurde rot und gab der Kellnerin ein ordentliches Trinkgeld. Als wir das Restaurant verließen, war es bereits dunkel. Isaac, ganz Gentleman, ließ es sich nicht nehmen, mich nach Hause zu bringen. »Danke für diesen schönen Abend«, sagte er.

Ich stieg aus, winkte zum Abschied und war mir sicher, einen neuen guten Freund gefunden zu haben.

Als ich das Desert Spring betrat, staunte ich nicht schlecht, Gladice hinter der Theke stehen zu sehen. Sie trug nur noch einen kleinen Verband um ihren Arm, und ihre Beweglichkeit hatte sichtlich zugenommen. Es waren nur wenige Gäste im Café. Viel gab es also nicht zu tun.

»Guten Abend, Gladice.« Ich blickte mich irritiert nach meiner Tante um.

»Abigail ist nicht hier.«

»Das sehe ich. Wo ist sie denn?«

Gladice wischte die Theke mit einem Lappen ab.

»Hab gehört, du hast dir den Rushmore angesehen? Und wie war's?«

»Gut! Beeindruckendes Monument.«

»Ja, das lockt viele Touristen in unsere Gegend. Alle wollen ihn sehen, den Rushmore.«

»Und das bei den Ticketpreisen. Aber sag mal, wo ist denn meine Tante? Sieht ihr doch gar nicht ähnlich, ihr geliebtes Desert Spring allein zu lassen.«

»Na, na, sie hat es ja in gute Hände gegeben.« Gladice zwinkerte mir zu und brachte einem Gast ein Glas Orangensaft. Als sie zurückkam, beugte sie sich über die Theke und flüsterte verschwörerisch: »Roger führt sie heute groß aus, in ein schickes Restaurant in Rapid City.«

»Oho, ich verstehe. Kann man dir helfen?«

»Lass mal, Jorani. Hier ist ja nicht viel los. Das schafft die alte Gladice schon allein.«

»Na schön«, sagte ich und musste gähnen. »Ich bin sehr müde. Wenn du also ohne mich klarkommst, geh ich ins Bett.«

»Nur zu, Kleine. Schlaf schön.«

Ich ging auf mein Zimmer und wollte mich eigentlich nur ausruhen, doch kaum lag ich in meinem Bett, übermannte mich die Müdigkeit so stark, dass ich auf der Stelle einschlief.

Am Morgen stieg mir der Duft von Pfannkuchen in die Nase. Ich ging hinunter ins Café, wo Abigail und Roger an einem Tisch saßen, auf dem ein Stapel Pfannkuchen und eine Kanne mit Ahornsirup standen. Kaffee dampfte aus zwei großen Tassen. Roger putzte gerade seine Brille, und meine Tante las die Morgenzeitung. Das Desert Spring war noch geschlossen. In einer halben Stunde würde Abigail das »Open«-Schild vor die Tür hängen, und die ersten Gäste würden nicht lange auf sich warten lassen.

»Guten Morgen«, grüßte ich die beiden.

»Morgen, Jorani, setz dich zu uns. Wir haben Pfannkuchen gemacht«, sagte Tante Abigail. Auf diese Einladung hatte ich nur gewartet. Rasch organisierte ich mir Teller und Besteck aus der Küche und setzte mich zu ihnen.

»Wie war euer Abend?«, fragte ich unverfänglich und nahm mir einen besonders großen Pfannkuchen vom Stapel.

»Sehr schön«, schwärmte Tante Abigail. »Roger hat mich abgeholt und nach Rapid City kutschiert. Dort haben wir einen langen Spaziergang gemacht, bis wir Hunger bekamen. Roger hat ein ganz tolles Restaurant für uns ausgesucht. Dort gab es echtes französisches Essen. Mit Weinbergschnecken als Vorspeise!«

»Klingt exotisch.«

»War es auch. Ich hatte vorher nicht gewusst, was für ein Gourmet Roger ist.«

Roger lachte verlegen und winkte ab.

»Am Schluss hat er die Rechnung bezahlt und mich nach Hause gebracht.«

»Wie es sich gehört.«

»Beim nächsten Mal lade ich aber dich ein.«

»Kommt nicht in Frage, da bin ich altmodisch.«

»Was für ein Sturkopf.« Sie lachte.

Ich freute mich, dass sich die beiden so gut verstanden. Noch mehr freute ich mich auf das Wiedersehen mit Rin. Die Me'Solbrem war gestern Nacht zu Ende gegangen, und ich hoffte, er würde mich am Abend abholen. Glücklicherweise verging der Tag sehr schnell. Ich half meiner Tante im Café, und später begann ich, in meinem Zimmer eins der Bücher zu lesen, die ich aus Berlin mitgenommen hatte. Gegen 19 Uhr klopfte es an meine Tür.

»Besuch für dich«, sagte Abigail. Das waren die drei magischen Worte, auf die ich sehnsüchtig gewartet hatte. Mein Herz geriet nun vollends aus dem Takt. Ich war so schnell in der Tür, dass meine Tante erschrak.

»Wer ist es?«

Sie lächelte milde. »Dein Rin.«

Endlich.

Ich beeilte mich, nach unten zu kommen. Da saß er. An unserem Tisch. Er trug denselben dunklen Anzug, den er schon einmal getragen hatte, als wir uns im Café getroffen hatten. In seinen Haaren steckte eine blaue Feder.

Ich wusste, was sie bedeutete. Rin hatte alle Prüfungen bestanden. Ich freute mich wahnsinnig für ihn, wusste ich doch, wie wichtig ihm das war.

»Hallo«, begrüßte ich ihn leise und klammerte mich an der Lehne des Stuhls fest. Rin sah einfach traumhaft aus. So stolz, so edel.

»Hallo«, sagte er und blickte zu mir auf. Seine Augen funkelten wie Sterne. Galant bot er mir den Platz an.

»Es scheint, als gäbe es Grund zu feiern«, sagte ich und setzte mich. Meine Kehle war vor Aufregung ganz trocken.

Er nahm die Feder ab und reichte sie mir. »Ja. Es war nicht ganz einfach. Kronn hätte mir fast einen Strich durch die Rechnung gemacht. Von drei Zweikämpfen habe ich zwei gewonnen. Das hat dem Häuptling genügt. Und die restlichen Prüfungen waren kein Problem.«

»Wie geht's deiner Schulter?«

»Du kennst doch meine Wundheilung.« Er zwinkerte mir zu und schnappte sich die Speisekarte. Ich sah allerdings an seinen Bewegungen, dass er immer noch Schmerzen haben musste.

»Möchtest du was bestellen?«, fragte ich erstaunt. Er las sie ausführlich, ehe er sie wieder zuklappte. »Nein, ich glaube, ich werde etwas anderes tun.«

»Ach ja? Und was?«

Schon stand er neben mir und griff nach meinen Händen, um mir aufzuhelfen.

»Dich entführen«, flüsterte er mir ins Ohr.

Ich lachte und ließ mich von ihm mitziehen. Rin rannte mit mir in die Dunkelheit hinaus. Er war wild und ungestüm wie ein junges Fohlen, das die Welt erkundete. Geschwind drehte er mich im Kreis, so dass mir schwindelig wurde. Als ich zu stürzen drohte, fing er mich auf und küsste mich zärtlich. Der Schwindel verflog schlagartig. Ich legte die Arme um seinen Hals und gab mich ganz den sanften Berührungen seiner Lippen hin. Dann nahm er mich an die Hand und zog mich hinter sich her, doch als er merkte, dass ich kaum mit ihm Schritt halten konnte, kam ihm eine neue verrückte Idee.

»Sitz auf«, sagte er und bot mir seinen Rücken dar.

»Ist das dein Ernst?« Ich lachte, war ausgelassen und glücklich, dass er die Prüfungen hinter sich hatte und wir wieder zusammen sein konnten.

»Na klar.« Er ging in die Knie und griff nach meinen Beinen, während ich mich an seinen breiten Schultern festhielt. Es war aufregend, seinen Körper an meinem zu spüren. Auf diese Weise trug er mich huckepack durch die Landschaft, und als wir Calmwood endlich hinter uns gelassen hatten, setzte er mich ab, um sich in einen Kentauren zu verwandeln.

»Komm«, sagte er, und ich saß auf seinen mächtigen Rücken auf, hielt mich abermals an seiner Schulter fest und ließ mich von ihm in den Wald tragen.

»Wohin bringst du mich denn?«

»An einen meiner Lieblingsorte. Du wirst ihn lieben.«

Wir ritten durch das Unterholz. Die Ahnen der Ti'tibrin sahen alles und schienen es gutzuheißen, was hier unten, verborgen unter den prächtigen Baumwipfeln, geschah.

Rin stieg auf einen kleinen Felsen, der über einen der zahlreichen Seen ragte. Zu meiner Rechten rauschte ein Wasserfall. Der Anblick übertraf alles, was ich bisher gesehen hatte. Das Wasser war so klar, dass es aussah, als bestünde es aus flüssigen Diamanten, die im Mondlicht glitzerten. Ich saß ab und setzte mich auf den Felsen, beobachtete das Spiel des Wassers, das sich plätschernd in die Tiefe stürzte.

»Die Ti'tibrin glauben, dass alles Leben aus dem Fluss entstand. Er ist immer in Wandlung, immer in Bewegung.«

Als ich mich wieder zu ihm umdrehte, war sein Pferdeleib verschwunden, und der menschliche Rin stand vor mir.

»Du hast keine Hose an«, sagte ich und grinste verlegen.

Plötzlich griffen seine Hände nach meinem T-Shirt und zerrten es mir über den Kopf. Ich erschrak, war überwältigt von dem plötzlichen Ausbruch seiner Leidenschaft.

»Rin!« Ich kicherte aus Verlegenheit, doch sein Blick war ernst und voller Verlangen. Aus einem Reflex heraus bedeckte ich meine nackten Brüste mit den Händen.

»Das passt perfekt zu meinem Plan. Du ahnst nicht, wie sehr ich mich nach dir gesehnt habe«, flüsterte er und strich mit zwei Fingern über meinen Oberarm.

»Jede Nacht musste ich an dich denken. Es war schwer, sich auf etwas anderes zu konzentrieren.«

Ein Zittern erfasste meinen ganzen Körper. Da war es wieder. Das dunkle Feuer, die schwarzen Flammen in seinen Augen, die mich schwach werden ließen.

Rin drängte mich sanft auf den felsigen Untergrund. Ich ließ mich fallen, spürte die harten, vom Wasser nassen Kanten in meinem Rücken. Schon lag er auf mir und hielt meinen Kopf in beiden Händen, so dass ich ihn nicht mehr bewegen konnte.

»Wie sehr habe ich darauf gewartet.« Sein Mund strich über meine Lippen.

Endlich durfte ich ihn wieder schmecken. Diese herbe sinnliche Note. Mit sanftem Druck drang seine Zunge in meinen Mund. Sein Kuss war ungestüm und begehrlich. Er biss mich sacht in die Unterlippe, zog an ihr und ließ sie wieder los. Dieses Spiel wiederholte er, bis ich es vor Verlangen nicht mehr aushielt, meine Hände in seinen Haare vergrub und ihn eng an mich zog. Meine Zunge fuhr über seine Oberlippe, zeichnete sie nach und drängte in seinen Mund.

Ich spürte seine feuchte Haut unter dem Hemd. Seine Arme zitterten vor Anstrengung und Erregung. Dann richtete er sich auf und entledigte sich seiner Jacke und des Hemds.

Er straffte seinen Oberkörper, und der kam mir nun noch viel muskulöser als sonst vor. In den letzten Tagen musste er seine Muskeln gestählt haben. Aber das war nicht die einzige Veränderung, die ich an ihm bemerkte. Eine Schlange schlängelte sich um seinen rechten Oberarm und biss sich fast in die eigene Schwanzspitze.

»Das Symbol für Bo-tata-Lon«, erklärte er. »Nur wer die Geduld der Schlange besitzt, kann auch die Prüfung des Bo-tata-Lon bestehen.«

Vorsichtig fuhr ich mit einem Finger über die leicht geschwollene Haut. Die Ti'tibrin hatten ihre eigene Methode, Tattoos zu stechen.

»Das hier ist auch neu«, sagte er und deutete auf ein winziges Stück Knochen, das fein geschliffen war und durch seine linke Brustwarze ging.

»Das Symbol für die erfolgreiche Jagd. Es ist der Splitter von einem Knochen des vor langer Zeit erlegten Barg. Der Häuptling bewahrt seine Gebeine auf. Jeder, der sich als würdig erweist, bekommt diese Auszeichnung«, erzählte Rin voller Stolz.

Ich hingegen presste die Zähne zusammen. Welche Schmerzen er ausgehalten haben musste! Ich traute mich nicht, diese empfindliche Stelle zu berühren.

Er machte sich an meiner Hose zu schaffen, zerrte an ihr, und auch ich konnte sie nicht schnell genug loswerden. Im hohen Bogen flog sie durch die Luft ins Gras.

»So habe ich es mir ausgemalt«, gestand er. »Es ist wie in meinen Träumen. Du warst der Grund, warum ich immer wieder die Kraft fand, eine Prüfung nach der anderen über mich ergehen zu lassen.«

Ich öffnete die Beine. »Ich habe auch an dich gedacht, Liebster.« Er verstand die Aufforderung und setzte sich zwischen meine Schenkel.

»Ich will dich ganz spüren«, hauchte ich.

Rin legte sich auf mich, so dass ich jeden einzelnen Muskel seines Körpers an meinem spüren konnte. Unsere Finger verschränkten sich. Vorsichtig drang er in mich. Mein Herz klopfte zum Zerspringen, näher konnte ich ihm nicht sein. Da drückte sich eine Steinkante in meinen Rücken.

»Autsch.« Ich stöhnte leise auf.

Rin rollte uns zur Seite, bis er unten und ich oben lag. Nun konnte ich ihn in seiner ganzen Pracht bewundern, seinen außergewöhnlichen Körper, sein wunderschönes Gesicht, sein seidiges Haar, das bei Nacht rabenschwarz glänzte. Er war perfekt.

Etwas in mir jubilierte, weckte Energien. Ein warmer und zugleich elektrisierender Strom floss durch mich in ihn und zurück. Rins Hände strichen durch die Luft, als zeichneten sie ebendiesen Fluss nach. Ich war nicht sicher, ob er ihn lediglich erspürte oder sogar sehen konnte. Wir wuchsen zusammen, verschmolzen zu einem Wesen, und tatsächlich meinte ich zu fühlen, was er fühlte. Als steckte ich in meinem und seinem Körper zugleich. Alle Energien strömten einem Ziel entgegen, sammelten sich in unserem Zentrum, das Teil unserer beiden Körper war. Ob sie das meinten, wenn sie von Malhamota sprachen? Ich jedenfalls glaubte, dass dieser Moment bedeutsam war.

Unsere Körper bewegten sich, schmiegten sich aneinander, lösten sich wieder, um sich erneut zu vereinen. Ich schaute in sein Gesicht, sah dort sein Verlangen, seine

Liebe und seine Lust. Ein letztes Zucken, und ich spürte eine Explosion in meinem Inneren, die mich ihm in die Arme warf.

Erschöpft blieben wir aufeinander liegen. Ich lauschte dem Schlag seines Herzens, genoss den vertrauten Rhythmus. Kühl strich der Wind über meinen Rücken. Allmählich kam mein Körper wieder zur Ruhe, mein Atem regulierte sich. Aber das Band war aktiv, in Bewegung, ein ständiger Austausch von Energie. Es war stärker als zuvor und würde weiterwachsen wie ein Pflänzchen, das zu einem mächtigen Baum wurde. Ich rollte mich zur Seite, tastete nach meinen Sachen und streifte sie über. Mir war kalt.

Rin nahm meine Hand und lächelte mich voller Liebe an. »Ich werde dich nie mehr verlassen, Jorani.«

Ich lachte leise, obwohl mir nicht zum Lachen zumute war. Ganz im Gegenteil. Er erinnerte mich an etwas Unvermeidliches.

»Was ist?«, fragte er verwundert.

»Ich bin bald wieder in Berlin, und du bist hier.« Wehmut stieg in mir auf. Ich fürchtete den Tag meiner Abreise, den ersten Morgen, an dem ich in Berlin erwachen würde. Unendlich weit von Calmwood und Rin entfernt. Der Gedanke schmerzte jetzt schon. Und doch wollte ich mir diesen Abend nicht verderben.

»Nein.« Seine Augen glänzten. »Ich bin hier.« Vorsichtig legte sich eine große Hand auf meine Brust. Mein Herz schlug sacht gegen seine Handfläche. »Das ist es, was Malhamota ausmacht.«

Ich berührte seine Hand und drückte sie. »Ich spüre es.« Seit unserer ersten Begegnung hatte ich es wahrgenommen, es zuerst nicht beachtet, ihm keine Bedeutung beigemessen, aber nun war ich mir sicher, dass uns etwas verband. Es war stark und mächtig. Trotzdem war es nicht dasselbe wie ein Rin aus Fleisch und Blut, den ich anfassen, den ich küssen konnte.

»Sei nicht traurig, Malhamota. Das Schicksal findet immer einen Weg.«

Ich wollte etwas erwidern, ihm sagen, dass ich nicht an Schicksal, sondern daran glaubte, dass jeder Mensch seinen Weg selbst bestimmte, als sich die winzigen Steinchen auf dem Felsvorsprung, auf dem wir lagen, bewegten. Irritiert beobachtete ich, wie sie ein Stück weit in die Luft sprangen.

»Was ist das?«, fragte ich verwundert, da begann der steinerne Untergrund unter uns auch schon zu vibrieren. Erst schwach, dann immer stärker. Das Wasser rauschte unruhig, Vogelschwärme zogen in Windeseile über den Himmel, als wären sie auf der Flucht vor einem Raubvogel. Aus dem Wald erklang der Ruf eines Horns. Erschrocken blickte ich zu Rin. Wir wussten beide, was das bedeutete. Kronn war in der Nähe.

»Wir müssen fort«, sagte ich ängstlich und suchte nach meinen Schuhen, die ich vorhin abgestreift hatte.

Plötzlich preschte etwas Gewaltiges zwischen den Bäumen hervor und schoss direkt auf uns. Es war riesig. Viel größer als jeder Kentaur, den ich je zuvor gesehen hatte.

»Okbroro!«, schrie eine Männerstimme. Sie klang unheilvoll, wie Donner. Rin zog mich hoch und wollte mit mir zur Seite springen, als ein Seil durch die Luft flog. Es schlang sich wie ein Lasso um meinen Oberkörper, und ehe Rin oder ich reagieren konnten, war der Kentaur in einem einzigen kräftigen Satz über den Felsvorsprung hinweggesprungen und riss mich an dem Seil mit sich in die Tiefe. Ich schrie. Aber mein Schrei wurde sogleich von den Wassermassen erstickt, die mich in sich einhüllten. Kronn zog mich hinter sich her durch den See. Ich versuchte, mich zu befreien, das Seil zu lösen, aber alles ging so verdammt schnell, dass ich kaum wusste, wie mir geschah. Ich strampelte wie irre mit den Beinen, nutzte jeden kurzen Moment an der Oberfläche, um kräftig nach Luft zu schnappen. Das Wasser spritzte meterhoch auf, um gleich darauf wieder über mich hinwegzuschwappen.

Kronn gallopierte ans Ufer und zerrte mich hinter sich her. Gräser und Zweige peitschten mir ins Gesicht. Ich klammerte mich an dem Seil fest und versuchte, es über meinen Kopf zu streifen, doch das war unmöglich. Es lag viel zu eng um meine Brust. Hinter uns spritzte das Wasser erneut einer Fontäne gleich in die Höhe.

Rin war ebenfalls in den See gesprungen und folgte uns im Körper eines Kentauren. Wendig sprang er durch die Wassermassen und zog einen Schweif aus feuchten Perlen hinter sich her. Aber er drohte den Anschluss zu verlieren. Kronn schlug Haken und zog mich erbarmungslos hinter sich her, völlig gleich, ob Büsche oder Sträucher unseren Weg versperrten.

Der dünne Stoff von T-Shirt und Jeans riss auf. Blut benetzte meinen Bauch und die Beine. Ich schrie, weinte, aber Kronn kannte kein Erbarmen. Er würde mich zu Tode schleifen. Die Schmerzen wurden unerträglich. Steine und Äste bohrten sich in mein Fleisch. »Anhalten, bitte!«, schrie ich, aber er lachte nur.

Ich hielt diese Schmerzen nicht länger aus, glaubte, dass mir sämtliche Knochen zerbarsten. Mein Körper war eine einzige große Wunde.

In meiner Verzweiflung wandte ich den Kopf, in der Hoffnung, Rin hätte zu uns aufgeschlossen und würde mich gleich aus den Fängen dieses Irren befreien. Aber Kronn hatte ihn abgehängt. Meine Hoffnung starb. Tränen raubten mir die Sicht. Es brauchte einen Moment, ehe mir gewahr wurde, dass der Schatten über meinen Augen nicht allein der verschwommenen Sicht geschuldet war, sondern dass mir tatsächlich die Sinne schwanden.

Und dann spürte ich nichts mehr, war nur noch wie eine fühllose Puppe, die tiefer und tiefer in den Wald gezerrt wurde. Eine Wurzel schlug gegen meine Stirn. Warmes Blut lief über mein Gesicht. Aber ich hatte kaum Schmerzen. Wurde ich ohnmächtig? Ich hoffte es zumindest.

Plötzlich hörte ich einen Schrei, der mich aus meinem betäubten Zustand befreite, und Kronn hielt an. Gleichzeitig breitete sich ein entsetzlicher Schmerz in meinen Gliedern, in meinem ganzen Körper aus. Es brannte wie Feuer. Erschöpft hob ich den Kopf. Das Seil spannte nicht mehr, er hatte es losgelassen. Etwas, oder viel mehr jemand, hatte ihn abgefangen und sich mit voller Wucht auf ihn gestürzt. Ich wusste, dass es Rin war. Ich konnte seine Nähe fühlen. Er musste ihn überholt haben. Ein wilder Kampf entbrannte.

»Okbroro!«, schrie Kronn und nahm einen Speer von seinem Rücken, den er bedrohlich durch die Luft wirbelte.

»Lauf weg, Jorani!«, vernahm ich Rins Stimme, doch sie klang fern und unwirklich, wie alles um mich herum. »Lauf!«

Ich wollte, aber ich konnte nicht. Ich war zu schwach,

um mich aufzurichten. Meine Beine gehorchten mir nicht. Gott sei Dank versagten mir meine Hände nicht auch noch den Dienst. Ich packte das dicke Seil, das sich wie eine Würgeschlange eng um meinen Brustkorb gespannt hatte und mich zunehmend daran hinderte zu atmen. Es kostete mich meine ganze Kraft, das Lasso über meinen Kopf zu ziehen, und als es geschafft war, war ich so erschöpft, dass ich nur noch über den Boden kriechen konnte. Ich zitterte überall, hatte kaum noch Gefühl in den Armen. Mir war heiß. Bestimmt hatte ich auch Fieber. Die Schmerzen waren unerträglich. So musste sich ein Delinquent zu früheren Zeiten gefühlt haben, den sie zur Strafe ausgepeitscht hatten. Kraftlos zog ich mich an einem Baumstamm hoch. Jeder einzelne Knochen in meinem Körper schmerzte, und als ich an mir heruntersah, bekam ich fast einen Schock. Blut, überall Blut. Auf meinem T-Shirt, an meiner Jeans. Löcher im Stoff. Darunter aufgerissene Haut, Striemen von peitschenden Zweigen, aufgeschlagene Knie von spitzen Steinen. Mein Kreislauf spielte verrückt.

»Lauf!«, rief mir Rin zu.

Die Männer kämpften besessen um den Speer, zerrten an ihm, bis das Holz leise knackte, als würde er entzweibrechen.

Ich konnte nicht. Es war ein Wunder, dass ich überhaupt aufrecht stand. Meine Beine zitterten ohne Unterlass.

Da stürzte sich etwas von oben auf Rin. Kreischend riss es mit seinen Klauen an seinen Haaren und brachte ihn aus dem Gleichgewicht. Er versuchte, es mit den Armen wegzuschlagen, geriet ins Straucheln und bekam das dumpfe Ende des Speers ins Gesicht. Ein Stöhnen drang zu mir herüber. Er hielt sich den schmerzenden Kopf, während der Geier zum Angriff ansetzte.

Kronn nutzte seinen Vorteil und schlug mit den Hinterläufen gegen einen Baumstamm, der sich dicht über den Boden neigte. Irgendwann musste ihn ein Blitz zum Teil entwurzelt haben. Jetzt hielt er sich nicht mehr fest genug im Erdreich, um Kronns Angriff standzuhalten. Der Stamm knarrte gefährlich.

»Rin ... zur Seite«, wollte ich rufen, ihn warnen, während er durch den kampfwütigen Geier abgelenkt war. Aber es kam nur ein Ächzen aus meiner Kehle. Ich sank auf die Knie, konnte mich nicht länger auf den Beinen halten.

Doch dann gelang es Rin, den Geier mit einem Schlag fortzuscheuchen. Er taumelte durch die Luft, ließ Federn und flüchtete ins Unterholz.

In dem Moment verloren die Wurzeln des Baumes ihren letzten Halt. Ein riesiger Schatten schob sich über Rin. Der schoss nach vorn, in der Absicht, dem umstürzenden Stamm auszuweichen, aber der mächtige Koloss näherte sich in bedrohlicher Geschwindigkeit dem Erdreich und riss Rin zu Boden, begrub seine Hinterläufe unter sich. Der Aufprall erschütterte die Erde.

Rin stöhnte gequält auf und versuchte, sich unter dem Stamm hervorzuwinden, dessen Gewicht ihn jedoch erbarmungslos niederdrückte. Seine Hände bohrten sich in die Erde, um sich unter dem Stamm hervorzuziehen. Kronn trat lachend vor ihn.

Der Größenunterschied zwischen beiden Kentauren war enorm. Kronn wirkte wie ein Riese. Sein Pferdeleib war so gigantisch, dass er Rin fast vollständig verdeckte. Man sah ihm an, dass er ein Arou-newe, ein Krieger und

Jäger war. Kronns Vorderhuf schlug dicht neben Rins Kopf auf. Mir stockte der Atem. Wenige Zentimeter weiter rechts, und er hätte Rins Schädel zertrümmert. Der Gedanke schnürte mir die Kehle zu. Ich hatte so große Angst um ihn. Wenn ich doch nur etwas tun könnte.

»Rin, du Schande der Ti'tibrin«, sagte Kronn in gebrochenem Englisch, offenbar wollte er, dass ich jedes Wort verstand. »Ich euer Treiben beobachte. Der Geier mein Auge und Ohr gewesen. Wie ich gehofft, du nach Me'solbrem zur Vernunft würdest kommen. Doch du ein elender Okbroro, ein Verräter bist!«

»Was Jorani und mich verbindet, wirst du niemals verstehen«, sagte Rin, und seine Stimme klang angestrengt.

Kronn schüttelte angewidert den Kopf. »Du die Mühe nicht wert«, erwiderte er abschätzig und wandte sich langsam von Rin ab, kam auf mich zu und warf den Speer achtlos zur Seite, um das Seil aufzuheben. Ich wich vor ihm zurück, aber schon verließen mich meine Kräfte wieder.

»Ich verstehe sehr gut, Rin. Ihr eine Verbindung habt. Wenn ich ihr schrecklichen Schmerz zufüge, dich das quälen wird.« Er lachte erneut.

»Jorani, lauf!«

Rin stemmte sich mit aller Kraft gegen den mächtigen Stamm. Der bewegte sich kaum. Lediglich das Laub raschelte durch die ruckartigen Bewegungen, Rin sank erneut zusammen.

Ich versuchte, mich auf die Beine zu ziehen. Vergeblich. Ich fühlte sie nicht mehr. Alles, was ich spürte, war ein unerträglicher Schmerz, der durch meinen gesamten malträtierten Körper schoss. Meine Wunden brannten wie Feuer, hörten nicht auf zu bluten.

Kronn stand dicht vor mir. Er verengte die Schlaufe des Seils und warf sie über einen Ast direkt über mir.

»Warum tust du das?«, brüllte ich ihn in einem Anfall von Wahnsinn an. »Was ist dein verdammtes Problem?« Tränen liefen mir über die Wangen. Ich wollte nicht sterben!

Er lachte mich aus, und das klang wie der Donner eines nahenden Unwetters. »Du das Problem sein. Du und deine Art. Menschen zerstörten das Land. Sie raubten. Plünderten. Töteten. Ihr nie genug werdet bekommen. Heilige Stätten ihr entehrtet. Unsere Toten ihr ausstellt. Jetzt ihr werdet bezahlen. Weißt du, wie Menschen die Ti'tibrin getötet?« Sein Blick war kalt und voller Hass. Ich schüttelte geschwächt den Kopf.

»Sie an die Bäume gehängt wurden. Ihre Kadaver nicht begraben. Tiere sie fraßen.«

»Kronn, die Menschen haben sich verändert«, hörte ich Rin rufen. »Sie sind nicht mehr wie die Siedler.«

»Nein! Sie immer noch arrogant sind. Sie zerstören, was in ihrem Weg ist. Aber dieses Mal sie nicht gewinnen werden.« Er zog die Schlaufe nach unten und streifte sie mir über den Kopf. Ich bekam keine Luft. Meine Hände versuchten, nach dem Seil zu greifen, griffen jedoch ins Leere. Eng legte es sich um meinen Hals, schnitt mir ins Fleisch. Warmes Blut rann über meine Haut.

»Bitte nicht.« Ich weinte hemmungslos. Da riss er mich mit einem einzigen kräftigen Ruck am Ende des Seils auf die Beine. Es schnürte mir die Kehle zu.

Kronn lachte teuflisch und legte all seine Kraft in den nächsten Zug. Ich hob mich ein Stück weit in die Luft, so dass nur noch meine Zehenspitzen den Boden berührten. Nun geriet ich vollends in Panik und zerrte mit beiden Händen verzweifelt an der Schlinge, doch konnte sie nicht lockern. Sie saß fiel zu fest.

»Kronn, tu es nicht ...«, stöhnte Rin und bäumte sich ein weiteres Mal auf. Erneut bewegte sich der mächtige Baum über ihm. »E'neya, hepokat-mii ... hepokat-mii.« Er sammelte alle seine Kräfte, um den Baumstamm hochzustemmen. Sein Gesicht war vor lauter Anstrengung verzerrt. Dicke Sehnen traten an seinen Armen und seinem Hals hervor. Die Zähne waren fest zusammengepresst, Schweiß lief ihm über die Schläfen, tropfte an seinen Schultern herunter. Ein öliger Schimmer überzog die glänzende Haut. Er grub die Finger in die Erde, krallte sich mit beiden Händen fest. Der Baum bewegte sich stärker. Ihm gelang es, einen Hinterlauf frei zu bekommen.

»E'neya, hepokat-mii«, brüllte er und schrie seinen Schmerz heraus.

Kronn drehte sich zu ihm um und beobachtete das Schauspiel. »Ich gerührt davon, wie du kämpfen, obwohl du kein Krieger sein, Rin«, sagte er amüsiert.

Dann ruckte sein Kopf zu mir herum, und ich sah den Tod in seinen Augen aufblitzen. Mit aller Kraft zog er an dem Seil, und meine Füße verließen den Boden. Ich hing in der Luft. Meine Beine zappelten, suchten nach Halt, während ich nach Atem rang, doch die Luft erreichte meine Lungen nicht. Mein gesamtes Gewicht hing an meinem Hals. Ich hörte Kronns fernes Lachen. Sein Gesicht war auf meiner Augenhöhe. Hohn, Spott und sadistische Freude spiegelten sich in seinen Zügen. Ich wusste, jetzt würde ich sterben. Bilder zogen an meinem geistigen Auge vorbei. Erinnerungen. Ich sah meine Kindheit, meine Einschulung, Mom und Dad. Nein! Ich wollte leben. Verzweifelt versuchte ich, mich gegen das Unvermeidliche zu wehren. Meine Finger schoben sich unter das Seil, aber sie konnten es nicht von meinem Hals lösen. Mir schwindelte. Mein Herz raste. Sollte Kronns schreckliche Fratze das Letzte sein, was ich zu Gesicht bekam? Sein grausames Lachen widerte mich. Aber dann wandelte es sich, und sein Blick wurde starr, die Mimik gefror zu einer Maske. Ich verstand nicht, was geschehen war, spürte nur, wie sich das Blut in meinem Kopf staute. Abrupt ließ er das Seil los, stürzte zu Boden und schlug schwer wie ein Stein auf, so dass die Erschütterung den ganzen Wald erzittern ließ. Auch ich fiel herunter, schlug mir die Knie auf. Das Seil löste sich, erlaubte mir zu atmen.

»Du bist ebenfalls kein Krieger, Kronn. Ein Krieger hat Ehre im Leib.«

Rin stand über Kronn. In seiner Hand lag der Speer. Die Spitze war blutrot. Ich war erleichtert, unendlich erleichtert. Ich spürte, dass mich jemand von dem Strick befreite, mich hochnahm und an sich drückte.

»Alles wird gut, Jorani.«

Rins Stimme war so unendlich fern. Alles um mich herum trat in den Hintergrund. Ich versuchte, wach zu bleiben, aber Dunkelheit umfing mich.

11. Kapitel

Arme Jorani. Ich wünschen mir, ich schneller bei euch gewesen sein.«

»Es ist gut, dass du uns überhaupt gefunden hast.«

Man legte mich nieder. Ich hörte ferne Stimmen, die klangen, als hätte ich Watte in den Ohren. Ein seltsamer Hall lag auf ihnen, verzerrte sie. Aber ich erkannte sie dennoch. Sie gehörten Rin und Hevova.

Mein Körper fühlte sich schwer und unendlich müde an. Ich war zu schwach, um die Augen zu öffnen, und erinnerte mich nicht daran, was geschehen oder wie ich hierhergekommen war.

»Was ist mit Kronn?«

»Ich habe ihn verwundet und dachte, er sei außer Gefecht. Dann sprang er plötzlich auf und floh, der elende Feigling.«

»E'neya uns beistehen möge, es klingt wie Schwierigkeiten. Doch sag, wie es dir geht, Jaknuri?«

»Das ist jetzt nicht wichtig. Meine Sorge gilt Jorani. Alles ist meine Schuld. Ich hätte sie nicht in die Black Hills bringen dürfen, solange Kronn noch hier war.«

Ich wurde zugedeckt. Jemand griff nach meiner Hand und hielt sie fest.

»Du dir keine Vorwürfe machen. Du nicht ahnen können, dass er euch beschatten. Und dass er gehen würde so weit.«

»Ich weiß. Aber das macht die Sache nicht besser. Ich habe die Frau, die ich liebe, in Gefahr gebracht. Ich würde niemals wieder glücklich werden, wenn ihr etwas zustieße.«

Ich versuchte, die Augen einen Spalt zu öffnen. Das gelang nicht. Es fühlte sich an, als wären meine Lider aneinander festgeklebt. Ich konnte sie nicht aufmachen. Allein der Versuch strengte mich so sehr an, dass ich erneut in bodenloses Nichts sank, nur um einen Augenblick später wieder aufzuwachen.

Wo war ich? Ich hatte keine Ahnung. Aber ich konnte Wärme spüren und den leichten Druck einer Hand, die mich schon oft berührt hatte. Ich wollte sagen: Macht euch keine Sorgen. Ich bin hier! Doch kein Laut kam über meine Lippen. Ich war in einem Körper gefangen, der einfach nicht meinen Befehlen gehorchen wollte.

»Vater wird erfahren alles von mir, und er gerechte Strafe über Kronn sprechen wird.«

»Verbannung. Weniger hat dieser Mistkerl nicht verdient.«

Jemand beugte sich über mich. Ich hörte ein Knarren, spürte, wie das Polster nachgab und sich ein Schatten über mich legte.

»Ihre Familie es erfahren muss. Sie sich Sorgen machen«, sagte Hevova.

»Ich weiß. Aber ich konnte sie nicht allein lassen. Würdest du vielleicht ... ich weiß, das ist viel verlangt. Du fühlst dich in ihrer Stadt unwohl. Doch ich kann jetzt nicht von ihrer Seite weichen.«

»Das verstehen ich. Doch sieh, schon spät ist. Morgen, wenn Sonne aufgegangen, ich werde mit Tante von Jorani sprechen. Jetzt ich nach Ven'Callas zurückkehren, um zu reden mit Siruwathi. Er erfahren muss, welch Gewürm lebt unter ehrenhaften Ti'tibrin.«

»Gut.«

Der Schatten entfernte sich. Schritte waren zu hören, dann das Klacken einer Tür.

Der Griff um meine Hand wurde fester, und ich spürte feuchte Lippen auf meiner Haut. »Jorani, bitte werde wieder gesund.«

Das werde ich. Mach dir keine Sorgen, wollte ich rufen, aber meine Stimme gehorchte mir nicht. Ich konnte mich einfach nicht bemerkbar machen. Es war, als wäre ich in einem Zustand zwischen Schlaf und Wachsein gefangen. Nur meine Augenlider bewegten sich leicht. Ich versuchte, mit ihnen zu zwinkern, um auf mich aufmerksam zu machen. Da endlich reagierte er, wie ich es erhofft hatte.

»Jorani, du bist ja wach!«

Er ließ meine Hand los, fasste nach meinem Gesicht und küsste mein Kinn, meine Wangen und meine Stirn. »Meine Jorani.«

»Rin …«, hauchte ich und traute meinen Ohren kaum. Endlich funktionierte meine Stimme wieder! Nachdem mein Verstand längst erwacht war, schien sich auch mein Körper aus seiner Starre zu befreien.

Jetzt spürte ich den Schmerz in meinen Armen und Beinen. Ich war nackt unter der Decke. Die Wunden brannten, die Schmerzsignale erreichten mein Gehirn.

»Wo bin ich?«

»Bei mir. In der Hütte. Am Waldrand.«

Zärtlich strich seine Hand über meine Wange. Sie fühlte sich so kalt an. Vielleicht hatte ich Fieber.

»Was ist geschehen?« Ich erinnerte mich nicht. Das heißt, ich hatte eine dunkle Ahnung, wusste von einem Kampf. Aber alles, was danach kam, war verschwunden.

»Ich habe Kronn besiegt. Er ist geflohen, und Hevova hat uns im Wald gefunden. Sie half mir, dich hierherzubringen. Du bist jetzt in Sicherheit, hörst du, mein kleines Stadtmädchen?«

»Es tut so weh.«

Das Sprechen strengte mich sehr an, und ich musste eine Pause einlegen. Rin zog die Wolldecke bis zu meinem Kinn hoch und setzte sich auf den Stuhl zurück, um über mich zu wachen.

»Ich weiß. Das muss es auch. Es ist die Wirkung des Rikamiah. Bald hast du alles überstanden. Vertrau mir. Versuch zu schlafen, dich auszuruhen. Ich bleibe hier bei dir.«

Ich wollte protestieren, schließlich hatte ich meinen Körper gerade erst mühevoll wach bekommen. Aber Rin kannte sich als angehender Schamane mit Erkrankungen und Verletzungen besser aus als ich. Er wusste, dass mein Körper noch Ruhe brauchte, und er hatte recht. Ich schlief tatsächlich sehr schnell wieder ein, doch kam genauso schnell wieder zu mir. Zumindest bildete ich mir das ein. In Wahrheit waren die Nacht und der darauffolgende Tag bereits vergangen. Für mich machte es keinen Unterschied. Erst Rin machte mich darauf aufmerksam, wie lange ich tatsächlich geschlafen hatte. Es erschreckte mich, so lange außer Gefecht gewesen zu sein. Ich hatte tatsächlich nichts um mich herum mitbekommen, hatte wie ein Stein geschlafen. Wenigstens fühlte ich mich jetzt deutlich besser. Meine Wunden hatten sich geschlossen, das Rikamiah hatte wahre Wunder bewirkt. Ich konnte meine Beine bewegen, ohne unerträgliche Schmerzen zu haben.

»Du siehst besser aus«, stellte Rin fest. Er klang sehr müde, aber glücklich. Ich spürte, dass er die ganze Zeit bei mir geblieben war. Wahrscheinlich hatte er kein Auge zutun können.

»Ich möchte aufstehen.« In mir regte sich das Bedürfnis, mich zu bewegen. Kaum richtete ich mich auf, wurde ich jedoch sacht ins Kissen gedrückt.

»Du musst liegen bleiben«, forderte Rin und wackelte tadelnd mit dem Zeigefinger.

»Wenn es stimmt, was du sagst, und ich einen ganzen Tag ausgeschaltet war, wird sich meine Tante große Sorgen um mich machen.«

»Sie weiß längst, dass du bei mir bist.« Seine Lippen berührten sanft meine. Und sofort breitete sich jenes aufregende Prickeln in mir aus, das von meinen Lippen ausging. Es verdrängte den Restschmerz. Warm strich sein Atem über meinen Mund, und schließlich küsste er mich.

»Heute Nacht bleibst du bei mir, Jorani. Ich dulde keinen Widerspruch«, sagte er und zwinkerte mir zu. Dann schlug er die Wolldecke zurück und legte sich neben mich.

Ich rückte ein Stück, um ihm Platz zu machen, aber er zog mich dicht an sich und schlang seine Arme um meine Taille. Obwohl meine Haut wund war, lösten seine Berührungen keine Schmerzen aus.

Ich wünschte, die Zeit würde für eine ganze Weile stillstehen. Für eine Woche oder ein Jahr. Zumindest wollte ich diese Nacht mit ihm verbringen, mit ihm erleben, nicht etwa früher einschlafen und wertvolle Zeit verstreichen lassen. Zu dumm, dass ich trotzdem immer wieder eindöste.

»Jorani?«, flüsterte Rin und schreckte mich aus dem Schlaf. »Tut mir leid, ich war nicht sicher, ob du schläfst.« Dann lachte er leise. »Du bist so müde, dass du nicht einmal geradeaus gucken kannst.«

»Du musst mich bitte aufwecken, falls ich noch mal einschlafe«, stammelte ich und gähnte.

»Aber wieso denn?«

»Damit ich wach bin, um jede Sekunde mit dir zu erleben.«

Er lachte. »Du kommst auf Ideen.«

»Was ist daran so lustig?«

»Du musst wieder zu Kräften kommen. Es war dumm von mir, dich zu wecken.«

»Nein, das war genau richtig. Weck mich bitte immer, wenn ich einschlafe.«

»Das ist doch Unsinn.«

»Nein, ich will es so. Bitte. Versprich es.«

Er sah mich skeptisch an und seufzte leise. »Na schön.«

»Du bist ein Schatz.«

Ab jetzt gelang es mir jedoch wach zu bleiben. Und bald hatte ich den toten Punkt überwunden, so dass es kaum eine Anstrengung war. Rins warme Hand glitt über meinen Arm. Ich bekam eine Gänsehaut. Er konnte so zärtlich sein, wenn er nur die Fingerspitzen beim Streicheln einsetzte. Unweigerlich lief ein heißkalter Schauer meinen Rücken hinunter.

Er blickte mich lange und intensiv an. Seine dunklen Augen verwandelten sich in glühende Kohlestücke, in denen die Glut gerade erst im Begriff war, sich zu entfachen. Seine Miene war ernst, aber dennoch gütig. Sacht hob er meinen Kopf und verschloss meinen Mund mit seinem. Sein Kuss schmeckte ehrlich und rein, doch ich fühlte, dass er mehr wollte. Ein salziger Geschmack breitete sich auf meiner Zunge aus, als sich unsere Lippen wieder voneinander lösten. Zärtlich zeichnete er die Form meines Mundes nach. Ich hauchte einen Kuss auf die Kuppe seines Zeigefingers.

Dann wanderten seine Hände tiefer, unter die Decke und strichen über meine nackten Beine, die unter seinen Berührungen zu neuem Leben erwachten. Das Blut pulsierte wild in meiner Mitte.

»Mir ist heiß.« Ich war nicht sicher, ob es die Erregung oder das Fieber war. Rin antwortete nicht.

Er spielte an meinem Ohrläppchen, knabberte daran. Seine Hände erkundeten meinen ganzen Körper. Suchten nach meinen Brüsten und liebkosten sie zärtlich. Rin hatte so unglaublich sanfte Hände.

»Deine Haut ist herrlich weich«, flüsterte er. »Ich möchte dich überall berühren.« Vorsichtig warf er die Decke zurück und bedeckte meinen Körper mit Küssen, befeuchtete die Striemen und Schrammen.

Ich blickte an mir herunter und erschrak. Wie hätte ich ahnen sollen, wie schrecklich ich aussah? All die Rötungen, die Kratzer und Verkrustungen entstellten mich. Sie waren überall. Ich fühlte mich plötzlich unsagbar hässlich und zog die Decke über mich, versteckte mich darunter.

»Was ist passiert?«, fragte Rin verblüfft.

»Ich will nicht, dass du mich so siehst«, gestand ich.

»Ich habe dich doch schon ohne Kleider gesehen.« Er lächelte milde.

»Ja, aber … ich sehe schrecklich aus.«

»Nein, du bist wunderschön.«

Ich wusste, er meinte es lieb, aber ich konnte ihm nicht glauben. »Das hier findest du schön?« Ich warf die Decke wieder zurück und zeigte auf die Verletzungen, die meine Haut übersäten. Ich hoffte inständig, dass alles verheilen würde. Sogar mein Busen war voller Striemen.

Rins Lächeln wurde breiter und sanfter. »Ich finde dich schön, so, wie du bist«, verkündete er und verteilte Küsse auf meine Wunden. Seine Lippen kühlten sie. Es fühlte sich gut an.

»Lass es mich dir beweisen.«

Rasch öffnete er seinen Gürtel, war im Nu aus der engen Jeans und streifte sein kariertes Hemd ab. Die Haare fielen ihm wild ins Gesicht, umrahmten seine charismatischen Züge, die auffälligen Wangenknochen und den kantigen Kiefer. Er beugte sich über mich, und ich erhaschte einen Blick auf sein beeindruckendes Sixpack. Vorsichtig berührte ich es und zuckte zurück. Sein Bauch fühlte sich an, als wäre er in Stein gemeißelt. Extrem hart. Die Haut selbst war jedoch seidig und warm.

Seine Lippen wanderten von meinem Mund aus über meinen Körper, bis er zwischen meinen Schenkeln landete und sich zwischen sie setzte. Dort senkte er den Kopf und bedachte die Innenseite meines rechten Schenkels mit zärtlichen Küssen. Es kitzelte, und ich zuckte an allen möglichen und unmöglichen Stellen meines Körpers. Obwohl ich mich noch immer für meinen Körper schämte, konnte ich ihn dennoch nicht noch einmal abweisen. Seine Küsse wurden inniger, leidenschaftlicher.

»Du bist so herrlich warm.«

»Ich habe sicher Fieber. Vor Aufregung.« Meine Wangen glühten förmlich. Und das war nicht die einzige Stelle, die heiß brannte.

»Tatsächlich?« Er strich sich mit beiden Händen die dunklen Haare aus der Stirn und ließ seine Lippen weiter auf Wanderschaft gehen. Sie näherten sich meinem Slip, dem einzigen Kleidungsstück, das ich noch anhatte. Ich hielt vor Aufregung den Atem an. Rasch fächelte ich mir mit der Hand frische Luft zu. Aber das änderte nicht viel. Die Luft um uns herum flimmerte förmlich vor Hitze.

Plötzlich spürte ich einen kühlen Luftzug unter meinem Höschen. Rin hatte es nur leicht angehoben, dann aber davon abgelassen. Er widmete sich nun meinem linken Oberschenkel und schickte seine Lippen erneut auf Wanderschaft. Jede Berührung seines Mundes löste ein heißes Prickeln in meinem Bauch aus. Die Schmetterlinge flatterten wild durcheinander. Dieses Mal würden sie sich nicht so schnell wieder beruhigen.

Ich warf den Kopf in den Nacken und starrte an die Decke. Endlich machte er sich an meinem Höschen zu schaffen und zog es in einem Ruck bis zu meinen Knien.

Ich sah das Verlangen in seinen Augen und spürte, wie mein eigenes immer stärker wurde. Ganz vorsichtig setzte er sich wieder zwischen meine Beine, hob sie leicht an und legte sie auf seine Schultern. Mein Becken war leicht angehoben. Ich nahm ihn ganz deutlich heiß und pulsierend an mir wahr.

Dann war es nur eine kurze Bewegung, und schon war er tief in mir. Er erfüllte mich ganz und gar. Das Band, das uns umwob, uns aneinander schmiedete, fing auf eine angenehme Weise an zu glühen. Und was ich spürte, war so viel mehr als nur sein Körper. Ich spürte ihn. Den wahren Rin. Ich weiß nicht, ob es seine Seele war, die meine berührte, doch zumindest kam dies dem Gefühl nah, das ich im Moment unserer Vereinigung empfand. Es fühlte sich richtig und bedeutsam an.

»Ich bin immer bei dir«, vernahm ich eine Stimme. Doch Rin hatte seine Lippen nicht bewegt. »Egal, wohin du gehst.«

Seine dunklen Haare flogen wild durch die Luft, fielen ihm ins Gesicht. Es sah aus, als besäßen sie ein Eigenleben. Sein Atem wurde schneller und kam stoßweise aus seinem leicht geöffneten Mund. Starke Finger schlossen sich um meine Handgelenke, führten sie nach oben über meinen Kopf, wo sie sie zusammenhielten.

Meine Schenkel pressten sich an seinen Körper, umschlossen ihn. Nun gab ich mich seinem Rhythmus ganz und gar hin. Das war es, was Malhamota ausmachte. Es setzte Energien frei, die ich in meinem Zustand niemals in mir vermutet hätte. Jede Faser meines Körpers spannte sich an, ich warf den Kopf von einer Seite zur anderen, hörte mich selbst laut aufstöhnen, merkte, wie sich mein Oberkörper aufbäumte, sich schüttelte und wie ich schließlich erschöpft, doch glücklich auf das Kissen zurücksank.

Rin ließ von mir ab und legte sich schwer atmend neben mich. Seine Hand tastete nach meiner, und als er sie fand, griff er nach ihr und hielt sie fest.

Wir waren viel zu erledigt, um etwas zu sagen, und dennoch wusste ich, er fühlte, was ich fühlte. Eine ganze Weile lagen wir reglos und schweigend da.

»Ich habe dich gehört«, durchbrach ich schließlich die angenehme Stille.

»Ich weiß. Ich habe dich auch gehört.«

Er legte die Hand auf meine Brust, wie er es schon einmal getan hatte. Ich verstand, was er mir sagen wollte. Es gab diese Verbindung. Ich hatte sie mir nicht eingebildet. Das machte mich ungemein glücklich, doch ich war auch sehr ermattet. Der Sex mit ihm war aufregend, aber ebenso anstrengend. Ich würde unsere gemeinsamen Nächte und seine Leidenschaft sehr vermissen. Aber nach allem, was Roy mir anvertraut hatte, war es für uns beide vielleicht das Beste, wenn wir uns nicht mehr sahen und ich in Berlin blieb.

Rin drehte plötzlich mein Gesicht in seine Richtung und schüttelte den Kopf. Ich war nicht sicher, ob er meine Gedanken erraten hatte, aber sein Blick verriet, was er dachte: dass er nicht mehr ohne mich sein wollte. Ich lächelte ihn glücklich an und strich ihm die dunklen Haare aus der Stirn.

Die Müdigkeit kehrte zurück. Und das in solchem Ausmaß, dass mir die Augen in immer kürzeren Abständen zufielen. Ich blickte in sein schönes Gesicht und prägte mir jede Einzelheit ein. Seine fantastischen schwarzen Augen, die hohen Wangenknochen, die seidige Haut und das wunderschöne Lächeln. Das war das Letzte, was ich sah, bevor ich einschlief. Zwar hatte ich trotz allem keine besonders ruhige Nacht, aber als ich am nächsten Morgen die Augen wieder aufschlug, fühlte ich mich ausgeruht und voller Tatendrang. Ich musste zum Desert Spring zurück. Abigail machte sich bestimmt große Sorgen. Ich wollte sie nicht länger im Unklaren lassen.

Rin war neben mir eingeschlafen und hielt mich in seinen Armen. Ich hörte sein leises Atmen, das gleichmäßig und doch so kraftvoll klang. Ich genoss es, ihm zu lauschen, und verharrte für eine Weile, ehe ich mich vorsichtig aus seiner Umarmung löste. Leise schlich ich mich in die Küche, um Wasser aufzusetzen. Mit zwei dampfenden Teetassen kehrte ich zu Rin zurück. Er hatte inzwischen seine Position gewechselt und lag quer über dem Bett. Die Decke hing halb auf dem Boden, und der winzige Rest, der ihn noch bedeckte, drohte gerade runterzurutschen. Ich hatte freien Blick auf seinen makellosen Körper. Er war hinreißend schön, und ich verspürte den Drang, ihn zu berühren.

Vorsichtig stellte ich die Tassen auf dem Tisch ab und streichelte zärtlich Rins kräftigen Rücken. Ein leises Brummen drang aus seiner Kehle. Es klang animalisch.

»Rin?«, flüsterte ich. Er brummte noch einmal. »Rin, wach auf.«

Er rollte sich auf die andere Seite und verbarg sein Gesicht in seinen Armen.

»Du bist ein Morgenmuffel«, stellte ich überrascht fest und musste lachen. Dann griff ich nach seiner Teetasse und hielt sie ihm unter die Nase. Der Duft von frischem Ingwertee erfüllte den Raum.

»Mmmh.« Schlaftrunken hob er den Kopf.

»Der ist für dich.« Ich reichte ihm die Tasse.

Rin setzte sich mühselig auf und fuhr sich mit einer Hand über das Gesicht, mit der anderen nahm er die Tasse und trank einen Schluck.

»Vorsicht, der ist noch heiß.«

»Ich weiß. Wie spät ist es?«

»Später, als du glaubst. Schon elf.«

Er hielt in seiner Bewegung inne. »Ich muss ja wie ein Toter geschlafen haben.«

Ich lehnte mich an ihn. »Das kann ich nicht bestätigen.«

»Nicht?«

Ich schüttelte lachend den Kopf. »Du hast nämlich geschnarcht. Und soweit ich weiß, schnarchen Tote nicht.«

»Was? Das … kann gar nicht sein.«

»Oh doch. Ich bin einige Male wach geworden und habe es ganz deutlich gehört.«

Zum ersten Mal, seit ich ihn kannte, bemerkte ich eine leichte Rötung seiner Wangen. Es stand ihm, ließ es doch sein gleichmäßig gebräuntes Gesicht noch mehr strahlen, als es das ohnehin schon tat.

»Ich muss zu meiner Tante und außerdem meine Sachen packen.«

Schwermut befiel mich. Die Vorstellung, bereits am nächsten Tag um diese Zeit im Flugzeug nach Berlin zu sitzen, setzte mir sehr zu. Die meiste Zeit gelang es mir recht gut, diese Tatsache zu verdrängen. Doch nun wurde es mir immer bewusster.

Rin stellte seine Tasse ab und umarmte mich. Es schien, als wollte er mich festhalten, mich nie mehr hergeben. Aber das war unmöglich. »Wieso verrinnt die Zeit so schnell, wenn man sich am wohlsten fühlt?«, fragte er. Ich wusste keine Antwort darauf.

In diesem Moment klopfte es an der Tür.

»Erwartest du jemanden?«, fragte ich überrascht.

»Eigentlich nicht. Ich sehe mal nach, wer das ist.«

Rin schlüpfte aus dem Bett und schob eine vergilbte Gardine zur Seite, um aus dem Fenster zu schauen.

»Das glaube ich nicht«, sagte er erstaunt und knetete nervös seine Finger.

»Wer ist es?«

»Hevova und …«

»Und?«

»Mein Vater. Der Siruwathi!«

»Was? Der Häuptling des Stammes?« Nun fiel mir buchstäblich die Kinnlade herunter.

Rin musterte mich. Auch ich blickte an mir herunter. Erst jetzt fiel mir auf, dass ich halb nackt war. Das war ganz und gar nicht der Aufzug, in dem man einen Häuptling empfangen sollte.

»Schnell, zieh dir etwas an«, bat er und schlüpfte selbst in seinen Bademantel.

Ich suchte rasch meine Sachen zusammen, streifte meine Jeans und das T-Shirt über, da kam auch schon eine große Gestalt durch die Tür. Ich strich das Laken glatt und sorgte dafür, dass Rins Bett einigermaßen ordentlich aussah. Besser wäre es natürlich gewesen, das Bettzeug im Bettkasten zu verstauen und die Couch aufzubauen. Aber dafür blieb uns keine Zeit mehr.

Der Häuptling war bereits in der Hütte. Rin verneigte sich vor ihm. Auch ich senkte ehrfurchtsvoll den Kopf und machte aus Verlegenheit einen altmodischen Knicks.

Ich war erstaunt, wie groß der Mann war. Er überragte Rin um mindestens einen Kopf. In seinen grauen Haaren steckten unzählige Federn. Auch eine blaue, wie Rin sie verliehen bekommen hatte. Die Schultern des Häuptlings wirkten breit. Der Eindruck wurde durch das Fell, das durch eine Brosche auf seiner Brust zusammengehalten wurde, noch mehr verstärkt. Er hielt einen langen Stab in der Hand, der mit Ketten, Perlen und Federn verziert war. Auf dem oberen Ende thronte der Schädel eines Wildhundes.

Hevova fiel neben dem Hünen kaum auf. Dabei war auch sie sehr feierlich gekleidet. Ihre Haare waren zu mehreren dünnen Zöpfen geflochten, und auf dem Kopf trug sie einen Kranz aus Federn. Ihr freundliches Lächeln vertrieb die Nervosität, die sich in mir breitgemacht hatte.

Rin bot dem Häuptling mit einer Geste einen Stuhl an. Er selbst und Hevova nahmen auf der Couch Platz. Ich blieb stehen. Aus reiner Nervosität. Aber Rin nahm meine Hand und deutete auf den Platz in der Mitte, so dass ich zwischen ihm und Hevova saß.

»Unser Vater, zum ersten Mal hier ist«, flüsterte sie mir ins Ohr.

Interessiert blickte sich der Häuptling um, betrachtete die Masken an der Wand und die mit Federn verzierten Shi-ru'u.

»Ihm gefällt, was sein Augen sehen«, raunte Hevova und zwinkerte mir zu. Mich freute es, dass er die Behausung seines Sohnes so wohlwollend aufnahm. Mir wäre jedoch wohler gewesen, wenn ich gewusst hätte, welchem Umstand wir seinen Besuch zu verdanken hatten. Ich wurde das Gefühl nicht los, dass es mit mir zu tun hatte. Schließlich musterte mich der Häuptling immer wieder mit seinen dunklen unergründlichen Augen, in denen Güte und Weisheit lagen.

»Meine Tochter Hevova hat mir erzählt, was geschehen ist«, eröffnete er das Gespräch. Ich war von seinem ausgezeichneten Englisch überrascht. Seine Aussprache war nahezu perfekt, wenngleich seine Stimme leicht belegt klang. Er stützte sich mit beiden Händen auf seinen Stab.

»Sie sagte, Kronn habe euch angegriffen, weil ihr seiner Ansicht nach die alten Regeln der Ti'tibrin E'neya verletzt habt.«

Rins Druck um meine Hand verstärkte sich. Es tat weh. So angespannt hatte ich ihn noch nie gesehen.

»Die Gesetze verbieten eine Verbindung zwischen den Ti'tibrin und den Menschen. Es sind alte Gesetze, die vielen nichts mehr bedeuten, die aber ihre Gültigkeit nie verloren haben. Unsere Ahnen schufen sie – und das aus gutem Grund.«

Der Blick des Häuptlings durchbohrte mich förmlich. Ich schrumpfte merklich zusammen, fühlte mich noch kleiner, als ich ohnehin schon war.

»Doch wenn ich meinen Sohn anschaue, dann sehe ich seine Zuneigung für dich. Ihr seid jung, neugierig auf das Leben, aufeinander. Und gerade die Tatsache, dass ihr so verschieden seid, zieht euch zueinander hin.« Ein kleines Lächeln umspielte die spröden Lippen des Häuptlings. Ich war überrascht von dem Verständnis, dass er uns entgegenbrachte. Es schien, als könne er nachvollziehen, wie es in mir aussah.

»Die Ti'tibrin E'neya glauben, dass alles, was geschieht, einen tieferen Sinn hat. Das Schicksal führte euch zusammen. Wir kennen seine Pläne nicht, gerade deshalb dürfen wir uns nicht darüber hinwegsetzen und etwas verbieten, das augenscheinlich sein soll, wie es ist.«

Er atmete tief durch und winkte mich zu sich. Ich stand auf und ging mit Knien so weich wie Pudding auf ihn zu.

»Setz dich, Kind«, bat er. Ich kniete mich vor ihn. Mein Herz raste wie nie zuvor in meinem Leben. Selbst Kronn hatte mir nicht solche Ehrfurcht eingejagt wie dieser Mann.

»Hevova hat mir auch gesagt, dass du Rin vor einer Gefahr warnen wolltest und welches Risiko du eingegangen bist, um zu ihm zu gelangen. Ist es wahr?«

Ich nickte lediglich.

Die düstere Miene des Häuptlings hellte sich auf. Fast sah er freundlich aus.

»Du bist von Mut beseelt. Und wer Mut beweist, dem zolle ich meinen Respekt. Ich danke dir, dass du Rin schützen wolltest.«

»Ich hätte niemals zugelassen, dass ihm etwas passiert«, erwiderte ich nervös und viel zu schnell.

Der Häuptling nickte mir gütig zu. Meine Antwort schien ihm zu gefallen. Aber dann wurde er wieder ernst. Sehr ernst. »Was immer es ist, das euch aneinanderbindet, es wird Leid über euch bringen. Ich weiß, ihr hört das nicht gerne, aber ihr solltet euch darüber trotzdem im Klaren sein. Ich bin nicht nur der Häuptling, sondern auch Rins Vater, und als dieser bin ich um sein Wohlergehen besorgt.«

»Ich werde Ihren Sohn niemals verletzen«, platzte es aus mir heraus.

Er lächelte milde. »Du hast ein gutes Herz. Und ich wäre der Letzte, der dem Glück meines Sohnes im Wege stünde. Es ist eine Prüfung, die euch auferlegt wurde. Nun ist es an euch, sie zu bestehen. Vielleicht ist es auch ein Zeichen, dass wir uns besinnen und hinterfragen mögen, ob die Ti'tibrin noch dem rechten Pfad folgen, den sie einst für sich wählten, oder ob sie von ihrem Weg abgekommen sind. Ihr seid andere Menschen als jene, die damals gegen uns kämpften. Die Welt hat sich gewandelt, ihr habt euch gewandelt, und wir sollten das auch tun, alte Fehden vergessen und einen Neuanfang starten. Aber Frieden kann nicht über Nacht entstehen. Viele erinnern sich zu gut an den Krieg. Sie riechen das Blut der Verwundeten, hören ihre Schreie in der Nacht. Es braucht Zeit, die Wunden zu schließen. Doch ein erster Schritt ist nun vielleicht getan. Lasst uns alle weiteren zusammen gehen.«

»Das will ich gerne tun, Häuptling. Und ich will beweisen, dass ihr mir vertrauen könnt.«

»So soll es sein«, sagte er und legte mir plötzlich etwas

in die Hand. Als ich sie öffnete, lag eine bunte Feder darin. Dank Rin wusste ich, dass jede Farbe eine andere Bedeutung hatte, doch ich wusste nicht, wofür eine bunte Feder stand. Hevova schlug erfreut die Hände zusammen, als sie die Feder sah.

»Dies ist das Zeichen meiner Anerkennung und Freundschaft«, sagte der Siruwathi und legte seine Hand auf meine Schulter. Ungläubig starrte ich zuerst die Feder und dann ihn an. Er lächelte sanft. »Von heute an bist du eine Jaknura der Ti'tibrin E'neya.« Ich fühlte mich geehrt.

Hevova trat hinter mich und flocht mir die Feder ins Haar. »Sie dir sehr gut steht.«

»Was geschieht mit Kronn?«, wollte Rin wissen.

»Er wird nie wieder einen Fuß in den Wald setzen«, erklärte der Häuptling und kraulte sich sein kantiges Kinn. »So hat es der Rat beschlossen.«

»Das sind gute Nachrichten.« Rin wirkte erleichtert. Just in dem Moment flog etwas gegen die Fensterscheibe und zerschellte an ihr. Ein grüner Fleck blieb an der Stelle zurück. Ein zweiter folgte nur wenige Zentimeter daneben.

»Was hat das zu bedeuten?«, fragte der Häuptling sichtlich erzürnt. Doch Rin und ich waren genauso überfragt wie er.

»Hey, du Indianerbrut! Trau dich raus, oder wir zünden deine Hütte an!«

»Mein Bruder nicht nur Freunde gefunden hat bei den Menschen.«

Rin ging zum Fenster und schaute hinaus. In dem Moment flog eine dritte Farbbombe gegen die Scheibe. »Das sind Sid und seine Freunde.«

»Was? Sid?« Ich konnte es nicht glauben. Wahrscheinlich hatte sich der Sheriff für seinen Sprössling eingesetzt, damit der ungeschoren davonkam, und jetzt hatte der Tunichtgut nichts Besseres zu tun, als da weiterzumachen, wo er aufgehört hatte.

»Zeig dich, du Feigling!«, brüllte einer der Jungen.

»Was ist ein Sid?«, fragte der Häuptling mit einer gefährlichen Ruhe in der Stimme.

»Ein Junge aus Rapid City, der andere gern terrorisiert. Man kann nicht gerade behaupten, dass ich auf gutem Fuß mit ihm stehe.«

»Niemand steht auf gutem Fuß mit Sid.« Das hatte ich am eigenen Leib zu spüren bekommen.

Der Häuptling erhob sich zu seiner majestätischen Größe und schritt gelassen zur Tür.

»Was hast du vor?«, fragten Rin und Hevova wie aus einem Mund.

»Niemand bedroht meinen Sohn.« Seine Augen blitzten.

Die Tür flog mit einem Knall hinter ihm zu, dass die Wände der kleinen Hütte wackelten.

»Armer Sid«, sagte Hevova gespielt betroffen.

Wir gingen ans Fenster und versuchten, an den Farbklecksen vorbei nach draußen zu spähen, um das Schauspiel zu beobachten.

»Du bist doch gar nicht Rin«, stammelte Sid und blickte erschrocken zu dem Hünen auf, der sich vor ihm und seinen Freunden aufgebaut hatte. Drohend schwang er den Stab über seinem Kopf und stieß einen tiefen Pfeifton aus.

»Was soll denn das werden, Alter? Sind wir hier auf einem Pfeifkonzert, oder was?« Dem Stachelkopf verging das Lachen sehr schnell, als ein Rudel Wildhunde sie umstellte. Sie blieben zwar auf Abstand, doch es war klar, dass ein Wort des Häuptlings genügte, um sie auf Sids Bande loszulassen.

»Wagt euch nie wieder hierher!«, brüllte Rins Vater. Seine Stimme war so laut und angsteinflößend, dass den Jungen sämtliche Farbe aus dem Gesicht wich.

»Sonst bekommt ihr es mit mir und meinen Freunden zu tun.« Die Hand des Häuptlings deutete zu den Tieren, die sich im Schutz der Bäume und Büsche zurückhielten und nur auf sein Zeichen warteten. »Das ist ein Versprechen.«

Sid antwortete irgendetwas, das zu leise war, um es zu verstehen. Er wirkte ziemlich eingeschüchtert.

»Und, kannst du was erkennen?«, fragte Rin, der hinter mir auf den Zehenspitzen stand, um durch den oberen Teil des Fensters, der noch nicht beschmiert war, blicken zu können.

»Dein Dad ist wirklich cool.«

»Ja, er hat ein gewisses Durchsetzungsvermögen, das ist wahr.« Ein feuchter Kuss verwöhnte meinen Nacken.

Wir sahen, wie Sid einige Schritte zurücktaumelte und Stachelkopf und das Riesenbaby ihm folgten.

»Aber bevor ihr geht«, sofort hielten die Jungen ehrfürchtig inne, »werdet ihr den Schaden, den ihr angerichtet habt, wieder beheben. Ich will saubere Fensterscheiben sehen. Verstanden?«

»Ja, Sir, alles, was Sie wollen, Sir«, rief Sid, endlich laut genug, dass ich ihn verstand.

»Worauf wartet ihr? Holt Wasser und Putzmittel.«

Sid ließ sich das nicht zweimal sagen. Er rannte los und seine Anhängerschaft hinter ihm her.

»Ich weiß gar nicht, woher die wissen, dass du hier wohnst?«

»Wahrscheinlich haben sie Sids Vater gefragt. Als Sheriff weiß er ja über alles in der Gegend Bescheid.«

Rin ließ mich los und öffnete seinem Vater die Tür. »Erledigt«, sagte der und wischte sich die Hände an seinem Fell ab, als wären sie schmutzig. »Die machen euch keine Schwierigkeiten mehr. Und falls doch, zögert nicht, mich zu rufen.«

»Danke, Vater. Das werden wir.«

Zu meiner Überraschung tauchten Sid und seine Freunde kurze Zeit danach noch einmal auf, um tatsächlich die Fenster zu putzen. Der Häuptling begutachtete ihre Arbeit mit kritischer Miene und entließ sie erst, nachdem er vollends mit dem Ergebnis zufrieden war. Kurz darauf machten er und Hevova sich auf den Heimweg. Rin und ich brachen in Richtung Calmwood auf, denn ich wollte meine Tante nicht noch länger warten lassen.

»Kommst du heute Abend zu mir? Es ist unsere letzte Nacht«, wollte ich wissen, als wir vor dem Gartentor stehen blieben.

Ein zärtlicher Kuss war seine Antwort. Ich seufzte glücklich und verschwand im Café. Meine Tante war heilfroh, mich zu sehen, und nahm mich fest in die Arme. Hevova hatte ihr gesagt, dass ich bei Rin übernachtete, dennoch hatte sie sich Sorgen um mich gemacht. Ich versicherte ihr, dass es mir gutging, und konnte sie überzeugen, mich nicht ins Krankenhaus zu fahren, um mich sicherheitshalber durchchecken zu lassen.

»Ach, Jorani, jetzt ist dein Urlaub wie im Fluge vergangen, und wir haben uns nicht einen Tag füreinander

Zeit genommen. Das tut mir sehr leid«, sagte sie plötzlich. »Lass uns doch wenigstens heute gemeinsam den Nachmittag verbringen.«

Ich fand die Idee großartig. Wir stiegen in ihren Käfer und fuhren nach Rapid City, um uns den Dinosaurierpark anzusehen.

»Ich hoffe, es hat dir bei uns ein bisschen gefallen«, sagte sie und steuerte ihre klapprige Kiste über die Landstraße.

»Ein bisschen ist gut. Ich würde am liebsten hierbleiben«, gab ich zu. Es war erstaunlich, wie schnell ich mich an den Western Flair, an die Leute, vor allem an Rin gewöhnt hatte.

Abigail lachte. »Dieser Junge hat es dir wirklich angetan.«

»Ja, das kann man so sagen.« Meine Wangen glühten schon, wenn ich nur an ihn dachte.

»Du kannst uns jederzeit besuchen«, versicherte mir Abigail.

Von unserem Parkplatz aus konnte ich bereits die ersten Saurierskulpturen ausmachen, die auf einem Hügel standen. Abigail ging voran, und ich folgte ihr zum Tyrannosaurus Rex, Brontosaurus und die anderen üblichen Verdächtigen. Insgesamt waren es sieben Skulpturen, die nicht sonderlich authentisch aussahen.

Anschließend setzten wir uns in ein Diner und bestellten Rippchen mit Barbecue Sauce. Alles in allem war es ein wunderschöner Ausflug und ein krönender Abschluss für die aufregendsten Ferien meines Lebens.

Als wir am späten Nachmittag ins Desert Spring zurückkehrten, wurde mir schnell klar, dass die Fahrt nach Rapid City nicht ganz so spontan gewesen war, wie es zuvor den Anschein gehabt hatte. Roger und Gladice hatten die Zeit genutzt, um das Café umzudekorieren.

Ein riesiges Transparent hing über der Theke. »Komm bald wieder, Jorani« stand darauf. Die Tische waren zu einer riesigen Tafel zusammengestellt, auf der eine große Marzipantorte thronte, die zum Anbeißen aussah. Meine Freunde kamen aus allen möglichen und unmöglichen Verstecken hervorgesprungen und hielten Gläser in den Händen, die sie zum Toast erhoben. »Auf Jorani!«

»Was ist denn hier los?«

»Wonach sieht es denn aus?«, fragte mich Abigail und schob mich mit leichtem Druck in den Raum.

Geschenke stapelten sich auf einem kleinen Tisch in der Ecke. Oh, wie ich es hasste, im Mittelpunkt zu stehen. Alle Augen waren auf mich gerichtet. Ira drückte mich herzlich an ihre Brust. »Ich werde dich vermissen, Süße. Komm uns bald wieder besuchen, ja?«

»Habe ich fest vor.«

»Hat mich gefreut, dich kennenzulernen«, sagte Jack und nahm mich in den Arm.

Schon stand Linda vor mir. »Ist albern, ich weiß«, schluchzte sie und wischte sich über die Augen. »Aber ich muss bei Abschieden immer heulen.«

»Ich auch«, gab ich zu und zog die Nase hoch. Wir mussten beide lachen.

»Also mach's gut, Jorani. Pass auf dich auf.«

»Mach ich. Und du pass auch auf dich auf, okay?«

»Klar.«

»Grüß mir die Berliner«, sagte Pway und schob sich vor Linda.

»Die werden sich über deine Grüße bestimmt freuen.«

»Ja, das glaub ich auch.« Er lachte. »Ernsthaft, Wittlach, ich fand's schön, dass du bei uns warst.«

»Und ich fand es echt toll, dich kennengelernt zu haben.« Mein Groll gegen ihn war längst verflogen.

Pway lächelte gerührt, nahm mich in den Arm und drückte mich sanft an sich. »Das große Geschenk in Rot ist übrigens von mir«, erklärte er. »Ich hoffe, du magst es.«

»Was ist denn drin?«

»Mach's auf, dann weißt du es.«

»Später«, versprach ich.

»Alles klar.«

Zu meiner Überraschung war sogar Isaac gekommen. Er schloss mich herzlich in die Arme, dann drückte er mir etwas in die Hand. Es war ein kleiner kupferfarbener Ring. »Ich will, dass du ihn trägst. Es ist ein Freundschaftsring. Geschmiedet von den Ti'tibrin. Mein Vater hat ihn mir einst geschenkt. Man sagt, er schützt seinen Träger.«

Ich lächelte gerührt und steckte ihn an.

»Also ist es ein Shi-ru'u.«

»Das ist er«, bejahte er leise.

Ich hatte das Gefühl, er wollte mir noch mehr sagen, aber da schlug Abigail mit einem Löffelstiel gegen ihr Glas und bat alle zu Tisch. Ich bekam einen Ehrenplatz, am Kopf der improvisierten Tafel. Erneut spürte ich ein gewisses Unwohlsein in mir aufsteigen. Ich versuchte, nicht daran zu denken, dass alle nur meinetwegen gekommen waren. Aber das war alles andere als einfach. Schon wurden die Gläser wieder auf mein Wohl gehoben.

»Wieso ist eigentlich der Stuhl neben mir leer?«, fragte ich Ira, die zu meiner Linken Platz genommen hatte.

»Da fehlt offenbar noch ein Gast.«

In dem Moment ging die Tür auf, und Rin trat ein. Meine Tante begrüßte ihn persönlich und führte ihn zu dem für ihn reservierten Platz.

»Du hier?«, staunte ich. Ich wusste, dass er wie alle Ti'tibrin Menschenansammlungen mied. Und heute war es im Café deutlich voller als sonst.

»Natürlich, es ist doch dein Abschied.«

Ich war beeindruckt, dass er das alles für mich auf sich nahm, und beobachtete interessiert, wie er in Gegenwart der anderen nach und nach auftaute und wie auch diese ihre Berührungsängste verloren. Zwar blieb Rin zurückhaltend, doch ich hatte bald das Gefühl, dass meine Freunde und Familie ihn akzeptierten.

Ich drückte unter dem Tisch seine Hand. Jetzt, da er bei mir war, fühlte ich mich auch viel wohler.

Abigail schnitt die Torte an, und Gladice verteilte die Stückchen an die Gäste. Ich bekam ein besonders großes und bunt dekoriertes Stück ab. Der Nachmittag verging zu meinem Bedauern viel zu schnell. Nachdem alle gegessen und sich angenehm unterhalten hatten, gingen die ersten Gäste nach Hause. Alle wünschten mir einen guten Flug und hofften, dass ich meine nächsten Ferien wieder in Calmwood verbringen würde.

Am Abend halfen Gladice, Roger, Rin und ich meiner Tante, die Reste wegzuräumen und die Geschenke nach oben in mein Zimmer zu schaffen.

»Hier lebst du also«, sagte Rin und betrachtete interessiert den kleinen Raum, nachdem die anderen wieder hinuntergegangen waren.

»Ja. Gefällt's dir?«

Er nickte. »Und bist du schon aufgeregt? Wegen morgen?«

»Ich hasse lange Flüge«, erklärte ich und holte meine Reisetasche unter dem Bett hervor. Dann suchte ich meine Sachen zusammen, warf die Kleidung auf das Bett, legte sie ordentlich zusammen und verstaute alles in der Tasche. Ich musste lächeln, als ich das grünlich verfärbte T-Shirt in der Hand hielt. Ich hatte versucht, es zu waschen, aber die Farbe war nicht ganz herausgegangen. Trotzdem würde ich es behalten. Als Andenken an diesen wunderbaren Sommer.

Rin setzte sich auf einen Stuhl am Fenster und schaute mir zu.

»Ich habe mir etwas überlegt.«

»Mh?«

»Mit den Shi-ru'u«, er griff nach dem Talisman, der auf meinem Kopfkissen lag, »werde ich wohl nie genug verdienen, um dich in Berlin zu besuchen.«

»Du willst … mich in Berlin besuchen?«

Rin lachte. »Zweifelst du etwa daran, dass ich mir jemals ein Flugticket leisten kann?«

»Das nicht gerade. Aber man braucht eine halbe Ewigkeit, um nach Europa zu kommen. Und ich kann mir dich schwer in einem engen Flugzeug vorstellen.«

Das war, als würde man einen wilden Hengst in eine enge Stallbox sperren.

Rin zuckte mit den Schultern und reichte mir das Amulett, das ich in meiner Tasche verstaute.

»Ich werde das schon aushalten.« Und augenzwinkernd fügte er hinzu: »Ich werde mir einen Job suchen und von meinem ersten Gehalt das Flugticket bezahlen. Es sei denn, du willst das nicht, weil du einen Freund in Berlin hast, oder so.«

»Quatsch.« Ich grinste und setzte mich auf seinen

Schoß. »Ich fände es toll, wenn du mich besuchen kämst!« Ich nahm sein Kinn in die Hände und küsste ihn. Ich konnte den Schauer, der über seinen Rücken jagte, förmlich spüren.

»Glaubst du mir jetzt?«, fragte ich.

»Mhhh. Wenn ich ehrlich bin, brauche ich noch mehr Beweise.«

»Noch mehr? Was kann ich dir anbieten?«

»Wie wäre es mit einem zweiten Kuss?«

Er spitzte die Lippen. Ich lachte leise, strich ihm die Haare aus dem Gesicht und küsste ihn zärtlich. Rin seufzte.

»Das hat mich überzeugt«, gab er zu.

Ich stand auf und kümmerte mich um mein restliches Gepäck.

»Du brauchst einen zweiten Koffer«, befand er und deutete auf den Stapel Geschenke, die noch verstaut werden mussten. Ich war in all der Aufregung noch nicht einmal dazu gekommen, sie auszupacken.

»Puh, du hast recht. Das könnte knapp werden.«

Ich setzte mich vor den Stapel und öffnete ein Päckchen nach dem anderen.

Jack hatte mir ein Kochbuch mit dem Titel »Karibische Verführungen« eingepackt. In Iras Päckchen befanden sich Ohrringe aus Roys Shop. Ich erinnerte mich, dass sie im Reservat hergestellt worden waren. Sie sahen wie hölzerne Muscheln aus, die mit Edelsteinen besetzt waren. Ich hielt sie hoch und zeigte sie Rin.

»Sehr hübsch. Aber ich glaube, dir steht ohnehin alles.«

Ich schüttelte lachend den Kopf.

Als Nächstes schnappte ich mir das große rote Geschenk, das von Pway stammte. Darin fand sich eine vermutlich gebrauchte, da bereits geöffnete Spielkonsole. »Das ist mehr was für meinen kleinen Bruder.«

»Der Gedanke zählt.«

Linda hatte mir ein gerahmtes Foto von uns im Cobra Club geschenkt. Ich hatte gar nicht gemerkt, dass sie einen Fotoapparat bei sich gehabt hatte. Es war eine schöne Erinnerung.

Tante Abigail, Roger und Gladice hatten für ein Flugticket zusammengelegt, damit ich bald wieder zu Besuch käme. Es steckte in einer liebevoll gestalteten Karte, auf der sich alle drei mit ihren guten Wünschen verewigt hatten.

»Ach ja.« Ich seufzte. Allmählich wurde ich schwermütig. Vom vielen Packen erschöpft, ließ ich mich auf das Bett fallen, verschränkte die Arme hinter dem Kopf und starrte an die Decke. Das war sie also, meine letzte Nacht in South Dakota. Ich hatte mich so unglaublich schnell an Calmwood und dessen Einwohner gewöhnt. Ich fühlte mich hier, im Desert Spring, wie zu Hause und konnte mir gar nicht vorstellen, wieder in meinen Alltag zurückzukehren. Natürlich freute ich mich auch auf meine Familie. Aber ich würde das alles hier sehr vermissen.

Rin setzte sich neben mich. Die Matratze gab leicht unter ihm nach. »Es ist schon spät«, flüsterte er.

»Geh nicht. Es ist unsere letzte gemeinsame Nacht.« Der Gedanke, ihn zu verlassen, machte mir richtig Angst. Zumindest jetzt wollte ich ihm so nah wie möglich sein, um mich später an seine Berührungen und Küsse zu erinnern. Ich würde mir jedes Detail dieser Nacht einprägen.

»Ich glaube nicht, dass das deiner Tante gefällt.«

»Da schätzt du sie aber falsch ein. Sie weiß von uns, und sie hat gesagt, dass sie dich mag.«

»Tatsächlich?«

»Ja, sicher. Sie hat dich doch auch zu meiner Abschiedsfeier eingeladen. Denk daran, was der Häuptling gesagt hat. Wir müssen lernen, neue Wege zu gehen.«

»Du hast ja recht. Um ehrlich zu sein, ich mag deine Tante auch. Sie ist eine sehr sympathische Frau.«

Er legte sich auf mich und streichelte meinen Hals. »Aber nicht halb so sympathisch wie ihre hübsche Nichte.« Er küsste mich.

Ich schlang meine Arme um ihn und wollte ihn am liebsten nie mehr freigeben, ihn für immer festhalten. Es war so schön, mit ihm zusammen zu sein. Trotzdem oder gerade deshalb kamen mir die Tränen. Ich wollte nicht fort von hier. Nicht fort von ihm. Ich hatte ihn so lieb gewonnen. Und nicht nur ihn. Ganz Calmwood.

»Wir sehen uns bald wieder«, versprach er. Er schien meine Trauer zu spüren.

Leidenschaftlich bedeckte er mein Gesicht mit zärtlichen Küssen. Er küsste meine Stirn, meine Augenbrauen, den Nasenrücken und die Nasenspitze, meine geschlossenen Augenlider, meine Wangen und mein Kinn.

Mein Gesicht glühte und prickelte überall. Warmer Atem drang aus seinem Mund, strich über meine Haut.

Dann rollte er von mir herunter und öffnete meine Hose. Ich half ihm dabei, spürte die kühle Luft an meinen Schenkeln und an meinem Bauch. Er hob mein T-Shirt hoch und presste seine Lippen auf meinen Bauchnabel.

Es kitzelte. Ich musste kichern.

»Ich glaube, das war der schönste Urlaub, den ich je hatte«, flüsterte ich. »Ich werde ihn nie vergessen.«